B.C. Schiller

Nordtod – Die Kolib

FSC
www.fsc.org
MIX
Papier aus verantwortungsvollen Quellen
Paper from responsible sources
FSC® C105338

Impressum

Lektorat: bueropia.de, Korrektorat: textwerk-koeln.de, Cover: Buchcoverdesign.de / Chris Gilcher, Fotocredits: Adobe Stock: 644581266, 103974728

ISBN 9783759220752

Herstellung und Druck über tolino media GmbH & Co. KG, München.
Printed in Germany

Wir haben uns erlaubt, einige Namen und Örtlichkeiten aus Spannungsgründen neu zu erfinden, anders zu benennen und auch zu verlegen. Sie als Leser werden uns diese Freiheiten sicher nachsehen.

ÜBER DIE AUTOREN B.C. SCHILLER

Barbara und Christian Schiller leben und arbeiten in Wien und auf Mallorca mit ihren beiden Ridgebacks Calisto & Emilio. Gemeinsam waren sie über 20 Jahren in der Marketing- und Werbebranche tätig und haben ein totales Faible für packende Thriller.

B.C. Schiller gehören zu den erfolgreichsten Spannungs-Autoren im deutschsprachigen Raum. Bisher haben sie mit ihren Thrillern über 3.000.000 Leser begeistert.

facebook.com/BC.Schiller
x.com/bc_schiller
instagram.com/bc.schiller

BÜCHER VON B.C. SCHILLER

Nordtod – Küstenthriller – Reihe:

Nordtod – Die Kolibrimädchen – der erste Band mit Signe Nord

Weitere Bücher von B.C. Schiller:

Dunkelsteig-Krimi-Reihe:

Die Journalistin Felicitas Laudon kehrt zum Begräbnis ihres Vaters in ihren düsteren Heimatort Dunkelsteig in den Salzburger Alpen zurück. Kurz nach dem Abitur verschwand dort ihre beste Freundin Manuela in dem mysteriösen Teufelsspalt. Für Felicitas ist jetzt die Zeit gekommen, endlich die Wahrheit ans Licht zu bringen.

Dunkelsteig: Band 1

Dunkelsteig: Schuld – Band 2

Dunkelsteig: Böse – Band 3

BÜCHER VON B.C. SCHILLER

Mallorca-Küstenkrimi-Reihe:

Mädchenschuld – ist der erste Band mit der Inspectora Ana Ortega und dem Europol-Ermittler Lars Brückner. Die Krimis sind in sich abgeschlossen und können unabhängig voneinander gelesen werden.

Schöne Tote – der zweite Band mit Ana Ortega und Lars Brückner.

Familienblut – der dritte Band mit Ana Ortega und Lars Brückner.

Psychothriller:

Die einsame Braut: Psychothriller

Die Fotografin: Psychothriller

Die Schwester: Psychothriller

BÜCHER VON B.C. SCHILLER

Die Tony-Braun-Thriller:

Totes Sommermädchen – der erste Tony-Braun–Thriller – »Wie alles begann«

Töten ist ganz einfach – der zweite Tony-Braun-Thriller

Freunde müssen töten – der dritte Tony-Braun-Thriller

Alle müssen sterben – der vierte Tony-Braun-Thriller

Der stille Duft des Todes – der fünfte Tony-Braun-Thriller

Rattenkinder – der sechste Tony-Braun-Thriller

Rabenschwester– der siebte Tony-Braun-Thriller

Stiller Beobachter– der achte Tony-Braun-Thriller

Strandmädchentod – der neunte Tony-Braun-Thriller

Stilles Grabeskind – der zehnte Tony-Braun-Thriller

Alle Tony-Braun-Thriller waren monatelang Bestseller in den Charts. Die Thriller sind in sich abgeschlossen und können unabhängig voneinander gelesen werden.

Tauchen Sie ein in die B.C. Schiller Thriller-Welt.

Wir freuen uns über jeden Fan auf Facebook und Follower auf Instagram – DANKE!

https://www.facebook.com/BC.Schiller

https://www.instagram.com/bc.schiller/

www.bcschiller.com

NORDTOD – DIE KOLIBRIMÄDCHEN

Küstenthriller

B.C. SCHILLER

KAPITEL EINS

Todesduft erfüllte die Luft, als das Mädchen die Tür öffnete.

Mit weit aufgerissenen Augen starrte sie auf die Blutlache, die langsam die hellen Fliesen rot färbte. Unfähig, sich zu rühren, begann das Mädchen heftig zu atmen, schloss dann die Augen, um das Grauen nicht länger ansehen zu müssen.

Irgendwo in der Villa hörte sie plötzlich ein unheimliches Geräusch. Eine Melodie wurde gesummt und Schritte näherten sich verhalten. Noch immer konnte sie sich nicht von dem Anblick losreißen, stand wie versteinert vor der Toten. Doch unaufhaltsam kam das Böse auf sie zu, und das Mädchen wusste, dass es auf der Stelle verschwinden musste, um nicht ebenfalls zu sterben.

Wieder hörte sie die lockende Stimme, und der Horror überrollte sie wie eine schwarze Wolke. Die Panik schnürte ihr die Kehle zu, raubte ihr die Luft zum Atmen.

Doch mit einem Mal erwachte das Mädchen aus seiner

Starre, sie riss eine Terrassentür auf und stürzte nach draußen ins Freie. Rannte so schnell über die Wiese, wie sie noch nie in ihrem Leben gelaufen war. Flüchtete vor dem Grauen, das sie zurück in das Reich des Todes bringen wollte. Das Mädchen raste über die Wiese, die sich bis zum Waldrand erstreckte, dorthin, wo sich ihre geheime Zufluchtsstätte befand. Doch das Böse war hartnäckig, schon spürte sie den vergifteten Atem im Nacken, und ein Schatten legte sich über sie. Gleich würden starke Hände nach ihr greifen, sie zu Boden werfen und endgültig zum Schweigen bringen. Der Himmel war stahlblau und die Vögel kreisten anmutig durch die Lüfte, unberührt von diesem Wettlauf um Leben und Tod. Die Dämmerung warf graue Konturen auf die Blumen, die sich mit ihren blutroten Köpfen sanft im Wind wiegten. Das Mädchen sprang über ein Beet und erreichte den Waldrand. Sie bahnte sich ihren Weg durch das Dickicht, spürte nicht, wie Dornen ihre zarte Haut ritzten, war immun gegen den Schmerz. In ihrem Kopf gab es nur einen einzigen Gedanken: laufen, um zu überleben.

Der Wald war ihr Zuhause, hier fühlte sie sich sicher. Hierher flüchtete sie sich, verkroch sich in ihrem eigenen Kokon, wenn sich die Erwachsenen drüben im Haus wieder stritten. Plötzlich hörte sie ein Knacken, als ein Fuß auf einen Ast trat, und die böse Stimme rief: »Wo bist du nur, mein Kolibrimädchen?«

KAPITEL ZWEI

15 Jahre später

Signe Nord glaubte noch immer, getrocknetes Blut in den Fliesenritzen zu sehen, als sie in den grell ausgeleuchteten Gang trat. Doch das konnte nicht sein, denn der Schlachthof war schon seit Jahrzehnten geschlossen. Dort, wo früher Tiere zur Schlachtbank geführt wurden, blieb Signe vor einem aluminiumverkleideten Tor stehen, auf dem sich ihr Abbild spiegelte. Undeutlich erblickte sie eine Frau Mitte dreißig mit kantigem Gesicht, schulterlangen braunen Haaren und hellen Augen. Durch die verzerrte Reflexion erschien ihr das Muttermal zwischen den buschigen Augenbrauen wie ein drittes Auge. Außer einem unauffälligen Polizeischild neben dem Tor deutete nichts darauf hin, dass sich hier die Cold-Case-Abteilung der Kriminalpolizei Stockholm befand, deren Leiterin Signe Nord war.

Wie jeden Morgen tippte sie den Zugangscode ein und öffnete dann die stählerne Tür. Sie betrat einen großen Raum, der nur von einer Schreibtischlampe erhellt wurde.

Das matte Licht reichte nicht bis an die Ränder der Halle, sodass die Schatten an den Wänden ein Eigenleben führten. In der Mitte des Raums stand ein großer Tisch mit einem darüber gespannten niedrigen Netz. Automatisch griff Signe nach einem abgewetzten Tischtennisschläger, der auf der grün gestrichenen Platte lag.

»Es steht eins zu zwei, Nelly!«, rief sie nach hinten ins Halbdunkel. Sofort löste sich ein Rollstuhl aus dem Zwielicht, in dem eine junge Frau mit hoch aufgetürmten rabenschwarzen Haaren saß.

»Bin gespannt, ob du heute den Ausgleich schaffst.« Nejra ›Nelly‹ Khalids weiße Zähne blitzten auf, als sie ihren Mund zu einem Lächeln verzog. Die junge Frau war IT-Expertin und derzeit Signes einzige Mitarbeiterin in der Abteilung Cold Case.

»Bevor ich sterbe, will ich dich einmal besiegen, Nelly«, gab sich Signe optimistisch. Doch bereits nach den ersten Schlägen ahnte sie, dass sie wie so oft gegen Nellys Tischtenniskünste keine Chance hatte. Aber dafür war ihr vielleicht doch ein langes Leben garantiert, tröstete sie sich.

»Drei zu zwei«, frohlockte Nelly. »Du hast heute beim Match nur einen Punkt gemacht. Haben dich wieder die Gespenster der Nacht heimgesucht?«

»Meine Gespenster scheren sich nicht um Tag und Nacht. Sie sind allgegenwärtig.«

»Vielleicht noch eine Partie als Exorzismus?«

»Warte. Ich glaube, wir bekommen Besuch.« Signe hob die Hand und blickte aus dem vergitterten Fenster hinaus auf den Vorplatz, wo gegenüber die Glasfront eines Bürogebäudes in der Sonne funkelte. Ein silberner Volvo SUV hielt gerade vor dem Schlachthof und eine Frau in einem dunkelblauen Hosenanzug stieg aus dem Fond des Wagens. Es war

Estrid Nilsson, die Leiterin der Kriminalpolizei Stockholm und Signes Chefin. Unter den Arm hatte sich Estrid einen Ordner geklemmt. Die Frau blieb kurz stehen und musterte das unrenovierte Gebäude, ehe sie auf die Rampe trat.

Der ehemalige Schlachthausbezirk von Stockholm galt als das Vorzeigeprojekt der Regierung für urbanes ökologisches Leben. Bis jetzt war allerdings erst ein kleiner Teil des riesigen Geländes zu Wohnungen und Büros umgebaut worden. Es gab noch jede Menge leer stehender Gebäude und Hallen, in denen sich Clubs und IT-Firmen wegen der günstigen Mieten angesiedelt hatten. In einem der modern renovierten Bürokomplexe hatte die Stockholmer Polizei ihr zentrales IT-Center mit angeschlossenem Archiv untergebracht. Und neben diesem futuristischen Glasgebäude befand sich in einem heruntergekommenen Klinkerbau das Hauptquartier der Cold-Case-Abteilung.

Signe legte den Tischtennisschläger hin und wartete mit verschränkten Armen. Kurz darauf hörte sie bereits das Klappern von dünnen Absätzen auf den Fliesen und die Glocke am Eingangstor schrillen. Sie stieß sich von der Tischplatte ab, ging zur Betonwand und drückte den Öffner.

»Hej, Signe!« Estrid schob sich an ihrer Mitarbeiterin vorbei und ließ dann den Ordner auf die Tischplatte fallen.

»Was verschafft uns die Ehre?«, fragte Signe interessiert, denn die Cold-Case-Abteilung bekam nur äußerst selten Besuch.

»Ich habe mir die Statistik der ungelösten Fälle angesehen und war überrascht, dass eine Menge Ermittlungen einfach im Sande verlaufen sind. Das muss sich ändern, denn wie überall wird es auch bei der Polizei Kürzungen geben. Deshalb ist es wichtig, dass ein spektakulärer Fall gelöst wird, nur so kann ich das Budget für eure Abteilung sichern.« Estrid war kein Fan von Small Talk, sondern kam immer sofort auf den Punkt.

»Willst du einen Kaffee?«, fragte Nelly und rollte zu einem chromblitzenden Automaten, der auf einem Blechregal stand.

»Ja, warum nicht?«

Während die Kaffeemaschine brummte, warf Estrid einen Blick durch den lang gestreckten Raum, in dem es nicht besonders viel zu sehen gab, außer einem Regal mit verstaubten Akten und zwei Schreibtischen, auf denen moderne Computer standen. In einer Ecke schlief Nellys zotteliger Hund Hans auf einer Leopardendecke.

»Du siehst ja selbst, dass die Cold-Case-Abteilung sehr stiefmütterlich behandelt wird. Den Kaffeeautomaten hat Nelly übrigens aus einer Konkursmasse ersteigert«, erklärte Signe mit einer Rundum-Handbewegung.

»Ich weiß, ihr führt ein Leben unterhalb der öffentlichen Wahrnehmung«, meinte Estrid und griff nach der Tasse, die ihr Nelly auf den Tisch gestellt hatte.

»So schlimm ist es auch wieder nicht. Wir können uns die Fälle aussuchen, die wir bearbeiten möchten. Im letzten Jahr haben wir die ungelösten Morde an einem Taxifahrer, einer Rentnerin und zwei Prostituierten geklärt. Trotzdem haben wir weder mehr Budget noch Verstärkung erhalten«, vermeldete Signe.

»Und das wird sich jetzt ändern. Die Lösung dieser Fälle ist zwar bewundernswert, aber leider nicht sehr publikumswirksam. Eure Abteilung braucht einen spektakulären Erfolg.« Estrid tippte auf den Ordner, den sie mitgebracht hatte.

»Ach, findest du?« Signe runzelte irritiert die Stirn.

»Macht es einen Unterschied, ob ein Taxifahrer oder ein Minister ermordet wird?«

»Du verstehst schon, was ich meine. Als Leiterin der Kriminalpolizei muss ich eben auch an die Außenwirkung denken. Derzeit hat die Polizei keinen guten Ruf, die Bürger haben Angst, abends auf die Straße zu gehen, und bangen um ihre Kinder, die von Dealern bedrängt werden. In gewissen Vierteln von Malmö haben die Drogenclans schon die Herrschaft an sich gerissen. Das kennst du sicher, denn du hast ja in Rosengard gelebt«, meinte Signes Chefin dann mit einem wissenden Blick.

»Malmö habe ich längst hinter mir gelassen«, erwiderte Signe rasch. Auf keinen Fall wollte sie an das Desaster vor zwei Jahren erinnert werden, das in einem Blutbad geendet hatte. Deshalb hatte sie sich auch nach Stockholm versetzen lassen, um hier in der recht unauffälligen Cold-Case-Abteilung wieder zur Ruhe zu kommen. »Wenn ich dich richtig verstehe, dann sollen wir uns einen aufsehenerregenden Cold Case vornehmen.«

»Die Mühe könnt ihr euch sparen.« Estrid trommelte mit den Fingerspitzen auf den Ordner. »Ich habe einen Fall, der im Archiv in der Kungsholmsgatan abgelegt wurde, obwohl er für mich eindeutig ein Cold Case ist.«

»Ein Versehen?« Signe blickte Estrid fragend an. In der Kungsholmsgatan befand sich die Stockholmer Polizeidirektion mit unzähligen Abteilungen, da konnte es schon mal passieren, dass eine Akte verlegt wurde.

»Möglich«, ließ sich Estrid nicht in die Karten blicken. »Jedenfalls ist es ein höchst brisanter Mordfall, der sich vor fünfzehn Jahren ereignet hat.«

»Das ist aber schon ziemlich lange her«, warf Nelly ein und rollte zu dem Tisch, auf dem der Ordner lag. »Die

Wahrnehmung von Augenzeugen wird nach fünf Jahren zunehmend ungenau und vermischt sich mit anderen Ereignissen.«

»Das weiß ich und deshalb will ich, dass ihr eure anderen Fälle ruhen lasst und euch ausschließlich mit diesem Cold Case beschäftigt. Ich möchte diesen Fall als erfolgreich abgeschlossen bei der Hauptversammlung der Abteilungsleiter präsentieren. Es ist mir ein absolutes Rätsel, dass in dieser Causa nicht schon früher ermittelt wurde.« Estrid trank ihren Kaffee aus und stellte die Tasse zurück auf den Tisch. »Wenn ihr mir ein zufriedenstellendes Ergebnis liefert, dann wird die Cold-Case-Abteilung aufgewertet und ihr bekommt Verstärkung.«

»Klingt gut«, erwiderte Signe und drehte nachdenklich den Tischtennisball in ihrer Hand. Estrid hatte natürlich recht. Wenn sie einen aufsehenerregenden Fall aufklärten, dann waren endlich die Gerüchte vom Tisch, dass ihre Abteilung aufgelöst und einer anderen Polizeidienststelle zugeordnet werden würde. »Gibt es schon einen Zeithorizont? Jetzt ist bald Mittsommer und dann sind viele Leute in den großen Ferien.«

»Die Abteilungsleiterversammlung findet noch vor der Urlaubszeit statt. Dann brauche ich Ergebnisse. Das ist in drei Wochen.«

»Was, wenn wir den Fall bis dahin nicht lösen können?«, fragte Nelly leise und rutschte auf ihrem Rollstuhl nervös vor und zurück.

»Diese Möglichkeit ziehe ich im Augenblick gar nicht in Betracht. Ihr müsst diesen Fall als Chance für eure Abteilung begreifen«, antwortete ihre Chefin und ließ die möglichen Konsequenzen unausgesprochen in der Luft hängen. Estrids Smartphone gab einen klagenden Laut von sich und sie warf einen raschen Blick auf das Display. »Ich muss jetzt zu einem Meeting«, sagte sie und drehte sich auf dem Absatz um. In der Türöffnung blieb Signes Chefin noch einmal stehen und wies auf die Tischtennisplatte. »Wer hat das Match gewonnen?«, fragte Estrid spontan.

»Nelly. Sie ist ja unsere Tischtennismeisterin«, erwiderte Signe.

»Das dachte ich mir. Du bist ja auch eine Koryphäe, was das Aufspüren von Daten und Informationen betrifft«, lobte Estrid Nelly, die sanft errötete. Dann drehte sie sich zu Signe. »Ich habe deine alte Akte gelesen. Früher warst du eine Siegerin. Sieh zu, dass du es wieder wirst.«

»Was meint sie damit?« Nelly blickte Signe fragend an, während das Klacken von Estrids Absätzen im Korridor langsam verhallte.

»Ach, nichts«, winkte Signe ab. Sie wollte nicht an ihr früheres Leben denken. Zu viele schmerzliche Erinnerungen waren damit verbunden.

»Du hast wirklich in Malmö in Rosengard gelebt?«, ließ Nelly aber nicht locker. »Wow, da trauen sich ja nicht einmal meine Cousins hin.«

»Lass gut sein, Nelly. Sehen wir uns einmal die Akte an«, blockte Signe ab. Als sie den Ordner aufschlug, wusste sie sofort, warum Estrid gerade diesen Fall ausgewählt hatte. Es waren die mysteriösen Thalberg-Morde.

KAPITEL DREI

Tom Persson saß frühmorgens an der Haltestelle Skeppsholmen und wartete auf die Fähre nach Slussen. Normalerweise war die kleine Insel eine Ruheoase im hektischen Getriebe von Stockholm, doch im Sommermonat Juni war es vorbei mit der Stille. Dann bevölkerten Hunderte von Touristen die Insel, wurden durch das Kunstmuseum geschleust und ließen sich auf der Brücke mit der goldenen Krone fotografieren.

Doch so früh am Morgen warteten zum Glück nur wenige Fahrgäste auf die Fähre, die gerade anlegte. Tom ging an Bord und erblickte sofort die attraktive Frau, die in der Bar am Oberdeck an einem Tisch saß und hinaus auf die Ostsee schaute. Er erinnerte sich wieder daran, wie gestern am Abend sein Telefon geklingelt hatte:

»Ich bin's.«

»Ingrid? Hast du Sehnsucht nach mir?«

»Lass diese Sprüche. Meine Nähe hat dich damals krank gemacht, weißt du noch? Ich muss dir etwas zeigen, das mir eigenartig erscheint. Können wir uns morgen früh treffen?«

»Gut, bei mir?«

»Nein, da könntest du diesmal mir zu nahe kommen. Aber Spaß beiseite, du weißt doch sicher noch, wo ich fast jeden Morgen frühstücke.«

»Wie könnte ich das je vergessen. Worum geht's denn?«

»Nicht am Telefon.«

»Okay, dann bis morgen.«

Daran musste Tom gerade denken, nachdem er die Frau mit den langen blonden Haaren entdeckt hatte. Ingrid Ullman war das Beste, was ihm im Leben jemals passiert war. Mein Gott, wie dämlich war er bloß gewesen, als er die Beziehung zu diesem Lebensmenschen kaputtgemacht hatte.

Seine ehemalige Freundin trug einen hellgrauen Sommermantel, bunte Sneaker und ihre Haare flatterten im Wind. Auf ihrem Tisch standen ein Espresso und ein Teller mit einem Tramezzino.

»Hej, noch immer dasselbe?«, begrüßte Tom Ingrid und deutete auf die dreieckige Weißbrotschnitte.

»Warum soll ich meine Gewohnheiten ändern?« Ingrid trank einen Schluck Espresso und blickte in die Ferne.

»Erinnerst du dich noch, wie wir früher immer hier saßen und Zukunftspläne geschmiedet haben?«

»Das ist längst Vergangenheit, Tom«, erwiderte Ingrid knapp.

Er nickte etwas betreten, winkte Claudio, dem neapolitanischen Besitzer der Bar, und bestellte ebenfalls einen Espresso. Früher hatten sie oft Claudio zugehört, wenn er ihnen von seiner Familie und der besten Pasta aus Neapel vorgeschwärmt hatte. Das war schon einige Jahre her. Zu lange, wie Tom missmutig feststellte. Dann steckte er die Erinnerungen weg, wurde wieder zum Journalisten und blickte seiner ehemaligen Freundin ins Gesicht. »Was möchtest du mir zeigen?«

»Ich bin gestern auf etwas sehr Merkwürdiges gestoßen«, kam Ingrid sofort auf den Punkt.

»Da bin ich aber gespannt. Am Telefon hast du dich ziemlich geheimnisvoll angehört.« Tief im Inneren spürte Tom leises Bedauern, dass diese stürmische Liebesbeziehung zu der klugen Ingrid, die als Rechtsmedizinerin am Karolinska-Institut arbeitete, zu einer losen Freundschaft geworden war. Aber das hatte er sich selbst und seinen Dämonen zuzuschreiben. »Also, was hast du für mich?« Tom kratzte sich den Dreitagebart und strich sich die längeren blonden Haare zurück.

»Wir hatten vorgestern den Banker Engström zur Obduktion in der Rechtsmedizin. Du weißt schon, der Selbstmord begangen hat«, begann Ingrid.

»Du meinst Magnus Engström?« Ohne größeres Interesse hatte Tom vom Tod des Mannes gehört, der vom Dach eines leer stehenden Gebäudes gesprungen war. Gegen Engström war wegen Unterschlagung von Kundengeldern ermittelt worden. In einer Pressemeldung hatte die Polizei von einem klaren Selbstmord gesprochen. Das hatte Engströms Obduktion ergeben.

»Ja, genau, um diesen Mann handelt es sich.« Ingrid beugte sich vor und Tom konnte ihr dezentes Parfüm riechen. »Was ich dir jetzt erzähle, muss unter uns bleiben«, sagte sie vertraulich. »Ich habe die Pressemitteilung gelesen, in der eindeutig von Suizid die Rede ist. Aber ich habe den Toten gesehen und da war überhaupt nichts eindeutig. An den Schultern der Leiche gab es mehrere Hämatome, wie nach einem festen Stoß.«

»Hast du Engström obduziert?«, unterbrach Tom Ingrid.

»Nein, die Autopsie hat ein Kollege durchgeführt, aber ich habe dann heimlich seinen Bericht gelesen. Und da wurde nichts von den Hämatomen erwähnt. Leider hat er mich dabei ertappt und meine Einwände mit dem Hinweis abgeschmettert, dass mich dieser Fall überhaupt nichts anginge.«

»Du meinst, Engström wurde von jemandem gestoßen?«, fragte Tom, dessen Interesse schlagartig geweckt war.

»Das kann ich nicht mit Bestimmtheit sagen. Fest steht, dass für mich begründete Zweifel an seinem Selbstmord bestehen. Hier, auf diesem Ausdruck findest du nochmals alle wichtigen Informationen.« Ingrid langte in die Tasche ihres Mantels und reichte Tom ein gefaltetes Blatt Papier. »Und erwähne bitte meinen Namen nicht.«

»Keine Sorge, ich schweige wie ein Grab, danke.« Tom wollte seine ehemalige Freundin auf die Wange küssen, doch sie drehte den Kopf zur Seite.

»Beobachtet uns da jemand?«, fragte Ingrid plötzlich und wies zum Aussichtsdeck, wo sich gerade ein Schatten von der Reling löste und verschwand.

»Ich glaube nicht. Aber wenn es dich beruhigt, sehe ich mich einmal um.« Tom steckte das Papier in seine Tasche und eilte über die Leiter hinauf auf die Aussichtsplattform. Hier befanden sich ein paar Touristen, die mit ihren Kameras das Königsschloss und die pittoreske Altstadt fotografierten. Weiter vorne sah er einen Mann mit einem Pferdeschwanz, der nicht wie ein Tourist wirkte.

»Hej, du!«, sagte er und klopfte dem Mann auf die Schulter.

»What's up?«, fragte der Mann in breitestem Englisch und blickte ihn verständnislos an.

»Sorry!« Tom entschuldigte sich bei ihm und stieg wieder vom Aussichtsdeck nach unten.

»Falscher Alarm«, sagte er zu Ingrid.

In diesem Moment stieß die Fähre einen grellen Pfiff aus, der Verkehrsknotenpunkt Slussen tauchte bereits auf und Ingrid erhob sich.

»Sehen wir uns mal nach der Arbeit?«, fragte Tom unsicher und knipste ein charmantes Lächeln an.

»Nein, Tom. Das ist endgültig vorbei.« Ingrid trat an die Reling und mischte sich unter die Fahrgäste.

»Ich wünsche dir einen schönen Tag!«, rief er ihr noch hinterher, doch Ingrid verschwand bereits in der Menge, so wie zuvor aus seinem Leben.

KAPITEL VIER

In Slussen verließ Tom die Fähre und steuerte den Fahrradparkplatz an. Dort hing sein Rennrad in der dritten Etage und er hatte einige Mühe, es herunterzuheben. Während er das Bike aufsperrte, ließ er noch einmal das Gespräch mit Ingrid Revue passieren. Es würde vielleicht eine gute Comeback-Story als Journalist werden, wenn er beweisen könnte, dass Magnus Engström deshalb vom Dach gestoßen worden war, weil er schon früher in dunkle Geschäfte verwickelt gewesen war.

Mit einem Mal störten Tom weder die Touristen noch der Verkehr, der unentwegt durch die Straßentunnel strömte. Die Sonne strahlte vom Himmel und die Luft war mit südländischer Wärme aufgeladen. Tom spürte, dass seine journalistische Durststrecke vielleicht langsam zu Ende ging und sein Leben wieder eine Perspektive bekam. Er musste nur noch seinen Chef Gustav davon überzeugen.

Die Redaktion des ›Stockholmstider‹ befand sich in einem mehrstöckigen Bürogebäude in Klara, dem klassischen Zeitungsviertel von Stockholm. Verglichen mit dem ›Aftonbladet‹ war der ›Stockholmstider‹ nur ein winzig kleiner Mitbewerber, doch die Zeitschrift war nach wie vor unabhängig und konnte so rasch auf Korruptions-Affären reagieren. Deshalb hatte sich das Blatt auch einen exzellenten Ruf als Aufdeckungsmedium im Bereich der Wirtschaftskriminalität erworben.

Tom schulterte sein Rennrad und eilte die Treppe nach oben. Zu Beginn war es ihm noch ziemlich schwergefallen, bis in den fünften Stock hinaufzulaufen, aber mittlerweile hatte sich seine Kondition verbessert und er schaffte die Stufen spielend.

»Hej, Alva«, begrüßte er die Sekretärin, die eifrig in die Tasten ihres Computers tippte. »Wo sind denn alle?« Tom blickte sich in dem verwaisten Großraumbüro um.

»Gustav hat die Redaktionssitzung vorverlegt«, informierte ihn Alva. Gustav Hansen war der Chefredakteur des ›Stockholmstider‹ und hatte gleichzeitig mit Tom als Journalist bei der Zeitung begonnen. Während Gustav die Erfolgsleiter immer weiter nach oben geklettert war, befand sich Tom in einer stetigen Abwärtsspirale, die er aber jetzt hoffentlich stoppen würde.

»Okay, dann stoße ich einfach dazu.« Tom lehnte sein Rad an die Wand und machte sich auf den Weg zum Konferenzraum, der sich neben dem Großraumbüro der Redaktion befand.

»Gustav mag es überhaupt nicht, wenn man zu spät kommt. Vielleicht ist es besser, du wartest draußen!«, rief ihm Alva mahnend hinterher. Doch Tom tat so, als würde er den Hinweis nicht mehr hören. ›Dieser Fall kann nicht warten‹, dachte er, während er die Glastür aufschob.

»Hej, Gustav! Ich habe da eine interessante Sache …«,

platzte Tom mitten in die Besprechung hinein, doch sein Chef schnitt ihm mit einer entschlossenen Handbewegung das Wort ab.

»Schön, dass du dich auch mal wieder blicken lässt, Tom. Setz dich bitte und warte, bis wir mit der Themeneinteilung fertig sind.« Gustav wies auf den einzigen freien Platz neben einer platinblonden jungen Frau, Cilia Borg, die frisch von der Journalistenakademie gekommen war. Genervt von den umständlichen Briefings malte Tom Kringel auf seinen Notizblock, während Gustav die Themen für die nächste Ausgabe besprach. Doch als er das Wort ›Selbstmord‹ aufschnappte, blickte er interessiert hoch.

»Cilia, du kümmerst dich um den Selbstmord des Bankers Magnus Engström und den Verdacht, dass er Kundengelder unterschlagen hat«, sagte Gustav gerade zu der jungen Frau neben Tom.

»Stopp!« Tom hob den Arm und stand auf. »Ich habe heute von einem Informanten interessante Neuigkeiten genau zu diesem Fall bekommen.«

»Lass hören«, forderte ihn Gustav auf.

»Mein Informant hat begründete Zweifel an Engströms Suizid«, begann Tom vage, denn er wollte nicht zu viel von seinem Wissen preisgeben. Journalismus war ein Haifischbecken, wo jede Information aufgeschnappt und für die eigene Karriere verwendet wurde. »Verdächtige Details blieben im Obduktionsbericht unerwähnt. Warum wohl? Da steckt viel mehr dahinter, als es scheint.«

»Was willst du damit andeuten?«, fragte Gustav mäßig interessiert.

»Es ist allgemein bekannt, dass es eine Untersuchung gegen Engström wegen der Unterschlagung von Kundengeldern gegeben hat«, unterbrach Cilia genervt und verdrehte die Augen. »Deswegen hat er auch Selbstmord begangen.«

»Diese Ermittlung wegen Unterschlagung ist natürlich ein guter Grund für Engströms angeblichen Selbstmord«, ließ sich Tom nicht aus der Ruhe bringen, denn er hatte noch ein Ass im Ärmel, mit dem er Gustav überzeugen würde. »Und als Anfängerin fällt man natürlich darauf herein«, sagte er mit einem abfälligen Blick auf seine Kollegin.

»Du willst mir doch bloß die Story stehlen.« Cilia wirkte vollkommen ruhig, doch ihre Augen verrieten etwas ganz anderes. Sie loderten vor unterdrückter Wut.

»Nein, ich habe einfach nur die wertvolleren Infos zu dieser Geschichte. Vielleicht solltest du besser recherchieren«, konterte Tom gelassen.

»Das ist doch nur heiße Luft«, zischte Cilia und spreizte ihre Finger mit den silbern lackierten Nägeln. »Hast du bereits am Vormittag getrunken und dir eine Verschwörung zusammengereimt? Wo sind denn diese sogenannten Beweise dafür, dass es doch kein Selbstmord war?«

»Die Facts habe ich hier.« Tom zog Ingrids Papier aus seiner Umhängetasche. »An Magnus Engströms Schulter und im Halsbereich befanden sich eindeutige Druckstellen, die darauf hinweisen, dass er wahrscheinlich vom Dach gestoßen wurde.«

»Davon wurde aber in der Mitteilung der Polizei nichts erwähnt«, warf Gustav ein, der plötzlich sehr aufmerksam zuhörte.

»Sag ich doch. Das ist eigenartig, nicht wahr?«, erwiderte Tom. »Was wird hier vertuscht? Und warum musste Magnus Engström wirklich sterben? Also für mich sieht das verdammt nach Mord aus.«

KAPITEL FÜNF

In dem Video wirkte die Villa leicht und luftig, schien auf der kleinen Anhöhe zwischen den Bäumen zu schweben. Holz und Glas waren die vorherrschenden Bauelemente, die sich harmonisch in die Landschaft einfügten. Riesige bodentiefe Fensterfronten, durch die man die Ostsee und den Wald in ihrer ganzen natürlichen Schönheit bewundern konnte, reflektierten das Sonnenlicht. Es war der ideale Ort, um inmitten der Natur zu leben und glücklich zu sein. Nur das blau-weiße Absperrband der Polizei verriet, dass sich hinter den Glasfronten eine schreckliche Tragödie zugetragen hatte. Eine Reporterin mit blondem, vom Wind zerwühltem Haar stand unterhalb des Anwesens und hielt ein Mikrofon in der Hand.

»Gestern in den späten Abendstunden hat sich in der Villa des bekannten Architekten Morton Thalberg ein brutales Verbrechen ereignet. Wie uns aus unbestätigten Quellen und Polizeikreisen mitgeteilt wurde, geschah im Inneren der Villa ein Massaker mit mehreren Toten.« Hinter der Reporterin trat ein junger Polizist in Uniform aus dem Haus und ging den gewundenen Holzweg entlang. Die Frau streckte ihm sofort das Mikrofon wie eine Waffe entgegen. »Was ist genau passiert?«

»Eine ganze Familie wurde gestern ausgelöscht«, erklärte der Polizist, der extrem erschüttert wirkte.

»Handelt es sich bei den Toten wirklich um die angesehene Familie Thalberg?«, fragte die Reporterin weiter.

»Ja, wir gehen davon aus«, erwiderte der Beamte kurz angebunden.

»Wer hat die Leichen entdeckt?«, wollte die Journalistin wissen.

»Das war die Haushälterin. Aber sie steht unter Schock«, antwortete der Polizist. »Mehr kann ich im Augenblick nicht dazu sagen.«

»Tja, und so enden die meisten Fernsehberichte von damals, vor fünfzehn Jahren, die ich in der kurzen Zeit recherchieren konnte.« Nelly stoppte das Video auf ihrem Computer.

»Lass uns jetzt mal in das Leben der Thalbergs eintauchen, damit wir die Familie besser spüren können«, sagte Signe und deutete auf die Tischtennisplatte, die mit Protokollen und Fotos bedeckt war und mit den aufgehäuften Papierhügeln wie eine Landschaft des Todes wirkte. Sie blickte konzentriert auf den Bildschirm ihrer Kollegin.

In rascher Folge klickte sich Nelly durch verschiedene Aufnahmen von der Familie. Es war der Film eines glamourösen Lebens im Rampenlicht. Morton Thalberg, der erfolgreiche Star-Architekt, mit seiner schönen jungen Frau Vera und den entzückenden Kindern Malin und Lukas auf dem Segelboot in den Schären, beim Skilaufen in Österreich und im Sommerurlaub in Ibiza. Die Thalbergs waren eine

Bilderbuchfamilie gewesen, einfach zu perfekt, um wirklich wahr zu sein.

»Das reicht, glaube ich.« Signe drehte sich zur Tischtennisplatte, langte nach drei Fotos und ging damit zu einer Korktafel, die an der Kachelmauer lehnte. Nacheinander pinnte sie die Aufnahmen darauf. »Das sind also Morton, seine Frau Vera und der Sohn Lukas«, murmelte sie und betrachtete die Porträts.

»Auf den ersten Blick eine sympathische Familie.« Nelly rollte auch an das Board und studierte die Gesichter. Morton Thalberg war ein gut aussehender Schwede mit Sommersprossen und von der Ostseesonne gebleichten Haaren. Selbst auf dem Foto verströmte er eine aggressive Vitalität, und seine blauen Augen leuchteten. Seine Frau Vera hingegen war dunkelhaarig und schmalgesichtig, wirkte verschlossen, aber sie war tatsächlich eine Schönheit gewesen. Signe spürte sogar jetzt noch die anziehende Ausstrahlung, die diese Frau umgeben hatte. Der sechsjährige Sohn Lukas lachte in die Kamera und war ein aufgewecktes Kerlchen mit rötlich blonden Haaren.

Zu jeder dieser Aufnahmen heftete Signe ein Foto vom Tatort. Morton Thalberg saß am Esstisch, der Kopf war in den Nacken gefallen, sein weißes Hemd blutdurchtränkt. Vera lag bäuchlings in der weißen Designküche auf dem Boden, das Blut hatte sich wie eine rote Aura um ihren Oberkörper ausgebreitet. Das nächste Foto zeigte Lukas in seinem Zimmer, das an den Wänden mit goldenen Sternchen dekoriert war und in dem sich ein Fernrohr befand. Der kleine Junge im Pyjama lag auf seinem Bett und hatte ein Kissen über dem Kopf, in dem sich ein schwarz umrandetes Loch befand. Es waren Bilder des Grauens, und einen stärkeren Kontrast zu den Porträts konnte es nicht geben.

»Lukas war bereits im Bett und wurde durch das Kissen hindurch erschossen«, konstatierte Signe. »Das bedeutet, dass der Mörder wenigstens für das Kind noch einen Funken Empathie verspürt hat.«

»Stimmt. Die Mutter ist wahrscheinlich vor dem Killer geflohen und wurde in der Küche erwischt.« Nelly heftete noch zwei weitere Fotos mit der toten Vera aus anderen Perspektiven an das Board.

»Nur Morton wurde direkt am Esstisch getötet.« Signe betrachtete die Aufnahme und runzelte die Stirn. Irgendetwas an diesem Foto war seltsam. Sie trat näher heran, die Konturen verschwammen, sie sog die Aufnahme in sich ein, ließ sie durch ihr Kopfkino laufen und setzte das Foto vor ihrem geistigen Auge neu zusammen. Dann ging sie wieder zu der Tischtennisplatte und wühlte sich durch weitere Tatortfotos.

»Was suchst du?«, fragte Nelly, die diese abwesenden Momente ihrer Chefin bereits kannte.

»Ich suche eine andere Aufnahme des Esstischs«, murmelte Signe.

»Hier ist ein Foto aus einem anderen Blickwinkel.« Nelly schob Signe das Bild zu.

»Ich sehe vier Teller.« Signe pinnte das Foto in die Mitte der Korkwand und stellte sich direkt davor.

»Ist doch klar, es gab ja noch eine weitere Person«, warf Nelly ein.

»Ich meine nicht das Mädchen. Sieh dir doch bloß die Verteilung der Teller an.«

»Verstehe ich jetzt nicht.« Nelly strich sich durch ihre aufgetürmte Mähne und wippte in ihrem Rollstuhl vor und zurück.

»Schau genau hin.« Signe tippte auf das Foto. »Auf dem

Platz gegenüber von Vera gibt es keinen Unterteller, aber sehr wohl ein Gedeck. Es befinden sich also auf dem Tisch fünf Gedecke, aber nur vier Teller.«

»Das heißt, es war noch jemand anwesend«, schlussfolgerte Nelly. »Und dieser Jemand hat seinen Unterteller verschwinden lassen, aber das Gedeck vergessen.«

»Wurden die Tischgedecke damals auf Spuren untersucht? Was steht dazu in den Protokollen?«

»Nein, davon wird in den Berichten nichts erwähnt. Es wurden am Tatort keine fremden Spuren gefunden«, antwortete Nelly nach einer kurzen Recherche. »Warum hast du das Foto des vierten Familienmitglieds nicht dazugepinnt?«, fragte ihre Assistentin und rollte zurück zum Tisch.

»Ich wollte zunächst nur die Opfer betrachten«, entgegnete Signe, die nachdenklich auf ihr Muttermal zwischen den Augenbrauen tippte.

»Ach, aktivierst du jetzt wieder dein drittes Auge?«, hörte sie ihre Kollegin hinter sich. »Deinen siebten Sinn?«

»Wenn es so einfach wäre«, erwiderte Signe seufzend, »dann hätten wir den Fall schon gelöst und könnten in Ruhe Tischtennis spielen.« Es stimmte, dass Signe manchmal eine vorausschauende Intuition besaß, aber sie konnte sie nie gezielt einsetzen. Dabei tauchten rätselhafte Bilder vor ihrem geistigen Auge auf, die sie nicht sofort einordnen konnte. Doch kurz darauf erlebte sie diese Szenen in der Realität. Genauso war es ihr bei dem Drama vor zwei Jahren in Malmö ergangen. Auch damals hatte sie ein schreckliches Bild vorausgesehen. Zum Glück hatte sie seit jener Zeit keine derartigen Visionen mehr gehabt. »Wo sind die Aufnahmen des Mädchens?«

»Voilà.« Nelly pinnte mehrere Fotos auf die Korkwand.

»Das ist also Malin Thalberg.« Signe trat einen Schritt zurück, um die einzelnen Fotos auf sich wirken zu lassen. Sie sah das Gesicht eines zwölfjährigen Mädchens mit blonden gelockten Haaren, das ausnehmend hübsch war, aber sehr ernst in die Kamera blickte. Auf einer anderen Aufnahme winkte sie mit erhobenen Armen dem Fotografen zu.

»Seit fünfzehn Jahren gibt es keine Spur von diesem Mädchen«, sagte Nelly und öffnete eine Datei auf ihrem iPad. »Ich habe auch ein Videofile gefunden, das sich mit Malins Verschwinden beschäftigt.«

Wieder sah man die eindrucksvolle Villa mit den vielen Glasflächen. Der Regen peitschte gegen die Terrassentüren und ein Mann in einem schwarzen Anorak trat vor die Kamera. »An diesem Ort ereignete sich das grauenhafte Verbrechen, dem die Familie Thalberg zum Opfer fiel. Der Vater Morton, die Mutter Vera und der sechsjährige Sohn Lukas wurden in dieser Villa tot aufgefunden.« Der Mann schwieg einen kurzen Moment, um die Wirkung seiner Worte durch die Stille zu verstärken. »Doch es befand sich noch eine vierte Person in der Villa. Die zwölfjährige Tochter Malin. Sie wurde bisher nicht gefunden, von ihr gab es nur blutige Fingerabdrücke an den Glastüren und einen Fußabdruck in einer Blutschliere.« Wieder machte der Reporter eine Pause, während er über den Pfad aus Holzbohlen zum Wasser hinunterging. Die Kamera zoomte auf den Bootssteg. »An dieser Stelle hat man Malins blutbefleckte Jacke gefunden, das letzte Lebenszeichen des Mädchens. Was ist mit Malin passiert? Wer hat Malin nach dem Massaker noch gesehen? Wenn Sie etwas wissen, dann rufen Sie uns jetzt an.« Eine Telefonnummer wurde eingeblendet, dann war das Video zu Ende.

»Sehr reißerisch, das Ganze.« Signe kickte den Tischtennisball an die Wand und fing ihn geschickt wieder auf. »Ich erinnere mich an die Sendung im Fernsehen. ›Lösa fallet - Löse den Fall‹ oder so ähnlich hieß sie.«

»Stimmt, aber sämtliche medialen Aufrufe haben nichts zur Aufklärung beigetragen.«

Mit verschränkten Armen schritt Signe vor der Pinnwand auf und ab, hatte das Gefühl, als würden Malins dunkelblaue Augen sie verfolgen. Der Gesichtsausdruck des Mädchens auf dem Foto war sehr ernst, doch vor Signes geistigem Auge veränderte sich plötzlich die Aufnahme und aus Malins Augen tropften ein paar Tränen. So flüchtig, wie diese Einbildung gekommen war, verschwand sie auch schon wieder. ›Was versteckte sich hinter diesem hübschen Gesicht, und was ist wirklich mit Malin geschehen?‹

KAPITEL SECHS

Weiße Neonkugeln kreisten wie Planeten durch eine lang gestreckte Betonhalle und schickten Lichtstrahlen in das Schwimmbecken, dessen Wasser wie eine grün schimmernde Fläche leuchtete. Durch runde Bullaugenfenster im Sechziger-Jahre-Stil konnte man in das Hallenbad blicken, wo gerade eine einsame Schwimmerin ihre Bahnen zog.

Nachdem sich Signe in den Fall eingelesen hatte, war sie auf dem Weg nach Hause, machte aber noch einen Abstecher in die Schwimmhalle.

Mehrere Minuten lang beobachtete Signe das Mädchen, das unverdrossen Länge um Länge in dem Fünfzig-Meter-Becken abspulte. Signes fünfzehnjährige Tochter Maria trainierte für die schwedischen Meisterschaften und hatte auch gute Chancen, in den Jugend-Olympiakader aufgenommen zu werden. Mit kraftvollen Armbewegungen kraulte Maria durch das Wasser, Signes Blick folgte ihr und schweifte dann hoch zu der Empore.

Dann fror die Szene ein, denn Signe sah plötzlich eine Gestalt.

Dort, wo normalerweise der Bademeister von oben das Treiben beaufsichtigte, tauchte mit einem Mal ein Mann auf. Sein dunkles Haar war über den Schläfen rasiert und glänzte stählern im Neonlicht. Den Kragen seiner Lederjacke hatte er hochgeschlagen und die Hände in die Taschen gesteckt. ›Wie lange steht der Mann schon dort und warum beobachtet er meine Tochter? Wer ist der Typ?‹, ging es Signe durch den Kopf. Sie lief hastig am Rand des Beckens entlang. Doch in dem Moment, in dem sie die Treppe erreichte, zog der Mann seine Hand aus der Tasche, machte mit Zeige- und Mittelfinger ein Victoryzeichen und wies damit auf die Schwimmerin.

»Ein Talent!«, sagte der Fremde laut, drehte sich auf dem Absatz um und verschwand.

»Wer sind Sie?«, rief ihm Signe atemlos hinterher. Jetzt erreichte sie die Tür zum Korridor, die noch in den Angeln pendelte, und eilte nach draußen. Doch der Flur war bereits leer und eine unheimliche Stille schlug Signe entgegen. »Hallo?«, rief sie noch einmal, erhielt jedoch keine Antwort. Kopfschüttelnd drehte Signe sich um und ging zurück in die Schwimmhalle.

›Verdammt, vielleicht war das nur ein Ablenkungsmanöver und Maria ist in Gefahr‹, schoss es ihr plötzlich durch den Kopf.

›Wissen gewisse kriminelle Kreise aus Malmö, dass ich jetzt in Stockholm lebe?‹

Die Fallblätter der Digitaluhr an der Wand zeigten gerade mit einem müden Klacken an, dass seit dem Auftauchen des Mannes keine fünf Minuten vergangen waren. Von der Empore aus hatte Signe einen ungehinderten Blick auf das Becken, wo ihre Tochter unverdrossen Bahn um Bahn zog. Zum Glück hatte Maria von dem Zwischenfall nichts mitbekommen.

Hastig eilte Signe nach unten, setzte sich auf einen Startsockel, wartete, bis ihre Tochter anschlug, packte sie dann sofort am Arm.

»Hej, Maria, Überraschung, ich hole dich ab!«

»Mama, was soll das?« Verärgert riss sich Maria los und paddelte zum seitlichen Rand. »Du hast mich total aus dem Rhythmus gebracht.«

»Das tut mir leid, Schatz«, versuchte Signe ruhig zu klingen und rang sich ein Lächeln ab. »Zieh dich an, wir starten gleich.«

»Aber ich soll doch schon heute wieder bei Papa übernachten.«

»Dann fährst du eben erst morgen. Komm schon, mach dich fertig«, insistierte Signe, warf verstohlen einen Blick nach oben zur Galerie, die verlassen im Neonlicht glänzte. »Ich warte vor der Umkleide auf dich«, sagte sie.

»Was ist los mit dir? Du siehst so finster drein«, fragte Maria, als sie aus der Garderobe trat.

Signe zuckte zusammen und knipste automatisch ein fröhliches Lächeln an. »Ach, nichts, ich habe bloß kurz an meine Arbeit gedacht.« Sie drückte ihre Tochter fest an sich. »Weißt du was, wir kaufen uns einen leckeren Burger und setzen uns zu Hause an den Steg.«

»Du weißt doch, dass ich kein Fleisch esse.« Maria zog sich aus der Umarmung und schüttelte ihre feuchten Haare, die wie goldene Perlenschnüre auf ihre Schultern klatschten.

»Es gibt auch vegetarische Burger«, machte Signe sofort den nächsten Vorschlag.

»Ich esse auch kein Brot mit Gluten, das tut meiner Verdauung nicht gut«, wandte Maria ein.

»Man kann es mit der bewussten Ernährung auch übertreiben«, kommentierte Signe den Vortrag ihrer Tochter über gesundes Essen. »Aber im Grunde verstehe ich deinen Ernährungsstandpunkt«, lenkte sie gleich wieder ein. »Lass uns nach Hause fahren.« Signe nahm Maria am Arm und zog sie zu der Bullaugentür, die ins Foyer führte. Noch immer saß die Kontrolleurin mit dem glatten schwarzen Haar in ihrer neonerhellten Glaskanzel und wirkte wie eine Madonna unter einem Glassturz.

»Ist hier vorhin ein Mann mit einer Lederjacke hinausgegangen?«, fragte Signe die Frau.

»Nein, Maria ist die einzige Schwimmerin, die hier noch trainiert hat.«

»Was für ein Mann?«, fragte Maria und blickte Signe misstrauisch von der Seite an.

»Ach, nichts.« Signe strich ihrer Tochter über das blonde Haar. »Ich habe mich wahrscheinlich getäuscht.«

Unauffällig blickte Signe umher, als sie über den Parkplatz zu ihrem Toyota Pick-up gingen. In dem Dämmerlicht der Mittsommernächte verschwammen die Konturen zu einer einzigen diffusen Masse, in der man keine Einzelheiten unterscheiden konnte.

»Wieso bist du überhaupt hierhergekommen? Ich bin kein kleines Kind mehr und wäre alleine zu Papa gefahren«, fragte Maria, als sie im Auto saßen und durch die leeren Straßen zum Fährhafen fuhren.

»Ich weiß, aber Kungsholmen liegt nun einmal auf meinem Weg.« Das war aber nur die halbe Wahrheit, denn seit dem fatalen Einsatz vor zwei Jahren war Signe ständig in

Sorge um ihre Tochter, doch davon durfte Maria nie etwas erfahren.

Schweigend erreichten sie den Fähranleger und warteten auf das Boot, das sie auf die kleine Insel Stora Fjäderholmen vor Stockholm bringen würde, wo sich Signes Haus befand.

Als die Fähre nach einer kurzen Fahrt an der Insel anlegte, entspannte sich Signe und atmete tief durch. Hier befand sich ihr Elternhaus, in das sie nach ihrer Zeit in Malmö wieder zurückgekehrt war und in dem sie die meiste Zeit alleine lebte. Ihre Mutter wohnte im Norden bei ihrer Schwester, und Signe hatte seit dem Unfall ihres Vaters Carl keinen Kontakt mehr zu ihr. Noch immer gab sie Signe die Schuld an Carls Tod.

Das rot gestrichene Holzhaus mit den weißen Fensterläden leuchtete im abendlichen Dämmerlicht. Mit einer Box veganer Wraps, die Signe in dem Gasthaus beim Anleger gekauft hatte, gingen beide über den Holzsteg hinunter zum Wasser.

»Wann gehen wir wieder tauchen?« Maria blickte hinaus auf die See, in der sich die tief stehende Sonne spiegelte.

»Du weißt doch, dass ich nicht mehr tauche, seit dein Großvater Carl beim Freitauchen mit mir ertrunken ist. Außerdem ist es zurzeit mit den Strömungen viel zu gefährlich.«

»Du machst überhaupt nie etwas Cooles mit mir.« Genervt sprang Maria auf und stampfte mit ihren Sneakern auf die Bohlen. »Christer ist total anders. Du bist nur langweilig und vorsichtig. Wie kannst du nur Polizistin sein?«

»Warum ziehst du dann nicht wieder gleich ganz zu deinem Vater?«, konnte sich Signe nicht beherrschen zu sagen. Christer De Geer war Signes Ex-Mann, ein erfolgreicher Anwalt, der jetzt mit seiner jungen Frau Natascha und

Zwillingen im Herrenhaus der Familie De Geer in Djursholm residierte.

»Ich bleibe bloß hier, weil du ja schließlich noch meine Mutter bist und so alleine lebst«, maulte Maria.

»Redet so dein Vater über mich?«, schoss Signe zurück. »Ich fühle mich wohl, so, wie es ist.«

»Und wenn schon.« Maria biss in den veganen Wrap mit Hummus und Kichererbsen. »Puh, der schmeckt ja scheußlich.« Angeekelt ließ Maria den Wrap auf die Holzbohlen fallen und stapfte zurück zum Haus.

»Du wolltest doch vegan essen?«, rief ihr Signe hinterher.

»Das ist veganes Essen aus der Retorte. Bei Christer bekomme ich jeden Abend ein viergängiges Menü. Natascha kocht nur vegan.«

»Na, dann viel Spaß mit eurem gesunden Getue!«, rief Signe wütend. Sie hörte eine Tür knallen, dann war Stille.

Aufgewühlt kehrte Signe zurück ins Haus. »Was für ein schrecklicher Abend«, murmelte sie. An Schlaf war jetzt nicht mehr zu denken. In der Küche holte sie eine angebrochene Flasche Rotwein aus dem Schrank, schenkte sich ein Glas ein und kehrte wieder zurück zum Bootssteg. Versonnen blickte sie hinaus auf die See, wo sich der Horizont im Dämmerlicht auflöste. Seufzend legte sie sich auf den Bauch und griff nach dem Sicherungsseil, das sie immer zum Freitauchen verwendet hatte.

»Ich habe dich damals nicht gerettet, Carl«, murmelte Signe. Ihre Worte kletterten das Tau entlang in die schwarze Tiefe, verschwanden durch diese unendliche Telefonleitung im Jenseits.

KAPITEL SIEBEN

Signe erwachte aus unruhigem Schlaf und schaute direkt in die kreisrunde Mündung einer Pistole. Ihr Blick wanderte höher, verharrte auf dem Gesicht eines Mannes. Er hatte dunkle Augen, die wie Kohlenstücke glommen, einen exakt gestutzten Bart und hochrasierte Schläfen. Sie hörte das metallische Klacken, als der Mann die Waffe entsicherte.

»Du hast meinen Bruder belogen. Schöne Grüße aus Malmö.«

Wie gebannt starrte sie auf den Zeigefinger des Schützen, der sich um den Abzug krümmte. Dann hörte sie einen lauten Knall, der sie beinahe aus dem Bett warf.

Signe schreckte verwirrt hoch, rieb sich die Augen und der Albtraum verflüchtigte sich, nicht aber das ohrenbetäubende Geräusch.

»Was ist hier los!«, rief Signe, tappte barfuß aus dem Schlafzimmer nach draußen. Sie sah, wie ihre Tochter achtlos Koffer, Stiefel und Frisbeescheiben aus dem Abstellraum auf den Boden warf.

»Spinnst du, hör sofort auf damit!« Aufgebracht starrte Signe auf das Chaos im Flur.

»Ich kann meine verflixten Boots nirgends finden«, fluchte Maria und wühlte sich weiter durch diverse Kartons und Regale.

»Wozu brauchst du Boots, es ist bald Sommer?« Genervt schüttelte Signe den Kopf, wieder tauchte das Gesicht des Libanesen vor ihrem geistigen Auge auf, doch sie verdrängte die Erinnerung sofort wieder.

»Ich bin morgen mit Natascha auf eine Techno-Party eingeladen. Da brauche ich einen coolen Look. Ach, da sind sie ja.« Erleichtert schwenkte Maria ihre Doc Martens mit der extra dicken Sohle und packte sie in ihre Reisetasche.

»Ich werde deinem Vater einschärfen, dass Natascha dich nicht aus den Augen lässt. Du bist eigentlich noch zu jung für so eine Veranstaltung.«

»Aber Natascha hat vorher eine Fashion-Show und dann gibt's eben Party. Außerdem bleibe ich jetzt wieder ein paar Wochen bei Papa, da hast du uns überhaupt nichts vorzuschreiben. Bring mich bitte endlich zur Fähre.«

Missmutig und ohne Frühstück fuhr Signe ihre Tochter zum Fähranleger. Sie umarmte Maria, spürte aber, wie sich der Körper des Mädchens versteifte, so als wäre es ihr unangenehm, von ihrer Mutter berührt zu werden. In diesem Moment erinnerte sich Signe an die kleine Maria vor vielen Jahren, die jeden Morgen unbedingt noch einen dicken Extrakuss von ihrer Mutter zur Verabschiedung wollte. ›Was ist nur zwischen uns passiert und wie kann ich verhindern, dass dieser Graben noch tiefer wird?‹

»Pass auf dich auf!«, rief sie Maria noch hinterher, doch ihre Tochter reagierte nicht, sondern verschwand sofort im Inneren des Schiffes. Während Signe noch kurz wartete, bis die Fähre abgelegt hatte, ging sie im Kopf ihre To-do-Liste für den Tag durch. Gestern hatte sie noch mit dem Polizeirevier von Värmdö telefoniert und für heute ihren Besuch angekündigt.

Värmdö war die sechstgrößte Insel Schwedens und in nur fünfzehn Minuten bequem mit dem Auto von Stockholms Zentrum aus zu erreichen. Mit ihren dichten Wäldern, den einsamen Stränden und den pittoresken Dörfern war sie ein begehrter Wohnort für reiche Schweden, die Ruhe und Abgeschiedenheit suchten.

Die Polizeidienststelle von Värmdö befand sich in Gustavsberg, dem größten Ort mit einer beeindruckenden Häuserzeile an der Hafenpromenade. Signe parkte ihren Pick-up vor einem länglichen Holzhaus mit blauer Fassade, in dem die Polizei untergebracht war. Vor dem Eingang wartete ein Mann in Uniform, der eine Zigarette rauchte und Signe beobachtete.

»Birger Kohonen?«, fragte Signe, als sie sich dem Beamten näherte.

»Yep.« Der Mann nickte, nahm noch einmal einen tiefen Zug von seiner Zigarette und schnippte die Kippe dann in ein Blumenbeet. Er hatte ein rundes Gesicht und helle schmale Augen, die ihm einen lauernden Ausdruck verliehen und Signe an einen Polarwolf erinnerten.

»Signe Nord, Kripo Stockholm. Wir haben gestern telefoniert.«

»Ja, ich weiß, du bist wegen der Thalberg-Morde hier.« Birger holte einen Balsamstift aus seiner Brusttasche und cremte seine Lippen ein. »Ich hatte schon als Kind eine trockene Haut. Komm mit rein«, meinte der Polizist und öffnete schwungvoll die hölzerne Eingangstür. »Ich habe dir von der Gemeinde auch die Schlüssel für die Thalberg-Villa besorgt«, sagte Birger, als sie das Revier betraten und klimperte mit einem Schlüsselbund. Die Polizeistation bestand nur aus zwei Räumen, wobei der erste für den allgemeinen Publikumsverkehr bestimmt war. Im rückwärtigen Zimmer war ein kleines Büro eingerichtet, in das Birger sie jetzt lotste.

»Danke, dass du daran gedacht hast«, sagte Signe und nahm die Schlüssel in Empfang. »Sag mal, ist Kohonen nicht ein finnischer Name?«

»Das stimmt.« Birger lächelte breit. »Mein Vater stammt aus Turku. Er ist der Liebe wegen in Schweden gelandet.«

»Dachte ich mir doch. Ihr arbeitet hier aber auf ziemlich engem Raum«, meinte Signe nach einem ersten Augenschein der Zimmer.

»Na ja, wir sind auch nur zwei Polizisten, die im Turnus Dienst machen. Auf Värmdö passiert eben nicht viel. Deshalb habe ich mich gestern auch gewundert, dass sich nach so langer Zeit jemand für die Thalberg-Morde interessiert.«

»Mord verjährt eben nicht und dieser Fall war schon sehr speziell«, antwortete Signe, die ahnte, dass es den Bewohnern der Insel sicher unangenehm war, wenn dieses Verbrechen wieder aus dem Archiv hervorgeholt wurde. Aber es war nun einmal ihr Job, ungelöste Verbrechen aufzuklären und Täter zu überführen. »Da spielt Zeit keine Rolle.«

»Gibt es einen bestimmten Grund, warum du die Ermittlungen zu den Thalberg-Morden gerade jetzt vor der Sommersaison wieder aufnimmst?«, fragte Birger interessiert. »Gibt es vielleicht neue Erkenntnisse? Habt ihr frische Indizien?«

»Ich bin mit meinen Ermittlungen erst am Anfang«, wich Signe der Frage aus. »Du bist damals als Erster am Tatort gewesen? Schildere mir bitte ganz genau, wie dein erster Eindruck gewesen ist.«

»Meine ganze Aussage steht doch in den Protokollen.«

»Den Bericht habe ich natürlich gelesen, aber das Geschehen aus erster Hand zu erfahren, ist doch was ganz anderes.«

»Das ist schon ziemlich lange her.« Birger drehte sich zu einem kleinen Kühlschrank und holte ein 7up heraus. »Möchtest du etwas trinken?«

»Gib mir auch so eine Limo«, erwiderte Signe. Sie wollte Birger nicht drängen, sondern eine positive Atmosphäre schaffen, denn so konnte sich der Polizist vielleicht auch an Details erinnern, die damals übersehen wurden. »Also, wie hast du von den Morden an der Thalberg-Familie erfahren?«, fragte Signe, nachdem sie die halbe Flasche in einem Zug geleert hatte.

Birger Kohonen war erst seit kurzer Zeit Dorfpolizist auf der Insel Värmdö. Er saß in der Wachstube und tippte das wöchentliche Protokoll in den Computer. Jemand hatte vor zwei Tagen beim Bootsverleih eine Jolle geklaut und gestern Abend hatte er einen Autoraser angehalten. Dazu kamen noch zwei Tickets wegen Falschparkens. Mehr war die Woche über nicht passiert. Während er die mageren Fakten mit zwei Fingern in die Tastatur hämmerte, läutete Birgers Telefon und danach war nichts mehr wie zuvor.

»Polizeirevier Värmdö«, meldete er sich. Doch am anderen

Ende der Leitung war nur ein unterdrücktes Schluchzen zu hören.

»Hallo, wer spricht da? Nennen Sie bitte Ihren Namen«, sagte Birger und setzte sich aufrecht.

»Aurie«, wisperte eine Frauenstimme mit fremdländischem Akzent. »Kommen Sie sofort zur Villa. Alle sind tot.«

»Wer ist tot?« Birger blickte nervös umher und spürte, wie ihm der Schweiß ausbrach. Wollte ihn vielleicht jemand auf den Arm nehmen? War das ein Begrüßungsritual seines Kollegen, der zu Haus krank im Bett lag?

»Ich kann das Mädchen nirgends finden«, schluchzte die Frau. »Erzählen Sie mir genau, was passiert ist. Wo sind Sie?«, fragte Birger und ging im Kopf das vorgegebene Ablaufprotokoll für einen Einsatz durch.

»Ich, ich weiß nichts. Die Thalberg-Villa ist voller Blut.« Mit einem lauten Klacken wurde plötzlich die Verbindung unterbrochen.

Hastig sprang Birger auf. Natürlich kannte er das spektakuläre Anwesen der Thalbergs, und die Frau am Telefon hatte wirklich Todesangst gehabt. Das war kein Scherz, um ihn zu verarschen, sondern die nackte Wahrheit. Birger griff nach seiner Dienstmütze, vergewisserte sich, dass seine Waffe gesichert war, und stieg angespannt in seinen Dienstwagen. Ausgerechnet heute war er alleine in der Dienststelle, da sein zweiter Kollege erkrankt war.

Die Architektenvilla der Familie Thalberg lag einsam am Rande eines dichten Waldes am Ufer der Ostsee. Als Birger die gewundene Straße zu dem Anwesen fuhr, sah er bereits eine Gestalt, die händeringend auf ihn zulief. Das musste die geheimnisvolle Anruferin sein. Als die kleine Frau mit tränenüberströmtem Gesicht an die Seitenscheibe des Wagens klopfte, erkannte er sie. Es war Aurie, die philippinische Hausange-

stellte der Thalbergs, die er schon öfter in Gustavsberg beim Einkaufen gesehen hatte.

»Was ist nur mit Malin geschehen?«, rief Aurie verzweifelt und zerrte an Birgers Blouson, als er aus seinem Wagen stieg. »Malin ist verschwunden.«

»Ganz ruhig.« Vorsichtig löste Birger Auris Hände von seiner Uniform und redete sanft auf die Haushälterin ein, während sie auf das Haus zugingen. »Was ist denn genau passiert?«

»Sie sind tot. Im ganzen Haus ist alles voller Blut«, stammelte Aurie und schlug sich die Hände vors Gesicht. »Aber wo ist Malin?« Plötzlich gaben Auries Knie nach und sie wäre zu Boden gestürzt, wenn Birger sie nicht gestützt hätte.

»Was ist mit Malin?«, fragte Birger, als sie vor der beeindruckenden Villa standen, die trotz der großen Fensterfronten düster und abweisend wirkte. Er hatte die Thalbergs vor einigen Wochen bei einem Dorffest kennengelernt und erinnerte sich jetzt wieder an das hübsche blonde Mädchen mit den dunkelblauen Augen und an den kleinen Jungen.

»Die Kleine ist verschwunden. Sie ist doch erst zwölf Jahre alt.«

»Aurie, hör mir zu.« Birger schüttelte die Haushälterin, um ihre Aufmerksamkeit zu erlangen. »Ich gehe jetzt hinein und du wartest hier.«

Die Frau nickte und blickte verstört in die Ferne, während Birger seine Pistole aus dem Halfter zog und entsicherte. Vorsichtig schritt er über den Bohlenweg zum Eingang. Mit dem Ellbogen stieß Birger die Tür auf, huschte in den Flur, der sich zum Esszimmer hin öffnete. Dort sah er Morton Thalberg am Tisch sitzen, Fliegen surrten um seinen Oberkörper, setzten sich auf das weiße Hemd voll geronnenen Bluts. Birger spürte, wie sein Magen zu rumoren begann, und hastig drehte er sich zur Seite. Mit der Waffe im Anschlag umrundete Birger den Küchenblock. Eine dunkelhaarige Frau lag bäuchlings auf dem Boden inmitten einer dunklen Pfütze. Das musste Vera, die Dame des Hauses, sein. Undeutlich erinnerte sich Birger wieder an den Namen. Ein lauter Knall am Fenster schreckte Birger hoch, Adrenalin jagte durch seinen Körper und instinktiv hob er die Pistole. Ein kleiner bunter Vogel schlug verwirrt mit dem Schnabel gegen die Glasscheibe, als wollte er unbedingt in die Küche gelangen. Plötzlich entdeckte Birger einen Vogelkäfig auf einem Tisch und öffnete das Fenster. Der Vogel flog in den Raum und setzte sich sofort auf eine Stange im Käfig. Irritiert drehte sich Birger wieder zu der Frauenleiche am Boden und blickte in den weitläufigen Flur.

Urplötzlich hatte er einen fauligen Geschmack im Mund, gleich würde er sich übergeben, doch mit aller Kraft unterdrückte er den Brechreiz. ›Wo sind nur die Kinder?‹, dachte er und schlich vorsichtig aus der Küche in den Korridor. Auf dem Holzboden entdeckte er dunkle Schlieren, die mäandernd in die Maserung gedrungen waren, dazwischen einen halb verwischten Schuhabdruck.

Er öffnete eine Tür, auf der Lucky Lukas stand. Es war ein Kinderzimmer, das erkannte er auf den ersten Blick. Durch große Terrassentüren strömte das morgendliche Licht in den Raum, brachte die goldenen Sterne an der Zimmerdecke zum Leuchten. Auch die kleine Gestalt auf der bunten Bettdecke wurde von den Sonnenstrahlen unwirklich erhellt. Auf dem Gesicht des Kindes lag ein Kissen. Als Birger näher trat, entdeckte er das hässliche schwarze Loch in der Mitte des Kissens, und jetzt konnte er sich nicht mehr zurückhalten und kotzte seinen Mageninhalt in einen Papierkorb.

»Lukas war durch einen Kopfschuss getötet worden«, sagte Birger zu Signe, die schweigend seinem Bericht gelauscht hatte. »Ich habe dann im ganzen Haus nach Malin gesucht, konnte sie aber nirgends finden.«

»Die Spurensicherung hat aber keine Spuren von dir in den anderen Räumen gefunden«, warf Signe ein.

»Na hör mal, ich war zwar damals noch nicht lange Polizist, aber ich habe genau gewusst, wie man einen Tatort korrekt untersuchen muss«, erwiderte Birger gekränkt.

»Natürlich.« Signe wartete, bis Birger den Faden seiner Erzählung wieder aufnahm.

»Ich bin dann ins Freie gelaufen, habe Aurie so gut wie möglich beruhigt und zu meinem Wagen geschickt.« Birger atmete heftig aus und ein, schien von der Erinnerung überrollt zu werden. »Dann bin ich runter zum Bootssteg und habe dort eine rosa Mädchenjacke beim Anleger entdeckt. Sie war voller Blutflecken. Die Jacke hat wahrscheinlich Malin gehört, dachte ich mir.«

»Du hast dann die Kripo Stockholm und die Spurensicherung angerufen, richtig?«, rief sich Signe den Bericht wieder ins Gedächtnis.

»Ja, und ich habe auf die Kollegen gewartet.«

»Was war mit dem Fußabdruck, den du erwähnt hast? Davon steht nichts in dem Bericht.«

»Keine Ahnung, ich hatte mit dem Fall nichts mehr zu tun, das übernahm die Kripo aus Stockholm.« Birger zuckte mit den Schultern.

»In den Akten steht auch, dass man zunächst einige Junkies verdächtigt hat.«

»Stimmt, ein Drogenpärchen war den ganzen Sommer über auf der Insel gewesen und auf den VHS-Bändern der Überwachungskameras hatte man sie einige Tage zuvor in der Nähe von Thalbergs Villa rumschleichen gesehen. Leider war das Aufnahmegerät in der Mordnacht defekt.«

»Das war aber ein merkwürdiger Zufall, findest du nicht?«

»Na ja, auf dem Speicherband war nichts drauf. Das kann schon mal vorkommen.« Birger hob bedauernd den Arm. »Aber wie gesagt, das war Sache der Kollegen aus Stockholm.«

»Was, glaubst du, ist mit der Tochter damals passiert?«, fragte Signe, während sie den Rest der Limo trank.

»Malin ist vielleicht ins Wasser gefallen, wurde von der Strömung mitgerissen und ist ertrunken.«

KAPITEL ACHT

Wie feine Messerklingen durchdrangen die Strahlen der aufgehenden Sonne das Zwielicht und warfen riesige Schatten an die Mauern der Gebäude. Ein Läufer, der gerade die Kolonnaden des Rathauses passierte, wurde von der plötzlichen Helligkeit geblendet und stolperte über eine Bodenschwelle.

»Verdammt!« Tom Persson verspürte einen jähen Stich im linken Knöchel. Gemächlich trabte er am Ufer von Kungsholmen entlang, bis der Schmerz langsam abebbte. Behutsam steigerte er dann wieder das Tempo und genoss die kühle Brise, die von der Ostsee herüberwehte. Das morgendliche Joggen war Toms Therapie, so konnte er die düsteren Gedanken in Schach halten, die ihn Nacht für Nacht quälten. Jahrelang hatte er Raubbau an seinem Körper getrieben, doch vor einiger Zeit hatte er zu der alten Routine zurückgefunden, die ihn früher als Journalist so erfolgreich gemacht hatte: laufen und schreiben.

Wenn er mit schweren Beinen wieder nach Hause kam,

stellte sich sogar ein Glücksgefühl ein. Auf dieser Welle der Euphorie setzte er sich dann an seinen Computer und verfasste in Windeseile einen Artikel, für den er früher tagelang gebraucht hätte.

An diesem Morgen kreisten seine Gedanken um den angeblichen Selbstmord des Bankers Magnus Engström und die Informationen, die er von Ingrid erhalten hatte. Noch waren es vage Mutmaßungen, aber Toms journalistisches Gespür sagte ihm, dass mehr dahintersteckte. Im Augenblick fühlte er sich wie ein Wanderer im Nebel, der zwar sein Ziel kannte, aber den Weg dorthin noch nicht gefunden hatte.

Er passierte den kleinen Stadtstrand Smedsuddsbadet, der um diese Zeit noch menschenleer war. Dann bog er in den Ralambshovsparken ein und rannte auf die ehemalige Kirche am Parkrand zu. Kurz bevor Tom das baufällige Gebäude erreichte, verlangsamte er sein Tempo, versuchte seinen Atem zu kontrollieren. In der Tasche seiner dünnen Laufjacke knisterte ein Umschlag, den er herauszog, als er die schwere Holztür öffnete. Einmal pro Woche besuchte Tom dieses Gotteshaus und genoss die Stille. Im Inneren der Kirche war es kühl und er fröstelte unwillkürlich. Er zog den Reißverschluss seiner Laufjacke hoch und ging langsam zwischen den leeren Sitzreihen hindurch, bis er zum Altar kam, dessen gewaltige Marmorplatte von Sprüngen durchzogen war. Durch eines der schmalen Fenster schnitt ein Sonnenstrahl wie ein Laserschwert in die Düsternis, verharrte auf einer toten Taube, die mit ausgebreiteten Flügeln engelsgleich auf der Marmorplatte lag. Wie immer trat Tom zu dem holzgeschnitzten Beichtstuhl, dessen roter mottenzerfressener Samtvorhang über dem Eingang in einem leichten Luftzug wie eine Kriegerflagge wehte. Noch einmal warf Tom einen wachsamen Blick umher, vergewisserte sich, dass er alleine in dem Gebäude war, dann steckte er den Umschlag in den Schlitz des Betschemels. Auch das gehörte zu seiner Routine. Neu hingegen war, dass er ein Post-it und einen Stift aus seiner Jacke zog.

»Melde dich, wenn du so weit bist«, schrieb er auf den Zettel und klebte ihn an das Holz.

Ohne sich noch einmal umzusehen, verließ Tom die Kirche. Dann trabte er durch den Park, ehe er sein gewohntes Tempo wieder aufnahm, die Insel Kungsholmen hinter sich ließ und in die düsteren Bezirke von Stockholm eintauchte. Als er Rinkeby erreichte, milderte das grelle Sonnenlicht die triste Atmosphäre, die von den Sozialbauten, ausgebrannten Autowracks und vermüllten Grünflächen ausging. Eine Gruppe von Jugendlichen spielte Basketball in einem Gitterkäfig und beäugte Tom misstrauisch, doch er wusste, dass man sich mit einem finsteren Blick Respekt verschaffen konnte, und lief problemlos an den Kids vorbei.

Vor einem mit Graffiti überzogenen Abbruchhaus blieb er stehen, betrat durch die geborstene Tür das Innere. Zwei Typen lungerten im Treppenhaus herum und zischten leise, doch Tom ignorierte sie. Er steckte die Hand in seine Laufjacke, umfasste seinen Schlüssel mit der Faust, sodass die Spitze zwischen seinen Fingern wie eine Waffe nach außen zeigte. Vorsichtig stieg er eine zerbröckelnde Steintreppe in ein Kellergewölbe hinab und orientierte sich in dem düsteren Halbdunkel. Der Boden des Kellers war mit zerfledderten Zeitschriften und zusammengeknülltem Papier übersät. Links und rechts an den feucht glänzenden Mauern waren grobe Sitzbänke aufgestellt, auf denen schattenhafte Gestalten saßen, die Zettel und kleine Pappschachteln in den Händen hielten. An der Stirnseite des Gewölbes stand ein wackeliger Schreibtisch, hinter dem ein älterer Mann mit grauem Vollbart in einem abgetragenen Nadelstreifenanzug thronte und gerade ein Formular studierte.

»Der Nächste bitte«, sagte der Alte mit sonorer Stimme und winkte eine Frau zu sich, die ihre krausen Haare zu zwei Zöpfen geflochten hatte und eine grüne Schürze trug.

»Ich habe diese Woche nur ein paar Blumensträuße verkauft«, sagte die Frau schüchtern und blickte zu Boden, so als wäre es ihr unangenehm, darüber zu sprechen. »Hier ist meine Einnahmen-Ausgaben-Rechnung für diesen Monat.« Sie schob ein zerknittertes Blatt Papier über den Schreibtisch.

»Hm«, murmelte der Mann, nachdem er den Zettel überflogen hatte. »Du musst deinen Blumenladen schließen, du hast zu wenig Einnahmen«, sagte er dann und räusperte sich. »Das ist die einzige Möglichkeit, sonst häufst du bald eine Menge Schulden an. Die Zinsen werden dich auffressen.«

»Aber wovon soll ich dann leben?«, fragte die Frau mit leiser Stimme und knetete verzweifelt ihre Hände.

»Eine gute Frage.« Der Mann dachte kurz nach, griff dann in eine Lade seines Schreibtischs und holte ein Bündel Kronen hervor. »Hier, nimm das. Damit kommst du erst einmal über die Runden.« Er schob das Geld über den Tisch.

»Aber das kann ich doch nicht annehmen«, antwortete die Floristin überrascht.

»Doch, das geht in Ordnung. Überlege dir zu Hause, wo du deine Blumen sonst verkaufen kannst. Dann kommst du wieder zu mir und wir stellen einen Businessplan auf.«

»Businessplan, das klingt nach Erfolg«, flüsterte die Frau

und drückte die Geldscheine an ihre Brust, ehe sie im Halbdunkel des Gewölbes verschwand.

Schweigend hatte Tom die Szene beobachtet, jetzt trat er aus dem Schatten und setzte sich auf eine umgedrehte Bierkiste an den Schreibtisch.

»Du hast ja noch immer mächtig viel zu tun, Bert«, konstatierte Tom.

»Ja, die hohen Mieten brechen vielen das Genick. Dazu kommt, dass die Regierung das Steuersystem umgestellt hat. Damit kennen sich die wenigsten aus. Die Leute merken das erst, wenn sie mehr Steuern zahlen«, erwiderte Bert Hoffmann. »Der Staat macht sich die Unwissenheit seiner Bürger zunutze.«

»Jaja, der böse Staat. Der hat auch dich damals abserviert«, meinte Tom ironisch. »Aber auf diese Weise wirst du niemals wieder zu Geld kommen.« Tom wies auf die Frau, die mit den Geldscheinen gerade den Kellerraum verließ.

»Was soll ich denn mit Geld? Ich habe doch früher genug verdient«, antwortete Bert gleichgültig. Tom erinnerte sich, dass Bert vor vielen Jahren eine große Steuerberatungskanzlei besessen hatte. Die oberen Zehntausend von Schweden gaben sich die Klinke in die Hand, um von seinen Steuertricks zu profitieren. Er wurde auf Empfänge und Partys eingeladen, wo es immer viel zu trinken gab. Nach jedem kapitalen Rausch schwor sich Bert, mit dem Trinken aufzuhören, doch am Abend war es wieder vorbei mit seinen guten Vorsätzen. Jahrelang ging das gut, doch dann verließ ihn seine junge indische Frau, und Bert begann seine Arbeit zu vernachlässigen, er trank bereits am Vormittag, kam betrunken zu Geschäftsessen und machte grobe Fehler. Seine Kunden kündigten, die Kanzlei schlitterte in die Insolvenz und alle sogenannten Freunde zeigten Bert die kalte Schulter. Als er seine Wohnung im Östermalm verlor und einige Zeit sogar obdachlos war, kam er endlich zur Besinnung. Kurz hatte Bert überlegt, ob er sich zu Tode saufen sollte, entschied sich aber dagegen. Er wurde von einem Tag auf den anderen trocken und stellte seine Fähigkeiten als Steuerberater in den Dienst der sozial schwächeren Bevölkerung. Tom hatte Bert vor Jahren für ein Zeitungsporträt interviewt, und aus dieser ersten Begegnung war so etwas wie eine lose väterliche Freundschaft entstanden.

»Was führt dich zu mir?«, fragte Bert und schob eine Strähne seines dichten weißen Haarschopfs aus der Stirn. »Ist schon eine Weile her seit unserem letzten Treffen. Soll ich deine Steuererklärung durchsehen?«

»Da gibt es nicht viel zu checken. Ich habe die letzten Jahre kaum etwas verdient.« Tom strich sich über seine Bartstoppeln und blickte Bert an, der ihn wissend musterte.

»Jeder durchlebt einmal eine Durststrecke.«

»Aber bei mir dauert sie diesmal zu lang.«

»Und wenn schon. Jetzt bist du wieder der Alte. Du wirkst ziemlich fit und du läufst wieder.« Bert schaute auf Toms Sportkleidung.

»Ja, ich laufe vor meinen Albträumen davon«, erwiderte Tom mit einem schiefen Grinsen.

»Du läufst ihnen nicht davon, sondern du hängst sie ab, mein Freund«, verbesserte ihn Bert. »Also, was kann ich für dich tun?«

»Ich brauche ein paar Informationen. Sagt dir der Name Magnus Engström etwas?«

»Klar, das ist doch der Banker, der vom Dach des leer stehenden Kongressgebäudes gesprungen ist.«

»Du interessierst dich also doch noch für das Leben der oberen Zehntausend?«

»Ich habe Magnus aus meinem früheren Leben gekannt. Der Banker ist bei uns aus- und eingegangen. Hat immer mit seinen Verbindungen in die höchsten Kreise geprahlt. Magnus war schon damals in einem finanziellen Graubereich tätig, mit dem wir als seriöse Kanzlei nichts zu tun haben wollten. Wie man hört, soll er Kundengelder der Bank unterschlagen und sich vor dem Prozessbeginn umgebracht haben.«

»Das ist die offizielle Variante. Aber ich glaube nicht so recht an die Theorie des Selbstmords. Weißt du, mit wem Magnus Engström die letzten Jahre Kontakt hatte?«

»Er kannte alle, vom jetzigen Polizeidirektor über den Justizminister bis hin zum Staatssekretär für Inneres. Hatte auch Verbindungen zu den wichtigsten Energieunternehmen.«

»Glaubst du, dass sich so jemand wie Engström wegen der Veruntreuung von Kundengeldern das Leben nimmt?«, fragte Tom nach.

»Es ist natürlich verwunderlich bei Engströms Beziehungen, aber möglich wäre es schon, wenn ihn das System hat fallen lassen. Denkst du, jemand hat ihn umgebracht?«

»Ich weiß nicht, aber es gab ein paar Ungereimtheiten bei der Obduktion«, antwortete Tom.

»Tja, da ist Engström wohl einigen wichtigen Personen in die Quere gekommen. Unterhalte dich einmal mit der Witwe, sie weiß sicher, wer bei ihrer letzten Dinnerparty eingeladen war. Aber ich gebe dir einen guten Rat.« Bert beugte sich vor und fixierte Tom mit seinen wässrigen Augen. »Pass auf, mit wem du dich anlegst, du bist doch schon einmal auf die Schnauze gefallen.«

KAPITEL NEUN

Nachdenklich stieg Signe in ihren Pick-up und fuhr von Gustavsberg auf einer wenig befahrenen Straße durch einen dichten Wald zum anderen Ende der Insel. Während der Fahrt griff sie in die Seitentasche ihrer Jacke und spürte den Schlüsselbund der Villa Thalberg. Signe war etwas angespannt und zugleich neugierig, da sie nicht wusste, was sie an dem Schauplatz dieses blutigen Dramas erwarten würde. Es gab einige Ungenauigkeiten in Birgers Erzählung über den Tatort, aber das konnte auch auf die lange Zeit zurückzuführen sein, die seine Erinnerung vielleicht getrübt hatte.

Auf ihrem Handy hatte Signe die Koordinaten der Thalberg-Villa gespeichert, und das Navi lotste sie von der Straße in einen schmalen Waldweg, der nach kurzer Fahrt durch ein verwittertes Holztor versperrt war. Sie stoppte ihren Pick-up und stieg aus. Erst nach einigen Versuchen gelang es ihr, den verrosteten Riegel zu öffnen und das Tor zur Seite zu schieben. Langsam fuhr sie die Anhöhe durch den dichten Kiefernwald hinauf und parkte in einiger Entfernung vom Anwesen, um es auf sich wirken zu lassen. Die ungeschnittenen Bäume wuchsen in den Himmel und nur vereinzelt drangen Sonnenstrahlen durch die dichten Baumkronen. Fünfzehn Jahre stand die Villa bereits leer und seit jener Zeit wucherten auch die Pflanzen im Garten zu einem unentwirrbaren Gestrüpp aus Ästen und Gräsern. Birger hatte ihr erzählt, dass niemand von den Verwandten die Villa nach dem schrecklichen Massaker bewohnen wollte, und so kümmerte sich die Gemeinde ab und zu um die Reinigung und Wartung.

Die Villa Thalberg war ein riesiger Bungalow aus Holz und Glas, der sich perfekt in die Umgebung einfügte. Auf den ersten Blick sah es aus, als würde das flache Dach über dem Boden schweben, denn es gab keine Holz- oder Steinwände, sondern nur schlanke Holzsäulen und Glaselemente vom Boden bis zur Decke. Der weitläufige Bau war von einer Holzterrasse umgeben und ein Bohlenweg führte hinunter zum Bootshaus. Wilder Efeu schlängelte sich über den Holzboden der Veranda, kletterte an den Säulen hoch, die das Dach trugen. Auf dem Flachdach wucherte Gras, deren lange Halme sich im Wind wiegten.

Die Holzplanken knackten unter Signes Füßen, als sie über den Bohlenweg zum Eingang ging. Sie öffnete die gläserne Eingangstür und trat ein. Ein Schwall abgestandener Luft legte sich wie eine dicke Decke über Signe und sie begann schwer zu atmen. Doch es war die bedrückende Atmosphäre, die ihr zu schaffen machte. Trotz der vielen Glaswände war es im Inneren der Villa düster, so als hätte das Drama das Licht vertrieben und nur noch die Dunkelheit würde herrschen. Signe zog die Tatortfotos aus ihrer

Umhängetasche, um sich zu orientieren, und tauchte in die beklemmende Stimmung des Hauses ein. Langsam ging sie in die Küche und ließ den Blick durch den großen Raum schweifen. Auf dem Boden sah man noch Reste der abgetragenen Kreidelinien, mit denen die Spurensicherung die Umrisse der toten Vera markiert hatte. Über einem Sideboard hingen noch immer einige Fotos der Familie. Der sonnengebräunte Morton umarmte seine blasse attraktive Frau, und die Kinder grinsten um die Wette. Auf den Aufnahmen wirkte Vera meistens schattenhaft, so als wäre es ihr unangenehm, fotografiert zu werden. Im Gegensatz zu Lukas und Malin, die auf beinahe jedem Bild glücklich strahlten.

»Stopp«, sagte Signe plötzlich halblaut zu sich selbst. »Etwas ist anders auf diesen Fotos.« Konzentriert trat sie näher an einen der Schnappschüsse heran. Es war das Verhalten der Kinder, bei dem Signe eine Unstimmigkeit entdeckte. Auf den meisten Aufnahmen waren Lukas und Malin lachend zwischen den Eltern zu sehen, doch auf einem der Fotos stand Malin abseits der Familie, und ihr Gesichtsausdruck war düster und sie wirkte in sich gekehrt. Signe drehte das Foto um und verglich das Datum mit dem der anderen. Es war anscheinend die letzte gemeinsame Aufnahme von der Familie vor dem Verbrechen.

»Was ist nur mit dir geschehen?« Signe blickte auf das Bild, doch Malin blieb stumm. Mit einem Seufzer drehte sich Signe zur Küche, zog ein Tatortfoto aus ihrer Tasche und wägte es gegenüber dem realen Anblick ab. Auf dem Boden gab es noch immer verblichene braune Schlieren, die sich tief in die Fugen zwischen den Fliesen eingefressen hatten.

Die Aufnahme zeigte auch den Fußabdruck eines

Kindes in der Blutlache, die sich neben der toten Vera gebildet hatte. Es machte den Eindruck, als hätte Malin nachgesehen, ob ihre Mutter noch am Leben war.

Dann konzentrierte sich Signe auf den lang gestreckten hölzernen Esstisch. Sie aktivierte die Aufnahmefunktion ihres Handys, schloss die Augen, ließ die bedrückende Atmosphäre auf sich wirken und begann zu sprechen: »Vier Personen sitzen am Tisch und essen zu Abend, es gab vier benutzte Teller. Es war aber für fünf Personen gedeckt. Ist der Gast zu spät oder gar nicht gekommen? Lukas ist dann zu Bett gegangen. Und wo war Malin die ganze Zeit? Malin hat sich versteckt und ist nach dem Massaker zurückgekommen. Warum? Was ist dann mit ihr passiert?« Signe seufzte und schaltete das Handy wieder aus.

Sie ging zurück in den Flur, schob eine der Türen auf. Das musste Veras Schlafzimmer gewesen sein, denn auf dem Boden lag ein seidener schwarzer Morgenmantel und auf dem Nachttisch stand eine teure Nachtcreme. Signe wollte gerade das Zimmer wieder verlassen, als ihr die beiden Koffer auffielen, die neben dem Schrank standen. Sie trat näher und öffnete sie. Der eine war vollgepackt mit Kleidungsstücken und Wäsche. Im zweiten Koffer befanden sich Bücher und Papiere. Wollte Vera verreisen? Dann hätte sie aber bestimmt nicht so viele Bücher mitgenommen. ›War es möglich, dass sie geplant hatte, Morton zu verlassen? Hatte es Streit zwischen den Ehepartnern gegeben und hatte Morton deshalb vielleicht seine Familie ausgelöscht?‹ Doch das hätte die Spurensicherung damals sicher festgestellt.

Plötzlich vernahm Signe ein merkwürdiges Geräusch aus einem der Zimmer. Hastig folgte sie den Lauten und betrat einen Raum mit rosa Blumentapeten. Das musste Malins

Zimmer gewesen sein. Vor der Glastür befand sich ein Schreibtisch und darauf stand ein offener Vogelkäfig. Die vom Regen verzogene Terrassentür war unverschlossen, denn der Türgriff fehlte. Der Wind hatte sie einen Spaltbreit geöffnet und plötzlich flog ein kleiner bunter Vogel durch die schmale Öffnung herein. Er ließ sich durch Signes Anwesenheit nicht irritieren, sondern spazierte in den Käfig, pickte kleine Körner auf und trank Wasser aus einer Schale. Dann setzte sich das Tier auf eine kleine Stange und putzte sein Gefieder.

»Wer füttert denn den Vogel?«, murmelte Signe und blickte dabei nach draußen in den Garten. Sie sah einen schwarzen dreieckigen Marmorstein mit einer Gravur am Rand des Grundstücks. Davor kniete eine junge Frau und stellte frische Blumen in eine Blechbüchse. Sofort riss Signe die Terrassentür auf und eilte hinaus.

»Hej, was machst du da? Wer bist du?«, rief sie.

Die junge Frau zuckte zusammen, ihr blondes Haar flatterte im Wind, als sie sich erschreckt umdrehte, aufsprang und zum Waldrand lief.

»Bleib stehen!« Signe lief die Terrasse entlang und nahm die Verfolgung auf. Die Fremde hatte inzwischen den dichten Wald erreicht und verschwand im Unterholz. Als Signe zum Waldrand kam, war die junge Frau jedoch nirgends mehr zu sehen, es war, als hätte sie sich in Luft aufgelöst.

»Verdammt«, ärgerte sich Signe und ging zurück zu dem schwarzen Stein. Mühsam entzifferte sie die verwitterten Buchstaben. Es waren die Namen der Familienmitglieder mit Geburts- und Sterbedaten, nur bei Malin fehlte das Datum ihres Todes.

›Die junge Frau füttert den Vogel und stellt frische Blumen vor den Gedenkstein‹, dachte sie und stützte ihre Hände auf den Oberschenkeln ab, um wieder zu Atem zu kommen. Während sie versuchte, sich an das Gesicht der Frau zu erinnern, kam ihr mit einem Mal ein bizarrer Gedanke: ›Ist das vielleicht Malin gewesen?‹

KAPITEL ZEHN

Tom Persson stand unter der Dusche in seinem Loft in Södermalm. Eiskaltes Wasser prasselte auf seinen Schädel und er presste die Stirn gegen die Fliesen, um sein Denken anzuregen. Der angebliche Selbstmord des Bankers Engström roch nach einer großen Story, aber die Fakten waren einfach noch zu dünn. Die Ungereimtheiten im Bericht der Obduktion, die Ingrid herausgefunden hatte, reichten zwar für einen Artikel, aber Tom schwebte eine Serie über Wirtschaftskorruption vor.

Die Stimme seines alten Freundes Bert raunte warnend durch seinen Kopf: »Du bist schon einmal auf die Schnauze gefallen.«

»Das passiert mir kein zweites Mal«, murmelte Tom und wischte den vom Kondenswasser blinden Spiegel sauber. Körperlich war er in guter Verfassung, kein Vergleich mit der Person, die ihm noch vor einigen Jahren entgegengestarrt hatte. ›Doch wie steht es um meine geistige Verfassung? Bin ich in der Lage, die Story wasserdicht zu machen?‹

Tom ging in sein Schlafzimmer, öffnete den Schrank und wählte eine der schwarzen Jeans, die ordentlich auf einem Bügel hingen. Seit seiner Jugend trug er schwarze Jeans und das war schon einige Jahre her. Sie unterschieden sich manchmal nur in Passform und Schnitt, das war eine seiner wenigen Eigenheiten. Dann nahm er ein schwarzes T-Shirt mit V-Ausschnitt aus der Lade und zog es über seinen muskulösen Oberkörper. Er steckte sein Handy und das abgegriffene Notizbuch in eine lederne Umhängetasche, griff nach dem schwarzen Kugelschreiber. Kurz verharrte er, drehte den Montblanc zwischen seinen Fingern und dachte an Ingrid, die ihm diesen Stift vor langer Zeit zum Geburtstag geschenkt hatte. Mit einem leisen Seufzer steckte er den Schreiber in seine Tasche und verließ die Wohnung.

Von Södermalm radelte er auf seinem Bike nach Slussen, wo auch am Vormittag noch das absolute Verkehrschaos auf den Straßen herrschte. Geschickt schlängelte er sich zwischen den im Stau steckenden Autos hindurch und erreichte nach kurzer Zeit den Stadtteil Östermalm, wo der Geldadel residierte. Die imposanten Bürgerhäuser aus dem 19. Jahrhundert mit ihren Erkern und Türmen spiegelten sich im Wasser und gegenüber leuchtete das Königsschloss im Sonnenlicht. Tom kettete sein Fahrrad an einen Laternenpfahl und ging über die Straße auf die Häuserzeile zu. Er klingelte an einem reich verzierten Portal und kurz darauf öffnete sich das Tor. Mit dem altmodischen Aufzug fuhr er in die dritte Etage, klopfte an eine Tür, die sofort einen Spaltbreit geöffnet wurde. Eine massive Sicherheitskette zerschnitt Karin Engströms blasses Gesicht.

»Tom Persson, wir haben gestern telefoniert. Es geht um den Selbstmord Ihres Mannes.«

»Ich weiß, aber zeigen Sie mir Ihren Ausweis. Ich will sichergehen, dass Sie auch dieser Journalist sind«, erwiderte Karin mit schwacher Stimme.

»Natürlich.« Tom kramte seinen Ausweis aus der Umhängetasche.

»Das sind eindeutig Sie, aber auf der Aufnahme sehen Sie viel jünger aus«, meinte Karin nach einem Blick auf das Foto.

»Tja, die Zeit bleibt eben leider nicht stehen«, meinte Tom. Er wollte noch etwas Geistreiches von sich geben, doch in diesem Moment hatte Ekströms Frau die Tür bereits wieder geschlossen.

Sekunden später bat sie ihn herein.

»Über die Geschäfte meines Mannes war ich nie informiert«, sagte Karin sofort, als sie vor Tom einen breiten Flur entlangging. Engströms Frau war barfuß, trug einen engen schwarzen Rock und eine langärmelige weiße Bluse, die die Blässe ihres Gesichts noch stärker unterstrich. Ihre hellen Haare hate sie zu einem straffen Knoten nach oben frisiert.

»Ich verstehe«, sagte Tom. Diesen Satz hatte er bereits häufiger gehört. Viele Frauen wollten einfach nicht wahrhaben, dass ihre Männer in dunkle Geschäfte verstrickt waren.

»Wow, was für eine tolle Aussicht«, meinte Tom bewundernd, als er den lichtdurchfluteten Wohnraum betrat. Von den großen bodentiefen Fenstern hatte man einen unglaublichen Blick über die Bootsanlegestellen bis zum Königsschloss. ›Eine Wohnung in dieser Lage muss ein Vermögen gekostet haben‹, dachte Tom. Selbst für einen gut verdienenden Banker wie Engström war dieses Apartment nur allein von seinem Gehalt kaum leistbar.

»Kaffee?«, riss ihn Karins Frage aus seinen Gedanken.

»Ja, gerne.«

Während die Frau in der Küche verschwand, nutzte Tom die Zeit, um sich im großzügig geschnittenen Wohnraum umzusehen. An den Wänden hingen teure Gemälde, und das Mobiliar war eine Mischung aus Antiquitäten und modernen Möbelstücken. Die Einrichtung war geschmackvoll, aber seelenlos.

»Wie ich bereits erwähnt habe, wusste ich über Magnus' Geschäfte nicht Bescheid. Wir haben abends nur über Privates gesprochen«, sagte Karin, als sie aus der Küche zurückkam. Sie stellte ein Tablett, beladen mit Designtassen und einer Keksschale, auf den Tisch. Dann setzte sie sich zu Tom auf die Couch. Dabei rutschten die Ärmel ihrer Bluse ein wenig in die Höhe und Tom bemerkte die blauen Flecke um Karins Handgelenke.

»Haben Sie sich verletzt?«, fragte er und wies auf die Striemen.

»Ach, ich war bloß ungeschickt im Fitnesscenter«, erwiderte Karin und schob rasch die Blusenärmel wieder über ihre Unterarme.

»Ach so, ja, Sport kann manchmal gefährlich sein.« Tom runzelte die Stirn, fragte aber nicht weiter nach. ›Ist Karin vielleicht bedroht worden?‹ Die Hämatome deuteten darauf hin, dass sie jemand mit Gewalt festgehalten hatte. Und die Frau stand eindeutig unter einer großen Anspannung, das zeigte sich an ihrer ganzen Körperhaltung.

»Wovor haben Sie eigentlich Angst?«, fragte Tom geradeheraus.

»Wie kommen Sie darauf?« Karin rutschte ein Stück zur Seite und ihr Blick flackerte. »Ich bin nur erschüttert über den Tod meines Mannes. Das ist doch verständlich.«

»Natürlich. Was sagen denn Ihre Freunde zu Magnus' Freitod?«, wechselte Tom das Thema und bohrte nicht weiter nach.

»Freunde? Die gab es in letzter Zeit kaum noch. Das wurde mir klar, als die Schmutzkampagne gegen Magnus begonnen hatte. Mein Mann soll Kundengelder der Bank veruntreut haben.« Karin lachte bitter. »Alle haben sich von uns abgewandt, wir waren gesellschaftlich geächtet, obwohl bisher nichts bewiesen worden war.«

»Wer hat denn behauptet, dass Magnus Geld unterschlagen hat?«, fragte Tom.

»Es gab bei der Bank eine anonyme Anzeige, die hat das Ganze ins Rollen gebracht.«

»Und hat Ihr Mann Geld unterschlagen, was ist Ihre Meinung?«, fragte Tom weiter.

»Ich weiß es nicht, aber Magnus wollte schon immer mit den Reichen dieser Stadt mithalten.«

»Das scheint ihm mit dieser Wohnung auch geglückt zu sein. Glauben Sie an seinen Selbstmord?«

»Nein«, erwiderte Karin dezidiert und griff nach ihrer Kaffeetasse, führte sie mit beiden Händen an den Mund, um nichts zu verschütten. »Magnus war gerade dabei, sein Leben zu ändern. Er wollte raus aus dem stressigen Bankgeschäft. Wir hatten eine Safarireise nach Namibia geplant. Das wäre unser erster gemeinsamer Urlaub seit vielen Jahren gewesen. Es sollte in drei Wochen losgehen und wir hatten bereits alles gebucht, da bringt man sich doch nicht um«, meinte sie wehmütig.

»Erzählen Sie mir von jenem Abend. Hatten Sie Gäste?« Tom trank einen Schluck Kaffee.

»Nein, wie bereits erwähnt, hatten wir schon seit Wochen keine Gäste mehr hier in der Wohnung. Seit den

Vorwürfen hatte sich Magnus verändert. Er fühlte sich beobachtet, ließ die Sicherheitstür verstärken und eine neue Alarmanlage einbauen. Am Abend seines Todes hatten wir zu Abend gegessen und nahmen dann einen Drink. Wir wollten uns einen Spielfilm anschauen.« »Was ist dann passiert?«, fragte Tom gespannt.

»Magnus bekam einen Anruf und war danach ganz aufgeregt. Er ließ sein Handy auf dem Couchtisch liegen und ich konnte einen kurzen Blick auf das Display werfen.«

»Wissen Sie, wer Ihren Mann angerufen hat?« Tom hob den Kopf. ›Ist das endlich eine Spur, die mich weiterbringt?‹

»Nein, die Nummer war unterdrückt«, antwortete Karin bedauernd.

»Was geschah dann?«

»Ich habe gehört, wie Magnus in seinem Arbeitszimmer nervös auf und ab ging, dann kam er heraus. ›Ich muss noch mal kurz weg‹, sagte er zu mir und ehe ich eine weitere Frage stellen konnte, war mein Mann auch schon verschwunden.« Karin verstummte und ihre Augen wurden plötzlich feucht. Sie zog ein Taschentuch aus dem Ärmel ihrer Bluse und knetete es zwischen ihren Händen. »Dann ist Magnus zu dem leer stehenden Kongressgebäude gefahren und dort angeblich vom Dach gesprungen.«

»Kann ich mich einmal in Magnus' Arbeitszimmer umsehen?« Fragend blickte Tom Karin an und erhob sich.

»Natürlich, aber Sie werden in dem Chaos nichts finden«, antwortete Karin kryptisch und stand ebenfalls auf. Engströms Frau öffnete eine breite Schiebetür, die den Wohnraum abteilte. »Bitte, hier war sein Reich.«

»Du liebe Güte.« Überrascht prallte Tom zurück. Das Zimmer sah aus, als wäre ein Tsunami hindurchgefegt.

Regale waren umgestürzt und Schubladen lagen auf dem Boden. Dazwischen häuften sich Berge von Papieren, die man aus Ordnern gerissen hatte. Verwirrt drehte sich Tom zu Karin. »Was ist denn hier passiert?«

»Ein Einbruch heute Morgen, während ich weggewesen bin«, erklärte Karin lapidar und rieb sich die Handgelenke.

»Wie konnte das trotz Sicherheitstür und Alarmanlage geschehen?«, wunderte sich Tom.

»Ich habe heute früh vergessen, die Alarmanlage zu aktivieren, und ein Terrassenfenster war gekippt, da sind sie reingekommen«, erklärte Karin mit flackerndem Blick.

»Hat die Polizei irgendwelche Spuren gefunden?« Tom runzelte die Stirn. Hingen die Hämatome an Karens Gelenken und das verwüstete Büro etwa zusammen? Irgendetwas stimmte hier nicht, da war sich Tom sicher.

»Ich habe die Polizei gar nicht gerufen. Und jetzt müssen Sie mich bitte entschuldigen, ich habe zu tun.« Karin ging wieder in den Wohnraum und schloss die Schiebetür hinter sich.

»Was, glauben Sie, haben die Einbrecher gesucht?«, fragte Tom die Frau beim Hinausgehen, während er sich seine Tasche umhängte.

»Ich weiß es nicht. Aber … kann ich Ihnen vertrauen?«, meinte Karin zögerlich und blickte ihn prüfend an.

»Natürlich, denn wir beide wissen, dass es bei Magnus' Tod nicht mit rechten Dingen zugegangen ist.«

»Ich denke, die Einbrecher haben vielleicht Unterlagen und das hier gesucht.« Karin ging zurück ins Wohnzimmer und fischte aus einer leeren Blumenvase ein Smartphone hervor. »Das ist Magnus' Handy. Er hat es bei seinem übereilten Aufbruch gestern Abend hier vergessen. Und die

Nummer ist doch gespeichert, von der aus er angerufen wurde.« Karin reichte Tom das Smartphone. »Sein Code ist unser Hochzeitstag, 1910.«

»Danke.« Tom nahm das Handy und schaltete es ein. Er warf einen raschen Blick auf das Display und hoffte, dass es ihm gelang, den geheimnisvollen Anrufer aufzuspüren.

KAPITEL ELF

Signe fuhr in Gedanken versunken mit ihrem Pick-up zurück zur Fähre, als ihr plötzlich Birgers Tipp einfiel, der ihr eine Abkürzung quer durch den Wald genannt hatte. Sie achtete auf die Abzweigung mit dem Elch-Warnschild auf der rechten Seite und bog dann in eine schmale Straße ein.

Wolken zogen vor die Sonne und die Bäume rückten immer näher, je länger Signe durch den Wald fuhr. Es war bald Mittsommer und trotzdem herrschte hier im Wald eine fast vollkommene Dunkelheit. Signe stoppte kurz den Wagen, ließ das Seitenfenster herunter und horchte nach draußen. Aber außer dem leisen Motorgeräusch ihres Pick-ups herrschte eine absolute Stille. Das Zwitschern der Vögel war verstummt, ebenso das Rauschen der Blätter, denn auch der Wind war eingeschlafen. Die riesenhaften Schatten der Bäume legten sich über die Straße, verwandelten sie in ein schwarzes Band, das schnurgerade ins Unheil zu führen schien. Signe gab wieder Gas, um so rasch wie möglich dieser unheimlichen Atmosphäre zu entkommen. Plötzlich tauchte aus dem Schatten eine einsame Gestalt auf, die am Straßenrand entlangstapfte. Es war eine junge Frau mit blonden hochgebundenen Haaren, die einen großen Rucksack trug und den Daumen ausstreckte, als sie sich näherte. Signe bremste und blieb am Straßenrand neben der Wanderin stehen. Während sie das Beifahrerfenster runterfuhr, warf sie einen raschen Blick auf die Frau: Sie war noch jung, vielleicht fünfundzwanzig Jahre alt, trug ausgefranste Shorts und ein löchriges ›Chelsea Wolfe‹-T-Shirt. Um den Bauch hatte die junge Frau eine Tasche geschnallt. Es konnte durchaus die Fremde aus der Thalberg-Villa sein, dachte Signe.

»Hej! Nimmst du mich bis zur nächsten Raststätte ›Svart älg -Schwarzer Elch‹ mit?«

»Na klar, steig ein.«

»Cool.« Die Tramperin warf ihren Rucksack auf die Rückbank und setzte sich neben Signe.

»In diesem gottverlassenen Wald gibt es wirklich eine Raststätte?«, fragte Signe verwundert.

»Aber ja, in ein paar Kilometern. Es verirren sich öfter Wanderer in dem unübersichtlichen Wald, dann sammeln sich die Suchtrupps bei der Raststätte und schwärmen aus.«

»Du kennst dich ja gut aus mit den Gepflogenheiten. Wohnst du auf Värmdö?«

Die junge Frau nickte, sagte aber kein weiteres Wort. Mit zittrigen Fingern öffnete sie den Reißverschluss ihrer Bauchtasche und nestelte darin herum, warf ab und zu einen scheelen Seitenblick auf Signe.

Noch immer herrschte draußen eine bedrohliche Stille, und Signe hatte das Gefühl, als würden sie durch einen Totenwald fahren. Während die junge Frau noch immer in ihrer Bauchtasche kramte, betrachtete Signe sie unauffällig. »Warst du vielleicht vorhin im Garten der Thalberg-Villa?«

»Ich? Nein, wieso, wie kommst du darauf?« Bei der Nennung des Namens zuckte die Tramperin furchtsam zusammen.

»Ich habe dort jemanden gesehen, der dir ähnlich sah. Aber der Name Thalberg sagt dir etwas, stimmt's?«, hakte Signe sofort nach.

»Überhaupt nicht, habe ich noch nie gehört.«

»Das wundert mich aber, wenn du hier in der Gegend wohnst. Jeder auf der Insel kennt doch die Tragödie, die sich in der Villa Thalberg zugetragen hat.«

»Hör auf mit dieser blöden Fragerei!« Die junge Frau drehte ihren Kopf zur Seite und starrte aus dem Beifahrerfenster, wo der finstere Wald wie eine Filmkulisse vorbeizog.

»Ist dein Name vielleicht Malin?«, fragte Signe aufs Geratewohl, obwohl es ihr absurd erschien.

»Nein, verdammt noch mal. Was willst du eigentlich von mir? Ich steh nicht auf Frauen«, erwiderte die Wanderin mit einem aggressiven Unterton in der Stimme. Abrupt drehte sie sich zu Signe und ihr hübsches Gesicht verzerrte sich zu einer hässlichen Fratze. Mit einer plötzlichen Handbewegung zog sie ein Springmesser aus ihrer Bauchtasche.

Im gleichen Moment explodierte die Erinnerung in Signes Kopf. Sie war wieder in Malmö, rannte zwischen den Containern zum Hafen, sah eine Gestalt in einer Blutlache auf dem Boden liegen, und ein Messer blitzte im Sonnenlicht. So rasch, wie der Flash gekommen war, verschwand der Erinnerungsfetzen auch schon wieder. Jetzt saß sie wieder in ihrem Wagen und wurde im Augenblick von einer Tramperin bedroht.

»Nimm sofort das Messer weg!«, rief Signe. Dann

bremste sie den Pick-up so heftig ab, dass ihre Beifahrerin nach vorne gegen das Armaturenbrett geschleudert wurde und ihr dabei das Messer aus der Hand fiel. Sofort packte sie die junge Frau mit der Hand im Genick.

»Was wolltest du mit dem Springmesser?«, zischte sie.

»Spinnst du? Ich hatte Lust auf einen Apfel und wollte ihn mir gerade schneiden.« Zum Beweis streckte die junge Frau Signe zwei Apfelspalten entgegen.

»Tut mir leid«, erwiderte Signe und nahm ihre Hand vom Nacken der Tramperin.

»Wie bist du denn drauf?«, murmelte die Frau kopfschüttelnd. Sie bückte sich und hob das Messer mit spitzen Fingern vom Boden auf. Dabei sah Signe an der Innenseite ihres Handgelenks das Tattoo eines kleinen Vogels mit drei Buchstaben. Irgendwo hatte sie vor kurzer Zeit ein ähnliches Tattoo gesehen, aber im Moment fiel ihr nicht mehr ein, wo.

»Da vorne ist der Tankshop und dahinter die Raststätte. Da kannst du mich rauslassen«, sagte die Tramperin. Sie zeigte auf das rote Vordach einer ›Circle K‹-Tankstelle, das aus dem düsteren Wald hervorleuchtete.

Als Signe vor dem Tankshop anhielt, holte die junge Frau ihren Rucksack von der Rückbank und schulterte ihn. Dann drehte sie sich um und eilte zwischen den Tanksäulen hindurch.

»Wie heißt du eigentlich?«, rief ihr Signe hinterher, doch die Frau reagierte nicht mehr, sondern verschwand hinter der Raststätte im Wald.

Signe überlegte kurz, ob sie ihr folgen sollte, ließ es aber dann bleiben. Vielleicht war das Mädchen ganz harmlos und Signe interpretierte bloß etwas in sie hinein. Trotzdem wollte sie wissen, mit wem sie es zu tun gehabt hatte.

Deshalb ging sie in den Shop und fragte den Mann hinter dem Tresen.

»Hast du die junge Frau gesehen, die ich mitgenommen habe? Weißt du, wer sie ist? Wohnt sie hier in der Gegend?«

»Keine Ahnung, wer das war.« Der Tankwart zuckte bedauernd mit den Schultern. »Ich bin nur die Aushilfe. Am besten, du fragst unseren Chef Chem, der ist abends hier und kennt die meisten Kunden, die bei uns tanken und einkaufen.«

»Alles klar, danke.« Signe kaufte sich noch eine Rolle Pfefferminzbonbons und verließ den Laden.

Als sie in ihrem Wagen saß, kam ihr das Tattoo der jungen Frau wieder in den Sinn, und jetzt fiel ihr auch wieder ein, wo sie es bereits gesehen hatte.

KAPITEL ZWÖLF

Signe hatte keine Lust, einen Parkplatz auf der immer zugeparkten Straße vor dem Schlachthaus zu suchen, deshalb fuhr sie mit dem Pick-up direkt auf die Rampe und parkte quer vor dem Eingangstor.

»Wie war's in dem Horrorhaus?«, fragte Nelly, als Signe zur Tür hereinkam.

»Dort herrscht eine sehr düstere und bedrückende Atmosphäre. Die Villa Thalberg steht zwar seit fünfzehn Jahren leer, aber im Inneren wurde anscheinend nichts verändert, selbst die Kleidung hängt noch in den Schränken. Es wirkt, als wäre die Familie nur kurz in den Urlaub gefahren.«

»Echt krass! Ach ja, ich habe in der Zwischenzeit ein wenig recherchiert. Es sind einige kritische Artikel über Morton Thalberg erschienen. Man hat ihm unterstellt, zusammen mit einem Bau-Konsortium EU-Gelder für ein großes Projekt veruntreut zu haben. Ein Journalist hat damals ein differenziertes Interview mit Morton geführt und auch eine Serie über diesen Bauskandal veröffentlicht.«

»Das klingt ja interessant. Ich werde einen Termin mit diesem Journalisten vereinbaren, um ein besseres Feeling für Morton Thalberg zu bekommen. Und wer ist das?« Signe zeigte auf einen jungen Mann, der auf einem Stuhl im Halbdunkel neben Nellys Schreibtisch saß und einen Zeichenblock in der Hand hielt.

»Du hast doch vorhin am Telefon erwähnt, dass du das Gesicht der jungen Tramperin nachzeichnen lassen möchtest.« Ihre Assistentin schüttelte die wilde, hoch aufgetürmte Mähne. »Das ist Jasper, der beste Porträtzeichner aus unserem Viertel.«

»Hej! Wie kann ich dir helfen?«, fragte Jasper und griff nach einem dicken Kohlestift.

»Ich brauche ein Porträt. Lass uns gleich damit beginnen, denn meine Eindrücke sind noch frisch.« Signe beschrieb die junge Frau mit den blonden Haaren, und Jaspers Stift sauste über das Papier. Innerhalb kürzester Zeit hatte er das Konterfei der jungen Frau fertiggestellt.

»Das hast du toll hingekriegt. Du bist ein echter Künstler«, sagte Signe anerkennend, als sie das Bild betrachtete, denn Jasper hatte ihre Beschreibung präzise umgesetzt.

»Danke für deine Hilfe«, sagte Nelly und rollte zu Jasper. Er beugte sich vor und küsste sie auf die Wangen.

»Wann sieht man dich wieder beim Training?«, fragte er.

»Am Wochenende«, antwortete Nelly und winkte Jasper noch zu, als er nach draußen ging.

»Was trainierst du denn gerade?«, fragte Signe neugierig.

»Ich boxe wieder«, erwiderte Nelly. »Zurzeit noch mit einem Trainer, aber später einmal möchte ich auch gegen echte Gegner kämpfen.«

»Du bist unglaublich«, sagte Signe. Sie bewunderte immer wieder die Energie der jungen Frau, die sich trotz ihres Handicaps einfach nicht unterkriegen ließ. »So und jetzt vergleichen wir das gezeichnete Porträt mit den Fotos von Malin«, sagte Signe und ging zur Wand mit den angepinnten Aufnahmen der Familie Thalberg. Beide betrachteten die Zeichnung und die vorhandenen Fotos des zwölfjährigen Mädchens.

»Glaubst du, die Frau könnte die verschwundene Malin sein?«, fragte Nelly.

»Sie hat tatsächlich eine gewisse Ähnlichkeit mit ihr«, meinte Signe, »aber es sind inzwischen fünfzehn Jahre vergangen, da ändern sich Gesichter. Schick das Bild auch an alle zuständigen Dienststellen, vielleicht ist die Frau bereits aktenkundig geworden oder jemand kennt sie. Hej, was ist denn mit Hans?« Signe deutet auf Nellys struppigen Hund, der sich ächzend aus seinem Korb erhob und wedelnd auf sie zuhinkte.

»Hans geht es heute nicht so gut«, seufzte Nelly. »Vor Jahren habe ich ihn aus dem Tierheim geholt und seine Hüftoperation bezahlt, doch vor Kurzem hat er Probleme mit den Bandscheiben bekommen.«

»Oh, das tut mir leid.« Signe wusste, dass Nelly sehr an ihrem Hund hing, Hans und sie waren unzertrennlich. Signe hatte die beiden einmal an der Promenade in Kungsholmen gesehen, als Hans den Rollstuhl hinter sich herzog und Nelly ihn dabei lachend anfeuerte.

»Keine Sorge, das wird schon wieder. Hans und ich sind ein gutes Team und er weiß, wie sehr ich ihn brauche. Morgen ist er wieder der Alte«, wiegelte Nelly sofort ab, die keine negativen Vibes aufkommen lassen wollte. »Wie hat das Tattoo ausgesehen, das du am Handgelenk der Anhalterin gesehen hast?«, wechselte Nelly dann konsequent das Thema.

»Es ist ein kleiner Vogel mit Buchstaben und ich habe so ein ähnliches Tattoo auf einem der Fotos der Familie Thalberg gesehen«, antwortete Signe und versuchte sich das Zeichen wieder ins Gedächtnis zu rufen.

»Tja, weder Morton, Vera noch Lukas hatten ein derartiges Tattoo«, meinte Nelly nach Durchsicht der Fotos.

»Bleibt also nur noch Malin.«

»Okay, sehen wir uns die Aufnahmen an.«

»Da!« Signe tippte auf ein Foto, das eine düster blickende Malin abseits der Familie zeigte. Das Mädchen wies mit ihrem rechten Arm nach oben zum Bildrand und dabei war deutlich auf der Innenseite ihres Handgelenks ein kleiner Vogel mit drei Buchstaben zu sehen. »Malin hatte also auch so eine Tätowierung.« Signe betrachtete das Foto genauer und ließ es dann sinken. »Was für ein Vogel könnte das wohl sein, und was bedeuten die drei Buchstaben T.A.M?«

»Ich bin gerade durchs Web gesurft und habe mich schlaugemacht. Die Buchstaben sagen mir leider nichts. Aber der Vogel ist eindeutig ein Kolibri.«

»Dann kennst du sicher auch seine Bedeutung?«

»Jepp. Der Kolibri ist in Mexiko ein Glücksbringer. Er hilft seinem Träger, das Beste aus sich herauszuholen und neue Wege zu wagen. Der Kolibri ist auch ein Symbol für Freiheit.«

»Klingt ja interessant, nur gibt es leider keinen Bezug zu Mexiko«, überlegte Signe. »Und weshalb hat fünfzehn Jahre später eine junge Frau dasselbe Tattoo?«

»Zufall?« Nelly blickte sie fragend an.

»Das glaubst du doch selbst nicht«, winkte Signe ab. »Es sind doch die gleichen Buchstaben.«

»Vielleicht ist es die Signatur des Tätowierers«, meinte Nelly und zog die Augenbrauen hoch.

»Damit kannst du recht haben, aber welche Verbindung kann es zwischen Malin und der jungen Frau geben?«

»Und wenn diese geheimnisvolle Tramperin vielleicht doch Malin ist?«, überlegte Nelly.

»Das Mädchen war zwölf, als sie damals nach der Tragödie wie vom Erdboden verschwunden ist. Wo hat Malin dann die letzten fünfzehn Jahre gesteckt? Musste sie nicht in die Schule oder zum Arzt? Wie kann eine Zwölfjährige ohne fremde Hilfe überleben?«, erwiderte Signe angestrengt.

»Du hast ja recht. Es ist äußerst unwahrscheinlich.«

»Check doch einmal, wie viele Tattoo-Shops es in Stockholm gibt.«

»Puh, es gibt über fünfzig Studios«, sagte Nelly nach einer kurzen Recherche.

»Wir müssen die Selektion einschränken. Suche doch mal nach Studios, die es bereits seit fünfzehn Jahren gibt«, schlug Signe vor.

»Da bleiben noch vier Studios übrig«, stellte ihre Assistentin nach einem kurzen Check zufrieden fest. »Zum Glück sind diese Shops alle in Södermalm.«

»Okay, dann fahren wir jetzt in diesen Stadtteil«, sagte Signe.

»Ich soll mit?«, fragte Nelly verwundert.

»Ja, warum denn nicht? Außerdem wohnst du doch dort.«

»Und ich kenne mich in meinem Viertel richtig gut aus«, meinte Nelly energiegeladen. Sie warf Hans einen

Knochen zu und der Hund hinkte wieder auf seine Decke.

Nachdem Signe den Rollstuhl auf der Ladefläche ihres Wagens verstaut hatte, fuhren sie über die Schnellstraße nach Södermalm.

Dort parkte Signe den Pick-up beim Medborgarplatsen und sie zogen dann die Götgatan-Fußgängerzone mit ihren unzähligen kreativen Shops und Cafés entlang. Von Zeit zu Zeit winkte Nelly jemandem zu, und Signe war überrascht, wie integriert ihre junge Kollegin in dem Viertel war. Das hatte sie damals in Malmö nicht geschafft.

»Hi, Olaf«, begrüßte Nelly einen grauhaarigen Mann mit Zopf, der vor seinem Laden mit dem kryptischen Namen »Blue Turtle« stand.

»Wo ist denn Hans geblieben?«, fragte Olaf und klatschte Nelly ab.

»Der hütet das Büro«, antwortete Signe und zeigte ihren Ausweis. »Kommt dir dieses Tattoo irgendwie bekannt vor? Wer könnte diesen Vogel gestochen haben?«, fragte sie und zeigte ihm ein Foto mit der Vergrößerung von Malins Tattoo.

»Habe ich noch nie gesehen.« Olaf schüttelte bedauernd den Kopf. »Du wolltest dir doch ›Hans‹ auf den Arm tätowieren lassen, wann kommst du vorbei?«, fragte er dann Nelly.

»Bald, aber ich muss mir noch die Stelle für das Tattoo überlegen.«

Auch in den nächsten beiden Shops kannte niemand dieses Kolibri-Tattoo, doch im letzten Studio auf ihrer Liste, dem East Street Tattoo, das sich versteckt in einer Seitenstraße der Götgatan befand, wurden sie fündig.

»Ein Kolibri-Tattoo mit drei Buchstaben? Ja, das kenne

ich«, sagte Liam, ein bis zum Hals tätowierter älterer Mann, nachdem er die Zeichnung und die Vergrößerung von Malins Handgelenk genau betrachtet hatte. »Dieses perfekte Tattoo konnte nur eine Person stechen. Es gab vor Jahren ein Studio und der Besitzer war ein richtiger Star in der Ink-Szene. Aber das ist schon lange Zeit her.«

»Das Studio ist also geschlossen.« Signe konnte ihre Enttäuschung nur schwer verbergen. »Kannst du dich vielleicht an den Namen des Mannes erinnern und wo er gewohnt hat?«

»Ja, klar. Er hieß Viggo Stefansson, aber ich habe keine Ahnung, wo sich der jetzt rumtreibt. Ich weiß nur, seit er Teilhaber eines Clubs ist, hält er sich für etwas Besseres. Viggo ist anscheinend in höhere Kreise gerutscht. Man hört, dass sogar Politiker in seinem Club aus und ein gehen.«

»Was weißt du denn sonst darüber? Gibt's irgendwelchen Tratsch?«, fragte Signe interessiert.

»Nein, ich halte mich da raus. Diese Leute sind eine Spur zu gefährlich für mich«, winkte Liam ab.

»Kann ich verstehen, trotzdem danke für die Auskunft«, sagte Signe.

»Du hast uns sehr geholfen, Liam.« Nelly hob grüßend die Hand und rollte zum Ausgang.

»Moment, eine Frage noch.« Signe drehte sich zu dem Tätowierer. »Weißt du, wie der Club heißt, an dem dieser Viggo beteiligt ist?«

»Klar doch. Der Club heißt ›Hellraiser‹.«

KAPITEL DREIZEHN

Tom war auf dem Weg zu dem Hackerkollektiv ›Utsättarna - die Aufdecker‹, das er einmal für eine Reportage über geheime Konten interviewt hatte. Dort würde er versuchen, den mysteriösen Telefonanruf an Magnus Engström zurückzuverfolgen. Noch immer war er sich nicht im Klaren darüber, warum Engströms Frau den Einbruch nicht bei der Polizei gemeldet hatte. Die wahrscheinlichste Erklärung war, dass man sie bedroht hatte. Doch was hatten die Einbrecher bei Magnus gesucht?

Plötzlich klingelte sein Handy. Tom stieg vom Fahrrad und holte es aus seiner Umhängetasche. Es war Ingrid.

»Komm sofort nach Rinkeby, in den kleinen Wald nördlich von Kista«, sagte die Rechtsmedizinerin mit leiser Stimme.

»Was ist passiert?«, fragte Tom und runzelte die Stirn.

»Der Wagen von Magnus Engström wurde dort gefunden. Es gibt Spuren«, erklärte Ingrid hastig und legte auf.

Tom überlegte kurz. ›Wieso hatte man Engströms

Wagen in einem Wald gefunden und nicht auf dem Parkplatz vor dem Kongressgebäude? Wenn man sich umbringen wollte, war es doch egal, wo das Auto parkte. Außer man hatte etwas in dem Wagen versteckt, was nicht sofort gefunden werden sollte.‹ Er musste sofort nach Rinkeby fahren, aber zuvor sollten die Hacker noch die Telefonnummer checken, von der aus Engström am Abend seines Todes angerufen worden war. Das war mindestens ebenso wichtig.

Das Hauptquartier von ›Utsättarna‹ befand sich in einem Kellerlokal mitten im Zentrum von Gamla Stan, der Stockholmer Altstadt. Es war ein windschiefes Haus mit kleinen Fenstern und einem Antiquitätenladen im Erdgeschoss. Niemand wäre auf die Idee gekommen, dass sich im Keller eine moderne IT-Anlage befand. Tom stieg die enge Treppe nach unten und klopfte in einem bestimmten Rhythmus an die Eisentür.

»Was willst du, Tom?« Ein junger Mann, der bunte Mikado-Stäbchen in seinem Dutt stecken hatte, öffnete die Tür.

»Hör zu, Kris, ich recherchiere in dem Selbstmord-Fall des Bankers Magnus Engström und benötige eine Auskunft.« Tom schilderte sein Anliegen und gab Kris Engströms Handy.

»Okay, ich kümmere mich darum«, sagte Kris. »Das wird nicht besonders schwierig werden, den Anrufer zu identifizieren. Ich melde mich.«

»Danke.« Hastig verließ Tom Gamla Stan und radelte hinunter zum Hafen. Dort nahm er sich ein Taxi und fuhr nach Rinkeby. Als die brutalen Betonbauten des Viertels wie gigantische Monolithen vor ihm auftauchten, dirigierte er den Taxifahrer zur nördlichen Ausfallstraße, die an Kista vorbeiführte. Am Straßenrand parkten bereits mehrere Streifenwagen und Tom stieg aus dem Taxi. Er bahnte sich seinen Weg durch den Pulk an schaulustigen Libanesen, Syrern und Afrikanern, stapfte über eine mit Müll und Schrott übersäte Brache, ging an ausgebrannten Autowracks vorbei, bis er das kleine Wäldchen erreicht hatte. Das blauweiße Absperrband der Polizei knatterte im Wind, und ein Uniformierter versperrte Tom den Weg.

»Bitte verlassen Sie diesen Ort. Hier findet eine polizeiliche Untersuchung statt.«

»Ist schon gut, er gehört zu mir.« Ingrid winkte Tom zu sich und er schlüpfte rasch unter dem Flatterband hindurch.

»Die Sache mit Engström wird immer mysteriöser«, flüsterte Ingrid und führte Tom zu einem SUV, dessen Heckklappe geöffnet war. In ihrem weißen Plastikanzug wirkte die Rechtsmedizinerin wie ein hübsches Alien. »Heute Morgen erhielt die Polizei einen anonymen Hinweis auf den Standort. Als eine Streife in den Wald fuhr und den Wagen kontrollierte, fanden sie das hier.«

Tom warf einen Blick in den Kofferraum des Geländewagens. Darin lag die Leiche eines vielleicht zwölfjährigen Mädchens. Es trug ein trägerloses Kleid und hatte dunkle Abdrücke am Hals.

»Mein Gott, die arme Kleine. Was ist mit ihr geschehen?«, fragte Tom mit rauer Stimme. Sonnenstrahlen bahnten sich ihren Weg durch die Laubkronen, strichen zögernd über blondes lockiges Haar, einen schlanken Hals, einen schmächtigen Körper, verharrten auf nackten Füßen mit rot lackierten Zehennägeln. Unwillkürlich hielt Tom den Atem an, um die düstere Totenruhe nicht zu stören. Er hatte zwar schon einige Leichen gesehen, aber der Anblick dieses toten Mädchens machte ihn fassungslos. ›Welcher Mensch begeht ein derart brutales Verbrechen?‹

Dann riss ihn Ingrids markante Stimme aus seiner dunklen Gedankenwelt: »Mit großer Wahrscheinlichkeit ist das Mädchen erwürgt worden, aber Genaueres können wir erst nach der Obduktion sagen.«

»Kennt ihr bereits ihre Identität?«

»Nein, wir wissen noch nicht, wer sie ist.« Ingrid blickte nervös um sich, aber im Augenblick nahm noch niemand Notiz von Tom.

»Hat der Banker vielleicht das Mädchen vorher getötet und sich dann selbst das Leben genommen? Was meinst du?«, überlegte Tom.

»Das ist durchaus möglich«, antwortete Ingrid. »Ich habe das Mädchen erst oberflächlich untersucht. Es wurde eindeutig erwürgt, aber ich habe bisher keine fremden Spuren gefunden. Weder auf der Kleidung noch auf ihrem Körper. Alles ist vollkommen clean. Aber warten wir die Obduktion ab.«

»Sehr eigenartig. Was schließt du daraus?«, fragte Tom gespannt.

»Ich finde es unlogisch, dass Engström das Mädchen vorher gesäubert haben soll und sich dann selbst getötet hat. Warum zuvor noch Spuren verwischen?«

»Da ist allerdings etwas dran«, stimmte Tom Ingrid zu. »Was ist das?« Er wies auf ein kleines Tattoo am rechten inneren Handgelenk des Mädchens.

»Das ist eine Tätowierung, haben heutzutage fast alle jungen Leute. Könnte ein Kolibri sein, sehr professionell gemacht mit den Schattierungen. Das kann nicht jeder. Die drei Buchstaben könnten das Sign des Tätowierers sein. Sagt dir das vielleicht etwas?«

»Das habe ich noch nie gesehen«, verneinte Tom.

»Ich werde jedenfalls die Würgemale am Hals des Mädchens mit den blauen Flecken, die ich auf Engströms Nacken gefunden habe, vergleichen. Vielleicht finde ich gleiche Spuren. Du musst an der Sache dranbleiben, da ist etwas faul«, beschwor ihn Ingrid. »Ach, du Scheiße, da kommt Knudsen von der Kripo Stockholm. Er darf nicht wissen, dass ich dir Infos gegeben habe.« Hektisch zog Ingrid ein Thermometer aus ihrer Tasche und beugte sich zum Temperaturmessen über die Leiche, während Tom einige Schritte zur Seite trat.

»Tom Persson«, dröhnte die Stimme des Kommissars durch das Wäldchen. Olaf Knudsen strich sich verärgert über seinen Vollbart. »Ihr Journalisten seid wie die Schmeißfliegen. Kaum gibt es eine Leiche, schon seid ihr da.«

»Hej, Knudsen, ist das dein Fall?«, ließ sich Tom nicht provozieren. Er hatte schon einige Male mit Knudsen zu tun gehabt. Der Polizist wollte jeden Fall so rasch wie möglich abschließen und hielt nichts von unterschiedlichen Ermittlungsansätzen.

»So ist es, und du hast hier absolut nichts zu suchen. Woher weißt du überhaupt von diesem stinkenden Ort?«

»Ich war auf dem Weg nach Rinkeby zu meinem Steuerberater. Da bin ich zufällig hier vorbeigekommen.«

»Ha, immer noch so witzig wie früher«, brummte Knudsen. »Aber jetzt verschwinde.«

»Und du bist immer noch so clever und hast sicher bereits eine Theorie auf Lager«, ließ sich Tom nicht gleich abwimmeln.

»Für uns ist der Fall bereits klar. Der Banker Engström hat mit der Kleinen Liebesspiele getrieben und sie dann im

Sexrausch ermordet. Anschließend ist ihm bewusst geworden, was er gemacht hat, und ist aus Angst vor den Konsequenzen vom Dach gesprungen. Damit hätten wir auch ein Motiv für seinen Selbstmord.« Knudsen rieb sich zufrieden die Handflächen. »Aber diese Hypothese bleibt zunächst noch unter uns.«

»Ich glaube nicht, dass Engström etwas mit dem Tod des Mädchens zu tun gehabt hat. Die Tote wurde ihm untergeschoben, um von etwas anderem abzulenken«, widersprach Tom.

»Ist das wieder eine deiner Verschwörungstheorien? Du siehst hinter jeder Ecke eine groß angelegte Intrige von Polizei und Politik.« Knudsen verzog den Mund zu einem zynischen Lächeln. »Aber hier haben wir es ausnahmsweise mit einem glasklaren Fall zu tun. Mord aus perverser Leidenschaft und Selbstmord.« Der Kommissar winkte einem Beamten. »Bringen Sie den Mann wieder hinter die Absperrung.«

»Du irrst dich mit deiner Theorie!«, rief Tom, als er von einem Beamten zurück zur Straße geführt wurde. »Da steckt etwas viel Dunkleres dahinter.«

KAPITEL VIERZEHN

Brennende Benzinfässer säumten Signes und Nellys Weg über das verlassene Fabrikgelände. Die Flammen warfen bizarre Lichtzeichen an die mit Graffitis vollgesprayten Wände der Industrieruinen. Vor dem bogenförmigen Tor einer Fabrikhalle, über dem das geöffnete Maul eines steinernen Löwen prangte, hatte sich eine lange Schlange von Menschen gebildet.

Aus dem Inneren dieser großen Halle dröhnte ein dumpfer Bass, dessen Frequenzen so durchdringend waren, dass der Boden unter Signes Füßen vibrierte.

»Fühlt sich wie ein Erdbeben an«, sagte sie zu Nelly. Beide waren trendig gekleidet, um so unauffällig nach dem Clubbesitzer Viggo Ausschau zu halten.

»Warte ab, bis wir drinnen sind. Dort wird es richtig heftig.«

Zielstrebig fuhr Nelly mit ihrem Rollstuhl an der Warteschlange vorbei und stoppte erst vor der Rampe.

»Soll ich dich hochschieben?«, fragte Signe und langte nach den Griffen von Nellys Rollstuhl.

»Hör bloß auf damit«, winkte ihre Assistentin empört ab. Nelly nahm Schwung und fuhr die Rampe hinauf. Unter ihrem engen T-Shirt zeichneten sich die Muskeln ab, die Adern an ihrem Hals schwollen an, als sie sich nur mit der Kraft ihrer Arme hochschob, aber sie schaffte es.

»Hej, cool.« Ein baumlanger Nigerianer, der Nellys Anstrengungen beobachtet hatte, klatschte mit ihr ab und ließ sie mit Signe in die Halle.

Der hämmernde Sound traf Signe im ganzen Körper. Auf einer der drei Tanzflächen war die Hölle los, dicht gedrängt bewegte sich die Menge synchron zu den gewaltigen Basswellen, die aus überdimensionierten Lautsprechern über die Tanzenden hinwegschwappten. Die aggressiven Songtexte drehten sich wie üblich um Frauen, Drogen und schnelle Autos, und die DJs auf der Kanzel erstrahlten in einem kalten Licht wie Hohepriester.

Signe fühlte sich in der schwitzenden Menge zunehmend unwohl, aber Nelly war ganz in ihrem Element. Mit den Händen klopfte sie rhythmisch auf die Reifen ihres Rollstuhls, während sie nach Viggo Stefansson Ausschau hielt.

Der Tätowierer hatte ihnen eine genaue Beschreibung des Clubbesitzers gegeben, aber Signe konnte keinen dunkelhaarigen Mann mit langem Zopf und Lederoutfit entdecken.

»Wo finde ich Viggo?«, fragte Signe schließlich einen Barkeeper, nachdem sie sich bis zu dem aus rostigem Stahl bestehenden Tresen durchgekämpft hatte.

»Viggo? Der ist wie immer in der VIP-Area«, antwortete der Barkeeper. »Was willst du trinken?«

»Zwei Tonic.« Als Signe zahlte, legte sie einen Extrageldschein auf die Theke. »Wie komme ich denn in den VIP-Bereich?«

Der Barkeeper stellte die Tonics auf den Tresen und ließ den Geldschein unter seiner flachen Hand verschwinden. »Am Ende der Tanzfläche ist ein Korridor mit einer Treppe. So gelangst du zu der Glasgalerie dort oben.« Der junge Mann wies auf die verglaste Empore, die sich ein Stück weit über die Tanzfläche wölbte und wie ein Raumschiff wirkte.

»Danke für den Tipp.«

Mit den Gläsern in der Hand zwängte sich Signe zu Nelly, die jetzt zum Rand der Tanzfläche gerollt war und sich mit den Händen Luft zufächelte.

»Ich habe uns was zu trinken besorgt.« Signe streckte Nelly das Glas entgegen.

»Danke, ich hoffe das ist Tonic ohne Gin?« Nelly blickte Signe fragend an.

»Keine Angst. Ist nur Tonic«, erwiderte Signe. Sie wusste natürlich, warum ihre Assistentin keinen Tropfen Alkohol mehr trank, denn das hatte mit einem schrecklichen Unfall vor einigen Jahren zu tun. Nelly hatte mit einer Clique in einem Abbruchhaus gefeiert und trotz einiger Absperrungen auf einem baufälligen Balkon getanzt. Die Brüstung gab nach und sie stürzte in die Tiefe. Seit jener Zeit saß Nelly im Rollstuhl. Deshalb hatte sich die junge Frau mit vollem Elan mit der Informationstechnik befasst.

Nachdenklich blickte Signe zu der VIP-Lounge hoch.

»Was ist los?«, fragte Nelly, der Signes abwesender Blick natürlich aufgefallen war.

»Ich überlege gerade, wie du in die VIP-Lounge kommen kannst.« Signe deutete zu der gläsernen Empore. »Dort oben residiert nämlich Viggo.«

»Ach, mach dir deswegen keine Sorgen. Ich warte hier unten und versuche mit ein paar Leuten über den Typ zu quatschen. Vielleicht erfahre ich ja was Interessantes.«

»Okay, ich beeile mich.« Mit ihrem Glas in der Hand schob sich Signe am Rand der Tanzfläche entlang, bis sie den Korridor erreichte, von dem aus eine Treppe nach oben führte. Noch immer pulsierte der Bass, ließ die dunkelroten Wände der Halle erzittern. Auch der Korridor war in ein rotes Licht getaucht, was ihm eine unheimliche Atmosphäre verlieh. Aus dem VIP-Bereich trat gerade ein blonder Mann in schwarzen Jeans und T-Shirt und ging eilig an Signe vorbei, ohne Notiz von ihr zu nehmen.

»Wo willst du hin?«, fragte ein durchtrainierter Securitymann, der plötzlich aus dem Nichts aufgetaucht war. »Diese Area ist nur für Mitglieder.«

»Ich habe einen Mitgliedsausweis«, sagte Signe und zückte ihre Polizeimarke. Sie hatte spontan beschlossen, keine Show abzuziehen, sondern Viggo direkt als Polizistin zu befragen. »Keine Sorge, ich habe bloß ein paar Fragen an deinen Boss.«

»Kripo Stockholm?« Skeptisch runzelte der Securitymann die Stirn und tippte einen Code in die rot gestrichene Tür. »Du wartest hier«, sagte er und verschwand.

»Okay, Viggo hat kurz Zeit für dich«, sagte der Mann, als er kurz darauf zurückkam. Signe wollte eintreten, doch der Securityposten hielt sie zurück. »Kurzer Leibescheck, wenn du nichts dagegen hast.« Professionell tastete der Mann sie von oben bis unten ab und wies ihr dann den Weg. Als sie den abgeschirmten VIP-Bereich betrat, war zu ihrer Überraschung von dem aggressiven Sound nichts mehr zu hören. Stattdessen umschmeichelten sie meditative Klänge, die zum Entspannen einluden. Es gab mehrere bequeme Sitzgruppen mit bunten Kissen, auf denen sich hauptsächlich weibliche junge Gäste räkelten und durch das riesige Glasfenster wie im Kino nach unten auf die Menge blickten. Auf einem kleinen Podest im Hintergrund gruppierten sich mehrere Sofas in einem Halbkreis, auf denen sich Männer in Jogginganzügen mit Markenlogos fläzten, die mit ihren exakt gestutzten Bärten und den hochrasierten Schläfen wie Araber aussahen. Auf der mittleren Couch thronte ein durchtrainierter Mann mit einem dunklen Pferdeschwanz, auf den die Beschreibung passte. Das musste Viggo sein.

»Endlich einmal eine hübsche Polizistin.« Viggo lächelte charmant und stand auf. Mit einer einladenden Handbewegung bot er Signe einen Platz an. »Was trinkst du da?«, fragte er und schaute auf den Drink in ihrer Hand.

»Tonic«, erwiderte Signe und musterte Viggo unauffällig. Er trug ein dunkles Lederoutfit und darunter nur ein enges T-Shirt. Trotzdem wirkte er wie ein Businessmann im Kreise seiner Leute. Im Gegensatz zu seinem freundlichen Auftreten waren seine Gesichtszüge hart, die dunklen Augen ohne Empathie, eisig und wie tot. Diesen Menschentyp hatte Signe in den gefährlichen Unterweltkreisen von Malmö kennengelernt und ihr Bauch signalisierte sofort Gefahr.

»Ich habe etwas Besseres für uns.« Viggo schnippte mit den Fingern und einer seiner Männer griff in einen Sektkübel und schenkte aus einer riesige Flasche Veuve Clicquot sprudelnden Champagner in ein Glas. Mit einem freundlichen Lächeln reichte ihr Viggo die Sekttulpe.

»Skål. Worum geht's denn?«, fragte Viggo und beugte sich interessiert vor.

»Hast du diese junge Frau schon einmal gesehen?« Signe

zeigte Viggo auf ihrem Handy das gezeichnete Porträt der geheimnisvollen Tramperin.

»Nein, wer soll das denn sein?« Viggo runzelte die Stirn.

»Ich dachte, das könntest du mir vielleicht sagen«, erwiderte Signe. Diskret beobachtete sie Viggos Reaktion. Sein Körper war angespannt, wie eine Bogensaite kurz vor dem Zerreißen.

»Wieso sollte ich diese Frau kennen?«, fragte der Clubbesitzer mit einem lauernden Unterton.

»Einen Moment.« Signe scrollte weiter zum nächsten Foto. Es war die Vergrößerung des Kolibri-Tattoos auf Malins Handgelenk.

»Was ist das?« Viggos Stimme klang eisig und Signe fröstelte unwillkürlich.

»Ein spezielles Motiv, das du früher gern tätowiert hast«, ließ sie sich nicht beirren.

»Viele Tattoo-Künstler stechen Vögel«, antwortete Viggo und blickte kurz zu Boden. Für einen Augenblick schien der Clubbesitzer irritiert, fand jedoch sofort wieder zu seiner Coolness zurück. Nur seine zuckenden Kiefermuskeln verrieten die Anspannung.

»Aber nur einer tätowiert einen Kolibri mit den Buchstaben T.A.M.«, ließ Signe nicht locker. »Nämlich du. Hast du vor fünfzehn Jahren diesem Mädchen das Kolibri-Tattoo gestochen? Seit jener Zeit ist es verschwunden.« Signe tippte auf das Foto von Malin. »Erkennst du dieses Mädchen?«

»Ich habe damit nichts zu tun. Kinder haben mich noch nie interessiert«, schnaubte Viggo und lehnte sich zurück. Er stellte sein Glas auf den Tisch und fixierte Signe mit seinem harten Blick. »Sorry, ich kann dir nicht weiterhelfen. Es ist besser, wenn du jetzt gehst.«

»Kanntest du eigentlich den Architekten Thalberg und

seine Familie?« Signe ignorierte Viggos Aufforderung und hielt ihm auf dem Handy das Familienfoto entgegen. Dann switchte sie zu dem Porträt der Tramperin zurück. »Gestern habe ich diese junge Frau getroffen, der dasselbe Kolibri-Tattoo an der gleichen Stelle gestochen wurde. Was bedeuten die drei Buchstaben?«

»Nerv mich nicht länger! Ich habe gesagt, du sollst verschwinden!« Viggo sprang auf und packte Signe fest an den Schultern. »Noch ein Wort«, drohte er, »und ich steche dir wirklich ein drittes Auge.« Er presste seinen Daumen auf das Muttermal zwischen Signes Augenbrauen.

»Fass mich nicht an!«, zischte Signe und stieß Viggos Hand zur Seite. »Du hast eine Polizistin tätlich angegriffen, dafür könnte ich dich festnehmen.«

»Sorry. Tut mir leid!« Viggo hob beschwichtigend die Hände und sein selbstbewusstes Lächeln kehrte zurück. »War nett, dich kennenzulernen, und jetzt verschwinde, Bullentussi«, sagte er und schnippte mit den Fingern. Zwei seiner Leute kamen auf Signe zu.

»Diese Dame möchte in Begleitung den Club verlassen«, sagte Viggo und ließ sich wieder auf dem Sofa nieder.

»Wir sehen uns wieder!« Eskortiert von den Männern verließ Signe den VIP-Bereich und kehrte zurück auf die Tanzfläche. Dort entdeckte Nelly Signe und winkte ihrer Kollegin zu.

»Hej, was macht ihr mit meiner Freundin?« Nelly fuhr mit ihrem Rollstuhl direkt auf Viggos Leute zu und versperrte ihnen den Weg.

»Deine Freundin ist müde und möchte gehen und du kannst gleich mitkommen.«

Einer von Viggos Männern packte die Griffe an Nellys Rollstuhl und schob ihn zum Ausgang. Draußen hatte das

Wetter umgeschlagen und Regen prasselte auf den Asphalt. Vor der Rampe stoppte der Mann und wartete, bis sein Kumpel Signe hinunter auf den Parkplatz schubste. Dann gab er dem Rollstuhl einen leichten Stoß und Nelly rollte die Rampe hinunter, direkt auf einen Betonsockel zu.

»So eine Scheiße!«, fluchte Nelly, versuchte, den Rollstuhl zu dirigieren, und schaffte es im letzten Moment, an dem Sockel vorbeizuschrammen.

»Du widerlicher Feigling!« Blitzschnell sprang Signe auf den Mann zu und versetzte ihm eine schallende Ohrfeige.

»Wenn du meine Freundin noch einmal anrührst, breche ich dir alle Knochen«, zischte sie. Doch in diesem Moment stürzte sich der zweite Mann auf sie und durch die Wucht wurde Signe zu Boden geworfen. Sie schlitterte über den Asphalt und spürte einen heftigen Schmerz in der Schulter.

»Passt dir was nicht?« Viggos Handlanger holte zu einem Fußtritt aus, doch plötzlich tauchte ein Fremder aus dem Regen auf. Er packte Viggos Mann und versetzte ihm einen Fausthieb in den Magen. In der Zwischenzeit rappelte sich Signe wieder auf.

»Polizei!«, rief sie den Männern zu, die mit drohenden Mienen auf sie zukamen. »Verschwindet, sonst lasse ich euch alle festnehmen.«

»Ihr habt gehört, was die Dame gesagt hat.« Plötzlich stand Viggo am Eingang und winkte seine Männer zu sich. Ohne ein Wort drehte er sich um und verschwand mit seinen Leuten im Inneren des Clubs.

»Danke, dass du uns geholfen hast«, sagte Signe zu dem Mann mit den längeren blonden Haaren. Noch immer regnete es heftig und der frische Schauer kühlte Signes heiße

Wangen. »Ich habe dich vorhin im VIP-Bereich gesehen. Was wolltest du bei Viggo?«

»Nichts«, wich der Mann aus.

»Okay, dann sag mir wenigstens deinen Namen, damit ich mich bedanken kann.«

»Tom«, antwortete der Mann kurz angebunden, drehte sich auf dem Absatz um und verschwand wie eine Erscheinung im strömenden Regen.

KAPITEL FÜNFZEHN

Früh am Morgen kam Tom in die Redaktion und las gerade seinen Online-Artikel über den Selbstmord des Bankers Engström, als sein Chef ihn zu sich in sein Büro winkte.

»Du lehnst dich da ja ziemlich aus dem Fenster«, sagte Gustav. »›Nicht jeder Selbstmord ist ein Selbstmord. Was steckt wirklich hinter dem Tod des Bankers Magnus Engström?‹«, zitierte Gustav die Headline von Toms Artikel. »Pass bloß auf, mit wem du dich da anlegst. Aber vielleicht hast du ja seit Langem wieder den richtigen Riecher«, sinnierte er. »Und die Klicks auf deinen Bericht sind schon beeindruckend.«

»Die Ereignisse überschlagen sich gerade«, erwiderte Tom und erzählte von dem toten Mädchen in Engströms SUV. »Mit dem nächsten Artikel setze ich noch einen drauf«, meinte er zuversichtlich. »Ich bin sicher, dass Engström das tote Mädchen untergeschoben wurde.«

»Ach, wieso denkst du das?«, fragte Gustav.

»Warum sollte Engström seinen Wagen mit dem toten Mädchen verstecken, wenn er sich gleich darauf umbringt? Und davon abgesehen gab es kaum Spuren bei der Toten.«

»Das sind leider keine Hard Facts, sondern bloße Vermutungen. Für den ermittelnden Kommissar Knudsen ist der Fall klar«, meinte Gustav.

»Ich werde dir noch mehr Fakten liefern«, brummte Tom. »Engström ist nur der Sündenbock, damit eine viel größere Schweinerei im Dunkeln verborgen bleibt.«

»Hm.« Sein Chef verschränkte die Arme vor der Brust. »Bring mir etwas Stichhaltiges, dann bekommst du auch die Titelseite der Printausgabe.«

»Geht klar.« Tom drehte sich um und öffnete die Tür.

»Warte.« Gustav schwenkte ein Post-it mit einer Telefonnummer in der Luft und reichte es dann Tom. »Heute früh hat eine Ermittlerin angerufen, sie will mit dir über den Fall des Architekten Thalberg reden. Du sollst sie zurückrufen.«

»Mein Interview mit Morton Thalberg? Das ist doch schon fünfzehn Jahre her. Diese Recherche über die veruntreuten EU-Gelder hat mich die Karriere gekostet, hast du das schon vergessen, Gustav?«, sagte Tom verbittert. Er knüllte den Zettel zusammen und schoss ihn in einen Papierkorb.

Mit finsterer Miene ging er zurück an seinen Arbeitsplatz. Doch auf dem Schreibtisch stand nur sein Laptop, seine Mappe mit den anderen Unterlagen war verschwunden.

»Verdammt, wo sind meine Aufzeichnungen hin?«, fluchte er. Plötzlich klingelte sein Handy, es war eine unbekannte Nummer und Tom drückte den Anruf weg. Er hatte jetzt keine Zeit dafür, er musste seine Unterlagen wiederfinden. In der Mappe befanden sich Fotos der Mädchenleiche in Engströms SUV und Ingrids Notizen zu dem Bericht von Engströms Autopsie. Wieder klingelte sein Handy. Es war dieselbe Nummer. ›Was für ein hartnäckiger Anrufer‹, dachte Tom und drückte den Anruf erneut weg. Er schaltete sein Handy auf lautlos und ließ den Blick durch das Großraumbüro schweifen. Plötzlich entdeckte er auf Cilias Schreibtisch eine zerfledderte Mappe mit Kaffeeflecken. Sofort ging Tom zu seiner Kollegin, griff nach den Dokumenten, ehe sie noch einen Blick hineinwerfen konnte.

»Kümmere dich um deinen eigenen Kram«, sagte Tom verärgert. »Das hier ist meine Story.«

»Ist ja schon gut.« Cilia klemmte sich eine platinblonde Haarsträhne hinter das Ohr und hob entschuldigend die Hände. »Sorry, das war übereilt. Ich dachte, dass ich dir vielleicht helfen könnte und wir Teamarbeit machen.«

»Danke, aber ich brauche keine Hilfe«, erwiderte Tom und lächelte genauso falsch wie Cilia.

Er setzte sich an seinen Schreibtisch, konnte sich aber nicht konzentrieren. Seufzend packte er seine Unterlagen zusammen und stand auf. »Ich arbeite heute im Homeoffice«, sagte er zu Alva, als er an ihr vorbeiging.

Es war keine gute Idee, um die Mittagszeit durch Stockholm zu radeln, und er war dementsprechend erledigt, als er zu Hause ankam. Tom stellte sein Bike in den Lastenaufzug und fuhr nach oben in sein Loft. Wie immer ruckelte der Aufzug bedenklich, aber Tom war an diese Eigenheit schon gewöhnt. Oben lehnte er sein Fahrrad an die Wand, schlüpfte aus seinen schweißnassen Klamotten und stellte sich sofort unter die Dusche. Während das eiskalte Wasser auf seinen Körper prasselte, ließ er den gestrigen Abend noch einmal Revue passieren.

Das Hackerkollektiv ›Utsättarna‹ hatte gute Arbeit geleistet und die Telefonnummer dem ›Hellraiser‹-Club zuordnen können. Daraufhin war Tom in den Club gefahren und hatte den Besitzer einfach darauf angesprochen. Doch Viggo leugnete, den Banker zu kennen, und Tom musste unverrichteter Dinge wieder abziehen. Vor dem Club hatte er dann auch noch Zoff mit Viggos Leuten, die zwei Frauen belästigt hatten. Alles in allem war das ein vergeudeter Abend gewesen.

Tom drehte den kalten Strahl zurück und heißes Wasser schoss unvermittelt auf seine Narbe am Unterarm. Vor Schmerz zuckte er zusammen und seine Gedanken rasten zurück in eine andere Zeit.

»Ich habe Hunger«, jammerte der kleine Golo und starrte seinen großen Bruder Tom hilfesuchend an. Tränen liefen über sein verschmutztes Gesicht. »Wo ist Mama?«

»Mama wird sicher bald zurückkommen«, erwiderte Tom. »Sie ist nur ein paar Tage in Urlaub gefahren.« Er griff wieder zum Besen und fegte das winzige, verdreckte Apartment, in dem es nur einen Tisch mit zwei Stühlen und ein Bett in der Ecke gab.

»Warum hat sie uns dann nicht mitgenommen?«, fragte Golo mit weinerlicher Stimme.

»Das ging nicht, es durften nur Erwachsene mitfahren«, sagte Tom und bemühte sich, ein ehrliches Gesicht zu machen.

Natürlich wusste er, dass Mama eine andere Art von Urlaub bevorzugte. Sie lag in irgendeinem miesen Loch auf einer Matratze und hatte sich in ihrem Drogenrausch in eine andere Welt katapultiert. Doch das durfte Golo niemals erfahren, und so spielte Tom für seinen kleinen Bruder noch immer heile Welt, kochte Essen, brachte ihn zur Schule und schärfte ihm jeden Tag aufs Neue ein, mit niemandem darüber zu sprechen, dass sie alleine in der Wohnung hausten. Obwohl er erst zwölf Jahre alt war, musste Tom wie ein Erwachsener für seinen kleinen Bruder sorgen.

»Was essen wir heute?«, fragte Golo beharrlich weiter.

»Ich sehe mal nach, was es Gutes gibt.« Tom öffnete den Küchenschrank, doch dort herrschte nur gähnende Leere. Einkaufen konnte er nicht, denn das Geld war alle und die Postüberweisung vom Sozialamt war erst in einigen Tagen fällig. Zum Glück fand er in einer Lade eine alte Packung Spaghetti und zeigte sie triumphierend seinem Bruder.

»Simsalabim! Was haben wir denn da?«, sprach Tom mit tiefer Stimme. »Damit zaubern wir uns köstliche Nudeln.« Er füllte einen Topf mit Wasser und wartete, bis es kochte. Dann legte Tom die Spaghetti hinein und reinigte weiter die Wohnung. Plötzlich hörte er ein Rumoren aus der Küche. Golo stand auf einem Stuhl und war gerade dabei, mit bloßen Fingern in das kochende Wasser nach den Nudeln zu greifen.

»Pass auf!«, rief Tom und rannte zu seinem Bruder.

Golo zuckte zusammen, der Topf wackelte bedenklich und genau in dem Moment, als Tom den Jungen vom Herd wegriss, ergoss sich das siedend heiße Wasser über seinen Unterarm. Der Schmerz war unbeschreiblich und Tom schrie laut auf, während Golo zu heulen begann.

»Ich kann doch nichts dafür. Bitte bring mich nicht ins Heim«, schniefte der Kleine.

»Natürlich nicht«, keuchte Tom mit vor Qual verzerrtem Gesicht. »Es ist nicht weiter schlimm.«

In Wahrheit wurde Tom fast verrückt vor Schmerzen, doch er konnte nicht ins Krankenhaus. Das war viel zu gefährlich, denn er war ja noch minderjährig und man würde ihn nach seinen Eltern fragen. Das durfte er nicht riskieren. Deshalb biss er die Zähne zusammen und versorgte die Verbrühung notdürftig. Die Wunde heilte zwar, ließ aber eine große Narbe als Andenken zurück.

»Das habe ich dir zu verdanken, kleiner Bruder«, murmelte Tom und strich wehmütig über die vernarbte Haut. Doch dann wischte er die Erinnerung rasch weg, trocknete sich ab und setzte sich in Shorts an den Computer. Er war gerade dabei, über Viggo, dessen Club und mögliche Verbindungen zu dem Banker Engström zu recherchieren, als es draußen klingelte und sich der Lastenaufzug in Bewegung setzte. Hastig schlüpfte Tom in ein T-Shirt und wartete, bis der Aufzug in seiner Etage stoppte. Er zog die verschrammte Eisentür auf und prallte überrascht zurück.

»Was willst du denn hier? Verfolgst du mich etwa?«

KAPITEL SECHZEHN

Signe hatte ein mulmiges Gefühl im Bauch, als sie mit dem ächzenden Lastenaufzug nach oben fuhr. Um sich abzulenken, betrachtete sie die Graffiti an den Wänden und dachte an den ehemaligen Tätowierer Viggo, über dessen Rolle sie sich nicht im Klaren war. ›Gibt es eine Verbindung zwischen Viggo und den Thalberg-Morden vor fünfzehn Jahren?‹ Als der Aufzug ruckartig zum Stehen kam, sah Signe ihr verschwommenes Spiegelbild auf der verschrammten Eisentür und hatte den Eindruck, als wäre ihr Muttermal mit den Augenbrauen zusammengewachsen. Dann wurde die Tür mit einem lauten Quietschen aufgeschoben und sie stand dem arroganten blonden Mann vom gestrigen Clubbesuch gegenüber.

»Was willst du denn hier? Verfolgst du mich etwa?«, waren Tom Perssons erste Worte, der sie dabei mit finsterer Miene musterte.

»Wieso gehst du nicht an dein Handy?«, fragte Signe automatisch, die genauso verblüfft wie der Journalist war.

Dieser Mann war es eindeutig gewesen, der Nelly und ihr gestern Abend gegen Viggos Typen geholfen hatte.

»Ist dieser Telefonterror jetzt eine neue Art von Anmache?«, brummte Tom und machte keine Anstalten, Signe Einlass zu gewähren.

»Signe Nord, Kripo Stockholm, Sondereinheit Cold Cases.« Sie zog ihren Ausweis aus der Tasche. »Ich habe gestern meine Nummer in deiner Redaktion hinterlassen und heute öfter versucht, dich zu erreichen. Willst du mich nicht hereinbitten?«

»Sorry, natürlich.« Tom trat zur Seite und strich sich über seinen Dreitagebart.

»Cooles Apartment«, sagte Signe, als sie sich in Toms Loft umsah. Der riesige Raum war fast vier Meter hoch und hatte auf einer Seite eine Fensterfront mit gusseisernen Querstreben. Leitungsrohre liefen über die unverputzten Wände, es gab eine frei stehende Küchenzeile und einen mit simplen Ziegeln abgeteilten Bereich. Doch etwas anderes fesselte Signes Aufmerksamkeit. Hinter einem Schreibtisch entdeckte sie eine große Pinnwand mit Dutzenden Fotos. Sie erkannte sofort ein Porträt des Bankers Magnus Engström und ein Bild dessen Frau. Es gab auch noch die Aufnahme eines leer stehenden Gebäudes und des Gehsteigs davor mit einem zugedeckten Körper. Signe hatte vor ein paar Tagen in den Online-News der Polizei Stockholm über den Selbstmord des Bankers gelesen. Aber Tom hatte auch Tatortfotos eines toten Mädchens in Engströms SUV. »Woher hast du diese Bilder?«, fragte Signe verwundert und trat näher heran.

»Von meinem Informanten. Das ist der Fall, an dem ich gerade arbeite«, antwortete Tom abweisend. »Weshalb bist du eigentlich hier?«

»Ich leite die Cold-Case-Abteilung und habe die Ermittlungen zu den ungeklärten Thalberg-Morden vor fünfzehn Jahren wieder aufgenommen. Du hast damals eine Artikel-Serie über Morton Thalberg geschrieben, der in einen Korruptionsfall verwickelt gewesen sein soll. Und du hast ihn ja dazu interviewt. Mich interessiert, was für ein Mensch Morton gewesen ist.«

»Ich habe den Architekten nur einen Nachmittag lang zu den Vorwürfen befragt«, antwortete Tom zögernd. »Er war aalglatt und meiner Meinung nach korrupt, aber ich habe bei meinen Recherchen in ein Wespennest gestochen und mir die Finger verbrannt.«

»Worum ging es bei dem Korruptionsfall?«, fragte Signe gespannt.

»Ich wusste von einem Whistleblower, dass ein Thalberg nahestehendes Konsortium EU-Gelder, die für den Bau des Kongresszentrums bestimmt waren, verschoben hat. Kurz darauf ist die Betreiberfirma in Konkurs gegangen und seit dieser Zeit stand der Bau leer. Der Banker Magnus Engström hat den Bau damals finanziert. Und dann springt er ausgerechnet von diesem Gebäude in den Tod.«

»Und was ist deine Meinung zu den Thalberg-Morden? Glaubst du an die Theorie von den Drogenjunkies?«

»Das ist mehr als unwahrscheinlich. Ich glaube, dass es etwas mit den veruntreuten EU-Geldern zu tun hatte und die Sache aus dem Ruder lief«, befand der Journalist. »An dem Konsortium waren auch dubiose Personen beteiligt.«

»Aber was ist mit der zwölfjährigen Malin passiert?«

»Vielleicht wurde Thalberg erpresst und die Kleine entführt oder sie ist geflohen und dann in der Ostsee ertrunken«, meinte Tom.

»Es wurde nie eine Leiche gefunden«, gab Signe zu bedenken.

Sie wollte weitersprechen, doch plötzlich entdeckte sie die Vergrößerung eines Fotos, auf dem ein totes Mädchen zu sehen war. »Das ist ja eigenartig«, sagte Signe und trat näher. Mit den Fingerspitzen strich sie über die Aufnahme, so als wollte sie sich von der Echtheit überzeugen. Aber es gab keinen Zweifel. Auf dem rechten Handgelenk des Mädchens war ein Kolibri-Tattoo mit den Buchstaben T.A.M. zu erkennen.

»Was ist los?«, hörte sie Toms Stimme undeutlich wie durch einen Nebel.

»Dieses Mädchen hat ein Kolibri-Tattoo.« Signe drehte sich zu Tom, der sie skeptisch betrachtete.

»Richtig, das habe ich auch schon festgestellt. Aber Tattoos haben heutzutage viele Jugendliche.«

»Ich zeige dir jetzt etwas.« Signe holte ihr Handy aus der Tasche ihres Parkas, scrollte durch die Fotos und hielt dem Journalisten das Display entgegen. »Genau das gleiche Tattoo mit denselben Buchstaben hatte die seit fünfzehn Jahren verschwundene Malin Thalberg am rechten Handgelenk. Und vor ein paar Tagen habe ich auf dem Grundstück der Thalberg-Villa eine junge Frau beobachtet, die das identische Tattoo an der gleichen Stelle hat. Na, was sagst du jetzt?«

»Zufall?« Tom zog fragend die Augenbrauen hoch.

»Willst du mich auf den Arm nehmen? Da gibt es doch eindeutig einen Zusammenhang zwischen dem toten Mädchen im Wagen des Bankers, der verschwundenen Malin und der jungen Frau, die ich gesehen habe.« Signes Blick schweifte durch das Loft, blieb an dem Design-Kühlschrank hängen. »Hast du etwas zu trinken?«, fragte sie.

»Bei mir gibt es keinen Alkohol«, antwortete Tom, der mit verschränkten Armen an der Wand lehnte.

»Kein Problem, ich bin im Dienst. Hast du Sprudel?«

»Ich habe 7up. Kannst es dir ruhig herausnehmen.«

»Super.« Signe öffnete den Kühlschrank, der bis auf den letzten Platz gefüllt war mit köstlichen Lebensmitteln. »Kochst du gerne?«, fragte sie erstaunt.

»Nein, aber ich möchte immer genug zu essen haben, wenn ich hungrig bin«, antwortete Tom.

Signe nickte kurz und kam dann wieder auf ihren Fall zu sprechen. »Das Resümee zu den Thalberg-Morden war, dass es ein missglückter Raubüberfall gewesen sein musste. Im Sommer trieben sich Junkies auf der Insel herum, aber man konnte ihnen dann doch nichts nachweisen. Es wurde kein anderer Ansatz weiterverfolgt und der Mordfall ist trotz seiner Brisanz zu den Akten gewandert. Das ist doch merkwürdig, findest du nicht?«

»Da hast du recht, aber was habe ich damit zu tun?« Tom stieß sich von der Wand ab und trat ebenfalls zum Kühlschrank, um sich eine Dose Limo zu holen.

»Ich habe da so eine Theorie«, redete Signe weiter. »Das Kolibri-Tattoo hat mich zu dem Tätowierer geführt. Es ist mit hoher Wahrscheinlichkeit Viggo, der Besitzer des ›Hellraiser‹-Clubs.«

»Viggo Stefansson?«, unterbrach Tom. »Ich war ja gestern wegen des Banker-Selbstmords bei ihm. Ein äußerst zwielichtiger Typ.«

»Das kann man wohl sagen«, erwiderte Signe. »Das heißt, Viggo und die Tattoos sind eine Gemeinsamkeit in diesen Fällen. Und Engström ist von dem Gebäude gesprungen, das in einem Korruptionsfall gegen Morton Thalberg eine Rolle gespielt hat.«

»Mhh«, brummte Tom. Er wirkte auf Signe nicht sonderlich interessiert.

»Mehr hast du dazu nicht zu sagen?« Signe ging vor der Pinnwand auf und ab. »Du bist ja nicht sehr gesprächig.«

»So bin ich eben«, antwortete Tom einsilbig.

»Alles klar.« Irgendwie wurde sie nicht schlau aus diesem Journalisten. Mit seinen mittellangen blonden Haaren, dem Dreitagebart und den attraktiven Gesichtszügen wirkte er cool, doch in seinen braunen Augen lag etwas Verletzliches, da konnte er sich noch so bemühen, sich als einsamen Wolf zu geben. »Ich bin der Meinung, wir sollten zusammenarbeiten. Die beiden Fälle gehören irgendwie zusammen, das spüre ich intuitiv.«

»Ich halte wenig von Intuition, bin mehr der Faktentyp. Und wir haben nur den alten Korruptionsfall, die Tattoos und Viggo, der sie vielleicht gestochen hat.«

»Das stimmt nicht ganz. Du warst gestern wegen Engströms Selbstmord bei Viggo. Und im Auto des Bankers wurde die Mädchenleiche mit dem Tattoo gefunden. Worum ging's da?«

»Ich weiß nicht, ob ich dir trauen kann«, meinte Tom abwehrend.

»Natürlich kannst du mir trauen. Wir haben beide dasselbe Ziel. Ich habe deinen Online-Artikel gelesen. Du zweifelst den Selbstmord des Bankers Engström an und ich will die Thalberg-Morde aufklären. Bei beiden Fällen gibt es Überschneidungen, die es wert sind, dass man sich näher damit beschäftigt«, versuchte Signe Tom zu überzeugen. ›Warum ist dieser Typ nur so sperrig?‹, fragte sie sich. »Ich habe anschließend einen Termin mit der ehemaligen Haushälterin der Thalbergs. Die Frau hat damals die Leichen der Familie gefunden. Wir können uns später wieder treffen und uns austauschen.« Abwartend blickte Signe den Journalisten an. Sie sah, wie sich sein Körper straffte und ein plötzliches Feuer in seinen Augen aufglomm. Jetzt hatte sie endlich sein Interesse geweckt.

»Okay, ich begleite dich runter, wir bleiben in Kontakt.« Tom verschwand hinter einem Paravent und kehrte kurz darauf in schwarzen Jeans und T-Shirt zurück. »Gehen wir.«

Der Journalist schob die Eisentür auf und beide traten in den Lastenaufzug. Dann drückte er einen Knopf und der Fahrstuhl setzte sich ruckelnd in Bewegung.

»Ich war übrigens bei Viggo, weil Engström kurz vor seinem Tod von dem Club aus angerufen wurde«, sagte Tom. »Die Frau des Bankers hat mir sein Handy gegeben. Kurz darauf springt Engström von dem Kongressgebäude. Vielleicht hat ihm Viggo eine Falle gestellt und ihn nach unten befördert. Ich glaube, dass wir es mit gefährlichen Gegnern zu tun haben.«

Signe wollte etwas erwidern, doch in diesem Moment blieb der Aufzug abrupt stecken und das Licht erlosch.

»Verdammt, da hat es jemand auf dich abgesehen«, sagte Signe und griff automatisch nach ihrer Waffe im Holster. Hastig blickte sie sich um, suchte nach einem Notausstieg. Doch da gab es nichts, sie waren wie in einem Käfig gefangen.

»Ruhig bleiben.« Tom lehnte ungerührt an der Wand. »Das ist kein Anschlag, sondern der Aufzug fährt nur, wenn ihm gerade der Sinn danach steht. Vielleicht stürzt er eines Tages auch ab.«

»Das ist doch ein Witz.« Signe atmete tief durch und schüttelte den Kopf. ›Was ist dieser Tom nur für ein Mensch, dass ihm sein Leben so gleichgültig zu sein scheint?‹ Trotzdem verspürte sie eine gewisse Sympathie für den Mann.

KAPITEL SIEBZEHN

Die philippinische ehemalige Hausangestellte der Familie Thalberg arbeitete als Leiterin des Reinigungsteams im ›Konsthuset‹, einem modernen Kunstmuseum, das in einem ehemaligen Einkaufscenter im Zentrum von Stockholm untergebracht war. Nelly hatte Signe mit diesen Informationen versorgt und so stand sie kurz darauf vor dem fünfstöckigen Gebäude mit den durchlaufenden Glasfronten und den Neonslogans, die auf breiten Leuchtbändern rund um das Gebäude verliefen.

Signe öffnete die große gläserne Eingangstür und ein junger Mann in einem Batikshirt und mit Dutt kam ihr entgegen. »Wo hast du deinen Kinderwagen?«, fragte er mit einem freundlichen Lächeln.

»Ich habe keinen Kinderwagen«, antwortete Signe verblüfft und blickte in das Foyer. Dort standen Dutzende von Wagen in einem abgegrenzten Bereich, und Mütter mit ihren Kleinen auf dem Arm saßen auf bunten Sofas.

»Sorry, dann musst du abends wiederkommen, der Nachmittag ist für Frauen mit Kindern reserviert.«

»Ich habe einen Termin«, erwiderte Signe und fischte ihren Ausweis aus der Tasche. »Kripo Stockholm.«

»Oh, das ist etwas anderes.«

»Wo finde ich die Leiterin des Reinigungsteams, Aurie Duarte?«, fragte Signe.

»Die Aufenthaltsräume für das Personal befinden sich im dritten Stockwerk«, informierte sie der junge Mann und entfernte sich mit federnden Schritten.

Signe drehte sich auf dem Absatz um und schritt zu der Rolltreppe, die sie in die oberen Etagen brachte. Als sie den Korridor erreichte, der zu den Personalräumen führte, kam ihr eine Frau mit einem großen Plastiksack in der Hand entgegen. Es war Aurie, daran gab es keinen Zweifel, als Signe die Frau mit dem Foto auf ihrem Handy verglich.

»Aurie Duarte?«, fragte sie und zückte erneut ihren Ausweis.

»Ach, Sie sind die Polizistin, die wegen der Thalberg-Morde mit mir reden will. Warum nach all den Jahren?«, fragte Aurie überrascht.

»Ich habe die Ermittlungen wieder aufgenommen«, erklärte Signe und folgte der kleinen Frau, die jetzt den Ausstellungsraum betrat. Zielgerichtet ging Aurie auf eine Computeranimation zu, bückte sich vor dem Bildschirm und hob mit spitzen Fingern ein Papiertütchen auf.

»Die Besucher sind viel unachtsamer als früher. Noch vor Jahren wäre niemand auf die Idee gekommen, eine leere Verpackung einfach auf den Boden zu werfen«, meinte Aurie und steckte die Dropstüte in den Plastiksack.

»Sie haben diesen Job im Museum bereits seit fünfzehn

Jahren«, begann Signe mit der Befragung. »Das war also kurz nach der Ermordung der Thalberg-Familie.«

»Das stimmt, einer der damaligen Rechtsanwälte hat mir zum Glück diesen Job vermittelt«, sagte Aurie.

»Können Sie sich noch an den Namen des Rechtsanwaltes erinnern?«, wollte Signe wissen.

»Ja, Sorensen«, antwortete Aurie. »Aber das war keine Gefälligkeit, sondern ich bekam von ihm nur den Namen des Personalleiters. Und da ich eben sehr fleißig bin, habe ich den Posten erhalten und mich bis zur Teamchefin hochgearbeitet.«

»Das glaube ich Ihnen gerne. Sie haben damals am Morgen die Leichen von Morton und Vera Thalberg entdeckt. Können Sie Ihren Eindruck nochmals beschreiben?«, wechselte Signe das Thema.

»Es war entsetzlich, im Esszimmer und in der Küche war überall Blut auf dem Boden. Ich habe die beiden Leichen gesehen und bin schreiend aus dem Haus gelaufen. Dann habe ich die Polizei gerufen.«

»Waren die beiden bereits tot?«

»Ja, sie waren ganz bleich, aber ich wollte sie nicht berühren.«

Aurie ging in eine dunkle Kammer mit einer Videoinstallation, wo sich von allen Seiten dreidimensionale Greifarme nach ihnen ausstreckten. Auch hier fand die Frau eine leere Plastikflasche, die sie in dem Müllsack verschwinden ließ.

»Gab es eigentlich öfter Streit zwischen Vera und Morton?«, wollte Signe wissen.

»Ich glaube, Morton hat seine Frau geschlagen. Manchmal trug sie große Sonnenbrillen und hatte blaue Flecken auf den Armen.« Aurie zuckte panisch zurück, als sich ihr einer der Greifarme näherte. »Ich mag diese moderne Kunst nicht, gehen wir lieber hinaus«, murmelte sie.

»Was war mit den Kindern?«, fragte Signe ungeduldig weiter.

»Ach Gott, der Kleine ist angeblich in seinem Bettchen erschossen worden. Eine schreckliche Vorstellung.«

»Und wo war Malin? Sie haben doch nach ihr gerufen, richtig?«, fragte Signe.

»Malin war nicht da. Vielleicht war sie im Wasser, denn es war ein ziemlich heißer Sommer. Das Mädchen war meistens alleine unterwegs, oft auch im Wald.«

»Wissen Sie, wer damals vor den Morden bei den Thalbergs zu Besuch war?«

»Der jetzige Staatssekretär im Innenministerium, dann der Banker, der vor einigen Tagen gestorben ist, der Anwalt Sorensen und noch etliche andere, die ich aber namentlich nicht gekannt habe«, sagte Aurie, nachdem sie kurz nachgedacht hatte.

»Der Staatssekretär der Innenministerin. Sind Sie sicher?« Das war eine Neuigkeit, die noch in keinem Protokoll aufgetaucht war.

»Ja, aber damals war er nur einfacher Politiker. Es gab auch oft Veranstaltungen, aber ich war nur für die Vorbereitungen zuständig und bin dann vor dem Erscheinen der Gäste nach Hause gefahren.«

»Das war sicher ziemlich anstrengend«, meinte Signe.

»Ja, ich hatte eine große Verantwortung. Nichts durfte schiefgehen. Morton war da sehr genau.«

»Da fällt mir noch etwas ein«, sagte Signe und fischte Malins Foto aus ihrer Tasche. »Kennen Sie dieses Tattoo?« Fragend blickte sie Aurie an.

»Ja, natürlich, es ist Malins Tätowierung. Der Kolibri ist ein Glücksbringer, hat aber der Kleinen kein Glück gebracht«, antwortete Aurie mit bedrückter Miene. Sie bückte sich und zog ein Kaugummipapier zwischen den Falten eines Sessels hervor.

»Was meinen Sie damit?«, hakte Signe sofort nach.

»Nun, seit sie das Tattoo am Handgelenk hatte, war Malin ein anderer Mensch geworden und hatte sich sehr verändert. Vorher war das Mädchen aufgeweckt, dann aber wurde sie schweigsam und in sich gekehrt. Das hing aber vielleicht auch mit den ständigen Streitereien der Eltern zusammen.«

Sie kamen an einer riesigen Installation vorbei, bei der alte Fernseher zu einer Pyramide aufgetürmt waren, und auf jedem Bildschirm war eine andere Frau zu sehen, die atemlos eine Geschichte von weiblicher Unterdrückung erzählte. ›Silent Witnesses‹ war mit blutroter Farbe an die rückwärtige Wand geschrieben.

»Malin haben die Auseinandersetzungen also ziemlich mitgenommen«, schlussfolgerte Signe, während sie an dem Kunstwerk entlanggingen.

»Die Kleine hat sich immer mehr in ihre eigene Welt zurückgezogen. Früher war Malin oft im Wasser gewesen, aber dann strolchte sie nur noch stundenlang im Wald umher. Sie kam oft zerkratzt zurück. Auf Fragen reagierte sie meistens abweisend und aggressiv. Malin machte auf mich einen verhaltensgestörten Eindruck«, redete Aurie gegen das Stimmengewirr auf den Monitoren an, und Signe hatte Mühe, sie zu verstehen. »Deshalb war Vera mit Malin auch bei einem Psychiater.«

»Ach ja? Wissen Sie vielleicht noch seinen Namen?«

»Der Therapeut hieß Nyberg und hat seine Praxis im

Zentrum von Stockholm. Ich erinnere mich leider nur noch an den Nachnamen«, entschuldigte sich Aurie.

»Das macht nichts. Kommen wir zurück zu der Mordnacht.« Signe zog Aurie am Arm von dem Lärm der Installation weg. »Wann haben Sie das Haus verlassen?«

»Ich bin wie immer um siebzehn Uhr gegangen und habe zuvor die Alarmanlage mit den Kameras eingeschaltet.«

»Moment. Sie haben die Überwachungskameras und auch den VHS-Rekorder aktiviert?«, horchte Signe elektrisiert auf. Sie rief sich das Protokoll der Kriminalpolizei ins Gedächtnis. Dort wurde festgehalten, dass der Rekorder an diesem Abend ausgefallen war und nichts aufgenommen hatten.

»Ja, das habe ich automatisch jeden Tag vor Arbeitsende gemacht. Stimmt etwas nicht?«, fragte Aurie verwirrt.

»Das Aufnahmegerät war also an diesem Abend in Ordnung?«

»Ich denke schon«, zögerte Aurie. »Wissen Sie, an dem Tag herrschte eine angespannte Stimmung. Vera wollte ständig etwas von mir.«

»Sie können sich also nicht mehr hundertprozentig erinnern, ob Sie das Aufnahmegerät eingeschaltet haben? Denken Sie bitte nochmals nach«, insistierte Signe.

»Tut mir leid, ich weiß es nicht mehr. Aber ich glaube schon«, entschuldigte sich Aurie zerknirscht.

»Schon okay. Sind Sie damals bei der Vernehmung nicht nach den Kameras gefragt worden?«, fragte Signe zur Sicherheit nach.

»Nein, daran kann ich mich bei der Befragung nicht mehr erinnern«, erwiderte Aurie nervös. »Dieses schreckliche Verbrechen ist schon so lange her.«

»Das ist völlig in Ordnung«, beruhigte Signe die Frau. »Ich habe auch keine weiteren Fragen mehr.« Sie zog eine Visitenkarte aus ihrer Lederjacke und reichte sie Aurie. »Wenn Ihnen noch etwas einfällt, dann rufen Sie mich bitte an.«

›Wieso wurde Aurie bei der Vernehmung durch die Stockholmer Kriminalpolizei nicht nach den Überwachungskameras befragt?‹, dachte Signe irritiert, als sie das Kunstmuseum verließ. ›Was wurde hier vertuscht oder konnte sich die Haushälterin wirklich nicht mehr daran erinnern?‹

KAPITEL ACHTZEHN

Nach langer Zeit hatte sich Tom dazu durchgerungen, wieder den Stockholmer Wirtschaftsclub aufzusuchen, um vielleicht einige Hintergrundinformationen zu Engströms Selbstmord zu erhalten.

Der prominente Club befand sich in der ehemaligen schwedischen Handelsbörse, einem mit Türmen verzierten Gebäude aus dem neunzehnten Jahrhundert, das außen einer Burg ähnelte.

Seine Mitgliedschaft hatte Tom seinem Freund Bert Hoffmann zu verdanken, der ihn in diese illustre Runde eingeführt hatte. »Jedes Jahr dürfen wir jemanden für eine Mitgliedschaft in diesen elitären Club vorschlagen. Diesmal bist du an der Reihe. Ich bin stolz auf dich«, hatte sein väterlicher Freund gesagt.

›So ist das in diesen Kreisen. Zuerst wird man hochgehoben und dann fallen gelassen‹, dachte Tom, als er das massive Holzportal aufstieß und den Raum betrat, der mit seinen Dimensionen auf den ersten Blick einschüchternd wirkte. An den holzvertäfelten Wänden hingen die Porträts von Kaufleuten und Unternehmern, die Schweden zu einer wirtschaftlichen Großmacht gemacht hatten. Im ganzen Raum waren Sitzgruppen verteilt, wo man ungestört informelle Gespräche führen konnte.

»Tom Persson, lange nicht gesehen«, begrüßte ihn ein Mann mit aschblondem Haar und grauen Augen. Es war Johan Holmgren, der leitende Staatssekretär im Innenministerium. »Wir haben Ihren kreativen Input bei unseren letzten Treffen vermisst. Wo haben Sie bloß so lange gesteckt?«

»Ich habe mir eine Auszeit genommen«, wich Tom aus und blickte umher. Viele altbekannte Gesichter und ein paar junge Unternehmer aus der IT-Branche hatten sich um die Stehpulte gruppiert, zwischen denen Kellner mit Tabletts umhergingen. »Hej, Tom Persson, ich habe Ihren gestrigen Online-Artikel über Engströms trauriges Schicksal gelesen. Ein interessanter Ansatz.« Polizeidirektor Gunvald Lundqvist trat zu ihnen und winkte einem Ober, der ein Tablett mit vollen Gläsern trug. Mit seiner imposanten Gestalt und den grau melierten Haaren wirkte er in seiner Uniform sehr beeindruckend. Lundqvist hatte den Polizeikader reformiert und viele Zeitungen sahen in ihm bereits den kommenden Innenminister. »Hier ein Aperitif für Sie«, meinte Lundqvist und reichte Tom ein Champagnerglas.

»Nein, das ist mir zu früh, danke«, winkte er ab und griff stattdessen zu einem Glas mit Mineralwasser.

Der Polizeidirektor verzog keine Miene, sondern stellte das Champagnerglas wieder zurück auf das Tablett und fragte Tom: »In Ihrem Artikel spekulieren Sie über den Fall unseres lieben Bekannten Magnus Engström. Wieso glauben Sie eigentlich, dass es kein Selbstmord war?«

»Einer meiner Informanten sprach von einigen Ungereimtheiten«, antwortete Tom ausweichend. ›Sollte ich den Polizeidirektor direkt fragen, warum die Druckstellen am Hals von Engström im Obduktionsbericht nicht erwähnt wurden?‹ Aber dann würde er Ingrid bloßstellen, deshalb entschied er sich dagegen.

»Was für Ungereimtheiten?« Lundqvist musterte Tom argwöhnisch. »Wenn es welche geben würde, dann wüsste ich davon. Ihr Informant produziert nur heiße Luft, wie so oft in diesem Metier.«

»Auch die Staatsanwaltschaft sieht keinen Grund, den Selbstmord anzuzweifeln«, ergänzte Staatssekretär Holmgren geschäftig.

»Genau. Wozu weiter spekulieren und Verschwörungstheorien lancieren? Der arme Engström hat beim Sexspiel ein junges Mädchen getötet und wusste dann keinen anderen Ausweg mehr.« »Vielleicht war es ja nur ein Unfall?«, mischte sich jetzt auch der Arzt Rosberg ein, der in Stockholm ein florierendes Schönheitsinstitut betrieb. »Davon abgesehen hat Engström Unterschriften gefälscht und systematisch seine Bank betrogen. Engströms fataler Hang zu minderjährigen Mädchen hat ihm schlussendlich das Genick gebrochen.«

»Da bin ich ganz deiner Meinung. Niemals hätte ich Engström diese Perversionen zugetraut.« Der Anwalt Sorensen verzog angeekelt das Gesicht und winkte einem Kellner, der ihm ein frisches Glas Champagner kredenzte.

»Wer war übrigens das tote Mädchen im Kofferraum?«, fragte Tom nach. »Kennt man schon die Identität? Wurde es als vermisst gemeldet?«, wandte er sich an den Polizeidirektor.

»So viele Fragen auf einmal. Sie wissen doch, wie das läuft, Tom«, erwiderte Lundqvist. »Über laufende Ermittlungen darf ich keine Auskunft geben. Aber meine Leute geben ihr Bestes, auch wenn ihr Journalisten überall eine Verschwörung wittert.« Der Polizeidirektor klopfte ihm gönnerhaft auf die Schulter und wandte sich dann ab, um einen jungen Mann in Jeans und T-Shirt zu begrüßen. Tom kannte das Gesicht aus der Zeitung. Der Mann hatte einen internationalen Streamingdienst ins Leben gerufen, der zum Marktführer aufgestiegen war.

»Originell finde ich, dass Engström ausgerechnet von dem leer stehenden Kongressgebäude gesprungen ist, das Morton Thalberg damals geplant hat. Die beiden waren früher vor der Tragödie gut befreundet«, lächelte der leitende Staatssekretär, als hätte er einen guten Scherz zum Besten gegeben. »Haben Sie nicht vor Jahren eine Artikelserie über Thalberg verfasst und ihm die Unterschlagung von EU-Geldern unterstellt?«, wandte sich Holmgren an Tom.

»Das ist Schnee von gestern«, winkte er ab.

»Eigenartig, dass gerade jetzt von Morton Thalberg die Rede ist.« Der Polizeidirektor drehte sich wieder interessiert zu Tom. »Ich habe erst kürzlich festgestellt, dass eine engagierte Polizistin aus unserem Team in Stockholm diesen Cold Case ausgegraben und die Ermittlungen zu den Thalberg-Morden wieder aufgenommen hat.«

»Ich weiß. Signe Nord hat mich bereits kontaktiert, da ich ja damals Morton Thalberg interviewt habe«, antwortete er.

»Ach, Sie stehen in Kontakt mit dieser Ermittlerin?«,

fragte Holmgren neugierig. »Gibt es schon eine neue Spur oder vielleicht sogar Verdächtige? Ich habe bisher noch keine diesbezüglichen Informationen von Estrid Nilsson erhalten.«

»Signe wollte nur wissen, was für ein Mensch Morton Thalberg war, damit sie sich ein Bild von seiner Persönlichkeit machen kann. Ich glaube aber, die Polizistin steht erst am Anfang ihrer Arbeit«, erwiderte Tom vage. Das übertriebene Interesse des leitenden Staatssekretärs kam ihm suspekt vor, deshalb erwähnte er nichts von der geplanten engeren Zusammenarbeit mit Signe Nord.

»Übrigens, Engström hat sich damals auffallend gut mit Vera Thalberg verstanden. Ich glaube, die beiden hatten eine Affäre.« Der Schönheitschirurg Rosberg griff nach einem frischen Champagnerglas und trank es zur Hälfte leer. »Wir waren ja alle gemeinsam in einem Segelclub, nicht wahr, Gunvald?«, sprach er augenzwinkernd den Polizeidirektor an.

»Mir wäre nicht aufgefallen, dass zwischen den beiden mehr als Freundschaft bestanden hätte. Außerdem ist das doch schon so lange her«, gab sich Lundqvist einsilbig. »Es ist unlogisch, wenn Engström doch augenscheinlich minderjährige Mädchen bevorzugt hat.«

»Da spricht wohl der Polizist aus dir. Vielleicht stand Engström auf Alt und Jung«, lachte Rosberg dröhnend. »Ich habe jedenfalls gehört, dass Vera damals ihren Mann verlassen wollte.« Der Arzt trank sein Glas leer und griff dann nach einem Kaviarbrötchen.

»Wenn da etwas Wahres dran ist, dann hat sich Morton Thalberg vielleicht gerächt und zuerst seine Familie und dann sich selbst erschossen«, überlegte Holmgren.

»Das ist äußerst unwahrscheinlich. Es wurden keine

Schmauchspuren an Thalbergs Leiche gefunden«, wandte Tom ein.

»Sie scheinen sich ja doch mit unserer Cold-Case-Polizistin intensiver über die Thalberg-Morde unterhalten zu haben?«, meinte der Polizeidirektor und warf Tom einen prüfenden Blick zu.

»Nein, das habe ich nicht«, log Tom. »Aber wenn Thalberg seine Familie ausgelöscht hätte, dann wäre das doch sicher im Polizeibericht erwähnt worden und es wäre kein Cold Case, habe ich recht?«

»Gut kombiniert.« Lundqvist nickte Tom freundlich zu und schenkte seine Aufmerksamkeit einer Frau in einem schwarzen Designerkleid mit künstlich aufgerissener Naht, die ein Bein freigab. »Lilith, wie geht es dir?«, fragte Lundqvist.

»Ich bin noch immer so schockiert über Engström. Hat er doch dieses arme Mädchen für seine perversen Spiele benutzt. Unglaublich, dass dieser Mann auch bei mir am Tisch gesessen hat«, ereiferte sich Lilith.

»Ja, man kann in die Menschen einfach nicht hineinsehen«, seufzte der Polizeidirektor. Er fasste die Frau unter dem Arm und entfernte sich mit ihr in die Mitte des Saals.

»Halten Sie es für möglich, dass die Thalberg-Morde etwas mit Engströms Tod zu tun haben könnten?«, fragte der Staatssekretär nach.

»Dafür gibt es keinerlei Anhaltspunkte«, erwiderte Tom etwas überrascht. ›Interessant, dass Holmgren von einer Verbindung zwischen den beiden Fällen spricht‹, dachte er und beschloss, Signe auf den Staatssekretär aufmerksam zu machen. Tom warf einen diskreten Blick auf seine Uhr und trank sein Mineralwasser aus. Er erinnerte sich wieder an den Anwalt Sorensen. Irgendwie hatte Tom den Eindruck gehabt, als wolle er ihm etwas mitteilen. Suchend blickte er umher, konnte ihn aber nirgends mehr entdecken.

»Okay, ich bin dann mal weg, die Arbeit ruft«, verabschiedete er sich von Holmgren.

»Wenn sich etwas Neues im Engström-Fall ergibt, kann ich dann mit einem Tipp rechnen?«, fragte er Lundqvist, der noch immer in einem vertrauten Gespräch mit der attraktiven Frau war.

»Es gibt eine offizielle Pressestelle, dorthin können Sie sich jederzeit wenden«, antwortete der Polizeidirektor ungehalten.

In der Vormittagssonne warfen die hohen Fenster des Innenministeriums auf der anderen Straßenseite zuckende Lichtblitze durch die Luft, und Tom kniff geblendet die Augen zusammen. Er war gerade dabei, sein Fahrrad aufzuschließen, als sein Handy klingelte.

»Wir müssen uns sofort sehen«, hörte er eine Stimme, die ihm irgendwie bekannt vorkam.

KAPITEL NEUNZEHN

Tom kannte die Stimme am Telefon, aber vor seinem geistigen Auge tauchte kein passendes Gesicht dazu auf.

»Wer sind Sie?«, fragte er.

»Wir haben vorhin im Club kurz miteinander gesprochen. Sehen Sie den kleinen Park, neben dem Innenministerium?«

»Ja, natürlich«, erwiderte Tom und blickte hinüber zur Grünanlage, wo sich niedrige Büsche in einer sanften Brise wiegten.

»Dort warte ich auf Sie.«

Dann war die Verbindung unterbrochen. Tom kettete sein Fahrrad wieder an den eisernen Zaun beim Eingang des Ministeriums und überquerte die Straße. Zügig schritt er über den Kies, blickte suchend umher. Vor dem Denkmal von Gustav Wasa entdeckte er einen dunkelhaarigen Mann in grauem Anzug zwischen den Kolonnaden auf und ab gehen. Es war der Anwalt Oliver Sorensen.

»Ich wollte mich nicht vor meinen Bekannten exponieren«, begann er, als Tom zu ihm trat. »Kann ich offen mit Ihnen reden?« Der Anwalt blickte Tom mit großen dunklen Augen prüfend an.

»Worum geht es?«, fragte Tom zögerlich, denn er wusste nicht, warum der Mann sich so geheimnisvoll gab.

»Ich habe Magnus Engström in dem Unterschlagungsfall vertreten und bin der Meinung, dass man ihn ermordet hat.«

»Da sind wir ja derselben Ansicht«, erwiderte Tom etwas verwundert. »Was veranlasst Sie zu dieser Annahme?«

»Engström war in den letzten Wochen sehr unruhig. Einige Tage vor seinem angeblichen Selbstmord rief er mich von einem öffentlichen Telefon an, weil er Angst hatte, dass sein Handy abgehört wird«, erzählte Sorensen. »Er verabredete sich dann mit mir am ›Spökpunkt‹, das war unser alter Treffpunkt.«

»Sie meinen die alte Militäranlage an der Ostsee, die während des Kalten Kriegs als Abhörposten gedient hat?«, vergewisserte sich Tom. Noch immer existierte der von Wellen umtoste Wachturm an der äußersten Spitze der Landzunge, der im Volksmund als ›Spökpunkt‹, als Geisterpunkt, bekannt war, weil man dort angeblich noch immer Stimmen aus dem Kalten Krieg vernehmen konnte.

»Genau, die meine ich«, bestätigte der Anwalt. »Engström balancierte damals mit ausgebreiteten Armen auf dem Rand der brüchigen Kaimauer und starrte sehnsüchtig in den grauen Himmel, so als würde er auf eine Erleuchtung warten.«

»Und was passierte dann?«, fragte Tom ungeduldig.

»Engström hat zugegeben, dass er Kundengelder unterschlagen hat. Aber nicht irgendwelche, sondern die Gelder eines Kartells.«

»Sie meinen, Engström hat Drogengelder veruntreut?« Tom runzelte die Stirn. Das war ein völlig neuer Ansatz. Weder er noch Signe hatten daran gedacht, dass der Banker ein Drogenkartell gelinkt haben könnte. »Aber wie passt dann das tote Mädchen dazu?«, fragte er Sorensen.

»Das Kartell will wahrscheinlich Engström als perversen Typen hinstellen, um von den Drogengeldern abzulenken«, schlussfolgerte Sorensen.

»Das klingt einleuchtend«, meinte Tom. »Aber warum erzählen Sie das ausgerechnet mir?«

»Weil Sie ein cleverer Journalist sind. Lassen Sie uns doch zusammenarbeiten. Ich kann mich als Anwalt nicht ins Rampenlicht stellen, aber Sie können das. Mit Ihren Recherchen decken Sie den Mord an Engström auf.«

»Und was haben Sie davon?«

»Ich bin das Engström schuldig. Er war nicht nur mein Klient, sondern auch mein Freund. Und Freunde lässt man nicht im Stich, auch wenn sie Mist bauen.« Wieder musterte ihn Sorensen prüfend. »Kann ich auf Sie zählen?«, fragte er und streckte Tom die Hand entgegen.

»Prinzipiell ja, aber ich muss mir das noch überlegen«, antwortete Tom vage.

»Ich verstehe«, meinte der Anwalt. »Sollten Sie noch weitere Informationen von mir benötigen, dann rufen Sie mich unter dieser Nummer an.« Sorensen gab Tom eine Karte mit einer Handynummer. Dann verabschiedete sich der Mann und verschwand durch den Park.

Nachdenklich blickte Tom dem Anwalt hinterher und wollte gerade wieder zurück zu seinem Fahrrad, als ein Taxi vor dem Ministerium hielt und eine platinblonde Frau aus dem Fond stieg. Sie telefonierte und warf einen hastigen Blick auf die andere Straßenseite. Im letzten Moment konnte sich Tom blitzschnell hinter einem hohen Gebüsch verbergen, denn er hatte die junge Frau erkannt. Es war seine Kollegin Cilia. Plötzlich sah er den leitenden Staatssekretär Holmgren über die Straße auf seine Kollegin zueilen. Die beiden begrüßten sich wie enge Vertraute mit Wangenküssen und verschwanden dann in dem Regierungsgebäude. ›Wird Cilia vom Staatssekretär vielleicht mit Insiderinfos versorgt?‹ Das musste er unbedingt herausfinden.

Zügig schritt Tom über den Parkplatz zum Haupteingang des Innenministeriums. Im Foyer saß ein Securityposten in einer Glasbox vor seinen Bildschirmen. Ohne eine Berechtigungskarte würde er das Gebäude nicht betreten können, deshalb half nur eine List. Kurz entschlossen kehrte Tom wieder auf den Parkplatz zurück und ließ den Blick prüfend über die parkenden Autos gleiten. Geduckt lief er auf eine schwarz glänzende Luxuskarosse zu und schlug mit der Faust gegen die Seitenscheibe. Sofort heulte der Alarm los und die Lichter des Fahrzeugs begannen hektisch zu blinken. Von seinem Versteck aus beobachtete Tom, wie der Securitymann aufsprang und durch das Foyer nach draußen lief. Diese Gelegenheit nutzte Tom und sprintete in das Gebäude. Im letzten Moment sah er Cilia, die gerade hinter einer unauffälligen Stahltür verschwand. Tom wartete noch einige Sekunden, ehe er die Verfolgung aufnahm. Vorsichtig öffnete er die Tür und gelangte in einen engen Gang, von dem eine Wendeltreppe nach unten führte. Entfernt hörte er das Klacken von Cilias Stöckelschuhen und schlich die Wendeltreppe hinab. Dort blieb er kurz stehen, um sich zu orientieren. Er befand sich im Keller des Innenministeriums und stand in einem Gewölbe, von dem aus man in verschiedene Archive gelangte, wie er auf einer altmodischen Informationstafel lesen konnte. ›Was zum Teufel hat Cilia hier zu suchen?‹ Das Klacken ihrer Absätze entfernte sich rasch, wurde von einem anderen Geräusch überlagert, das schnell lauter wurde und von der Wendeltreppe kam. Tom wollte sich gerade umdrehen, da erhielt er einen Stoß auf die Schulter, er stolperte und ging in die Knie. Auf dem Boden sah er etwas aufblitzen und griff instinktiv danach. Es war ein silberner Knopf. ›Hatte nicht Cilia eine stylische Militärjacke mit Metallknöpfen getragen?‹ Dann packte ihn eine Hand im Genick und riss ihn hoch.

»Was haben Sie hier zu suchen?«, herrschte ihn der Securityposten an und hob drohend seinen Schlagstock.

»Ich bin Journalist. Und habe mich verlaufen.« Tom zog seinen Ausweis aus der Tasche und zeigte ihn vor.

»Sorry«, entschuldigte sich der Securitymann. »Aber Sie sind unerlaubt in das Gebäude eingedrungen und haben hier im Archivkeller nichts verloren. Ich hoffe, ich habe Sie nicht verletzt.«

»Ist schon in Ordnung«, winkte Tom ab und rieb sich den schmerzenden Hinterkopf.

»Ich muss allerdings über diesen Vorfall Meldung erstatten«, sagte der Sicherheitsmitarbeiter, als sie die Wendeltreppe wieder nach oben stiegen.

»Die Kopfschmerzen sind doch heftiger, als ich zunächst annahm«, flunkerte Tom mit leidender Miene. Er wollte auf keinen Fall in einem amtlichen Protokoll auftauchen. »Vielleicht ist es besser, ich lasse mich im Krankenhaus untersuchen. Könnte eine Gehirnerschütterung sein«, übertrieb er.

»Okay, ich will keinen Ärger.« Der Mann verstand und

hob beschwichtigend die Hand. »Die ganze Sache bleibt unter uns.«

»Kein Problem«, sagte Tom und ging hinaus. Er kettete sein Fahrrad los und machte sich auf den Weg. Es gab eine Menge zu tun.

KAPITEL ZWANZIG

Nach dem Gespräch mit Aurie Duarte hatte Signe sofort in der Praxis des Psychiaters Rasmus Nyberg angerufen. Sie schilderte dem Arzt kurz ihr Anliegen und er hatte einem spontanen Treffen zugestimmt, da ihm ein Patient ausgefallen war. Nyberg hatte Malin nach ihrer plötzlichen Persönlichkeitsveränderung behandelt, und Signe erhoffte sich von dem Psychiater Informationen über das Beziehungsgeflecht innerhalb der Familie.

Die Praxis des Arztes befand sich in einem schmalen Bürgerhaus in Gamla Stan, dem alten Zentrum von Stockholm. Das dreistöckige Gebäude lag ein Stück von der Gasse nach hinten versetzt, und Signe öffnete ein schmiedeeisernes Tor mit einer gotischen Inschrift, um in den düsteren Hof mit ein paar vertrockneten Bäumen zu gelangen. Die Häuser in Stockholms Altstadt standen meist so eng zusammen, dass nur vereinzelte Sonnenstrahlen bis zum

Boden reichten. Ein kleines Messingschild mit einer Glocke wies auf Nybergs Praxis hin und Signe läutete. Kurz darauf summte der Türöffner und sie betrat ein enges Foyer, wo eine Treppe ins obere Stockwerk führte.

»Der Behandlungsraum ist im Parterre«, hörte sie eine Stimme und ein älterer Mann mit grauen Haaren und einer schwarzen Nickelbrille trat aus dem Halbschatten neben der Treppe. »Oben sind nur meine Privaträume.«

»Hej, ich bin Signe Nord von der Kripo Stockholm.« Sie schüttelte dem Psychiater die Hand.

»Doktor Rasmus Nyberg.« Der Händedruck des Psychiaters war kräftig und seine sonore Stimme erinnerte Signe an einen bekannten Moderator im Radio.

»Folgen Sie mir bitte.« Nyberg machte eine einladende Handbewegung und führte Signe durch einen dunklen Flur bis zu einer schmalen, halb offenen Tür. Der Durchlass war so niedrig, dass Signe unwillkürlich den Kopf einziehen musste. Doch als sie das Therapiezimmer betrat, war sie von der Größe und Gemütlichkeit überrascht, denn sie hatte sich Nybergs Praxis ganz anders vorgestellt. Hier erinnerte nichts an den Arbeitsbereich eines Psychiaters, im Gegenteil, auf Signe machte der Raum den Eindruck eines gutbürgerlichen Wohnzimmers. Es gab weder die obligatorische Couch noch einen Schreibtisch, sondern bequeme Ohrensessel, geschnitzte Schränke und historische Bilder an den Wänden. Ein dicker brauner Flauschteppich auf dem Boden dämpfte Signes Schritte.

»Nehmen Sie doch Platz, Signe.« Nyberg setzte sich ihr gegenüber und legte die Handflächen aneinander wie zum Gebet. »Was möchten Sie denn gerne wissen?« Abwartend blickte der Arzt sie an.

»Ich habe ja bereits am Telefon kurz erwähnt, dass ich den Fall der Thalberg-Morde und das Verschwinden der Tochter wieder aufrolle. Warum haben Sie damals Malin therapiert?«, fragte Signe.

»Eigentlich berührt Ihre Frage ja den Datenschutz«, gab Nyberg zu bedenken.

»Nach fünfzehn Jahren kann man den Datenschutz getrost vergessen«, erwiderte Signe.

»Da haben Sie auch wieder recht.« Nyberg rückte sich in seinem Lehnstuhl zurecht und schlug ein Bein über das andere. »Einige Monate vor der schrecklichen Tat kam Vera mit ihrer Tochter zu mir in die Praxis. Die Mutter hat erzählt, dass sich Malins Persönlichkeit drastisch verändert hätte und sie nicht wisse, warum.«

»Es gab ja häufig Streit zwischen Morton und Vera«, sagte Signe, die sich wieder an Auries Hinweis erinnerte.

»Nicht nur das, es kam auch öfter zu Handgreiflichkeiten. Ich habe Vera geraten, ihren Mann anzuzeigen. Die Frau tat mir leid und ich habe sie ermutigt, Morton zu verlassen. Aber Vera war wegen der Kinder noch nicht so weit. Besonders Malin hat sehr unter dieser toxischen Ehe gelitten. Der Ehemann war krankhaft eifersüchtig, und Vera war noch sehr jung gewesen, als sie Morton heiratete. Sie war eine aufstrebende Pianistin, gab aber damals ihre erfolgversprechende Karriere für Morton auf.«

»Malins Mutter war also in einem goldenen Käfig gefangen.« Signe konnte sich gut in Veras Situation hineinversetzen. Als junge Frau hatte sie sich von Christers weltmännischer Art blenden lassen, ehe sie erkannte, dass ihre Persönlichkeit und ihr eigenes Leben dabei auf der Strecke geblieben waren. Für Vera musste es ähnlich gewesen sein.

»So kann man Veras Situation beschreiben, aber die Unstimmigkeiten in der Ehe der Eltern waren nicht der Auslöser für Malins Verhaltensveränderung«, schränkte der Psychiater ein. »Da gab es ein düsteres Geheimnis, das war mir sofort klar. Und darauf habe ich mich auch mit meiner Therapie konzentriert.«

»Wie kann ich mir denn Malins Behandlung vorstellen?«, fragte Signe interessiert. Sie hoffte, vielleicht Hinweise auf andere Personen im Umkreis der Familie Thalberg zu erhalten.

»Ich habe zunächst probiert, Malin aus ihrem Schneckenhaus zu locken, denn das Mädchen war völlig verschlossen. Manchmal hockte sie bei den Sitzungen nur auf dem Boden und starrte die Wände an. Dann habe ich es mit meiner Puppenhaus-Therapie versucht.«

»Könnten Sie das ein wenig erläutern?«, fragte Signe, die sich darunter nichts vorstellen konnte.

»Ich habe diese Therapieform selbst entwickelt«, antwortete Nyberg stolz. »Die Probandin erhält ein dreistöckiges Puppenhaus. Sie muss das Haus selbst mit Möbeln einrichten und dann mit der Familie bevölkern. Auf diese Weise sieht man die Interaktion und Gefühlswelt der Patientin in Verbindung mit den einzelnen Familienmitgliedern.«

»Und was hat Malin gemacht?«, fragte Signe gespannt.

»Malin hat Vera und Lukas ins Erdgeschoss gesetzt und sich selbst in ein winziges Zimmer unter dem Dach«, erklärte Nyberg.

»Und wo war der Vater?«, fragte Signe weiter.

»Morton hat alleine vor dem Haus gestanden. Dort hat auch eine schwarze Limousine geparkt.«

»Ein schwarzes Auto?« Signe hob die Augenbrauen. »Haben Sie Malin gefragt, ob es zur Familie gehört hat?«

»Ja, natürlich, aber sie hat nur verneinend den Kopf geschüttelt und geschwiegen.«

»Das heißt, es war ein fremder Wagen?«, schlussfolgerte Signe.

»Etwas Eigenartiges fällt mir noch ein.« Nyberg rückte sich in seinem Stuhl zurecht und ließ seine Fingerknöchel knacken. »Malin hat auf jedes Fensterbrett des Hauses einen Papiervogel gesetzt.«

»Hat sie sich beobachtet gefühlt?«

»Nein, ich glaube, Malin hat die Vögel eher als Schutz gesehen«, erwiderte der Arzt. »Aber sie hat keine Erklärung abgegeben, sondern blieb nach wie vor teilnahmslos. Das Trauma musste also einige Schichten tiefer liegen. Ich habe es dann noch mit einer kombinierten Musik- und Tanztherapie versucht, doch auch damit hatte ich keinen Erfolg. Malin stand stocksteif in der Ecke und starrte ins Leere.«

»Was macht man als Psychiater in einer derartigen Situation, wenn die Patientin sich überhaupt nicht öffnet und kein Feedback gibt?« Signe konnte sich Nybergs Frust lebhaft vorstellen, wenn sie an ihre Tochter Maria dachte, die ihre Mutter manchmal komplett ignorierte.

»Ich habe Vera dann vorgeschlagen, Malin zu hypnotisieren, aber davon wollte sie nichts wissen.«

»Was war denn Ihre Meinung über Malins verschlossenes Verhalten?«

»Das Mädchen muss etwas Schreckliches erlebt haben, wodurch seine ganze Gefühlswelt zusammengebrochen ist. Es ist meistens immer nur eine Frage der Zeit, bis beim Patienten ein Ausbruch stattfindet. Deshalb habe ich es bei jeder Sitzung weiter mit konventionellen Methoden versucht. Die waren aber genauso erfolglos wie zuvor. Bis auf ein einziges Mal.«

»Was geschah da?«, horchte Signe auf.

»Ich habe Malin nach dem seltsamen Tattoo gefragt, das sie eines Tages frisch am rechten Handgelenk trug. Zunächst hat sie geschwiegen, doch plötzlich stürzte sie sich auf mich und versuchte, mich in den Hals zu beißen. Sie hatte mit einem Mal fast übermenschliche Kräfte und ich konnte mich kaum gegen ihren Angriff wehren. Doch dann ist sie zusammengesackt und hat nach Luft geschnappt. Das Mädchen hatte einen schweren Asthmaanfall.«

»Malin hatte Asthma?« Das war neu.

»Ja, ihre Anfälle sind aufgetreten, wenn sie unter Stress stand«, ergänzte Nyberg.

»Warum, glauben Sie, hat Malin die Frage nach diesem Tattoo so aufgeregt?«, kam Signe wieder auf Nybergs Information zurück.

»Ich glaube, es hat sich in ihrer Gefühlswelt mehr um die Begleitumstände dieser Tätowierung gehandelt.«

»Wie hat denn ihre Mutter auf diesen Aggressionsschub reagiert?«

»Ich hatte den Eindruck, als würde Vera diesen Wutausbruch komplett verdrängen. Auf meine Frage, warum sie ihrer Tochter erlaubt hatte, sich ein Tattoo stechen zu lassen, antwortete Vera nicht, sondern sah mich nur mit großen Augen an.«

»Eigenartig.« Signe schüttelte den Kopf. Viele Fragen schwirrten durch ihren Kopf: Weshalb hatte sich Vera so merkwürdig verhalten? Welche Bedeutung hatte dieses Tattoo? Und warum war Malin ausgeflippt, als Nyberg sie darauf angesprochen hatte?

»Haben Sie es auch mit einer Zeichentherapie versucht,

um die Bedeutung des Tattoos vielleicht auf diese Weise zu erfahren?«, fragte Signe.

»Natürlich, das war ja das Naheliegendste, aber Malin hat nicht gerne gezeichnet. Das hatte mir ihre Mutter schon zuvor erzählt.« Nyberg erhob sich und trat zu einem Schrank aus dunklem Holz, der über und über mit Schnitzereien verziert war. Eine Weile kramte er darin herum, um schließlich mehrere Mappen mit Zeichnungen hervorzuholen und vor Signe auf dem Tisch auszubreiten. Die meisten Blätter zeigten nur grüne und braune Striche, die entfernt an wogende Wiesen und Wälder erinnerten, und waren nicht sonderlich aussagekräftig.

»Malin war wirklich keine große Zeichnerin«, meinte Signe enttäuscht und zückte ihr Handy. Dann fotografierte sie trotzdem einige der Bilder.

»Stimmt. Anders verhielt es sich mit Malins Bruder Lukas. Dieser hat für sein Leben gerne gezeichnet. Ich glaube, aus ihm wäre ein begabter Künstler geworden«, seufzte Nyberg. »Er war manchmal bei den Terminen dabei und hat alleine mit seinem Zeichenblock im Wartezimmer gesessen. Der Kleine hat mir dann immer stolz seine Malereien gezeigt und ich war begeistert.«

»Wie lange war Malin dann bei Ihnen noch in therapeutischer Behandlung?«

»Vera und Malin waren einige Monate bei mir. Bis zu dem Tag, an dem sich die Tragödie ereignete«, antwortete Nyberg. »Ich war schockiert, als ich davon hörte. Wir haben noch am Vortag telefoniert. Vera wollte meinen Rat.«

»Ach, ging es um Malin?«, fragte Signe.

»Ja und nein. Sie wollte von mir wissen, ob eine Ortsveränderung für Malin ein Problem wäre.«

»Wollte Vera mit den Kindern verreisen?«

»Nein, sie wollte endlich Morton verlassen. Sie hatte bereits die Koffer gepackt«, antwortete Nyberg.

»Oh, das ist interessant.« Signe setzte sich aufrecht. Sie erinnerte sich an die beiden Koffer, die sie in Veras Schlafzimmer gesehen hatte. ›Wohin wollte Vera mit den Kindern verreisen? Gab es irgendwo einen geheimen Ort, wo vielleicht jemand auf sie wartete?‹

KAPITEL EINUNDZWANZIG

Signe parkte ihren Pick-up vor dem Slakhuset und lehnte den Kopf für einen Moment an die Nackenstütze. Sie schloss die Augen und ließ das Gespräch mit dem Psychiater Rasmus Nyberg vom vergangenen Nachmittag noch einmal Revue passieren. ›Was bedeutete dieses Kolibri-Tattoo, war es der Auslöser für Malins aggressives Verhalten gewesen? Und warum hatte Malins Mutter das Verhalten ihrer Tochter komplett verdrängt?‹ Je mehr sie nachgrübelte, umso wirrer schien ihr das Ganze und sie wusste im Moment keine Antwort.

Signe griff zu ihrem Handy und rief Tom an. »Hej, wir sollten uns treffen und eine Bestandsaufnahme unserer bisherigen Ermittlungen machen. Kannst du in unser Büro im Schlachthausviertel kommen?«

»Okay«, hörte sie Toms sonore Stimme. Signe wollte ihm noch die genaue Adresse durchgeben, doch der Journalist hatte bereits die Verbindung getrennt. ›Der Mann ist wirklich kein großer Redner‹, dachte sie irritiert und stieg aus ihrem Toyota. Mit einem Seufzer tippte sie am Eingangstor den Code ein und betrat die Cold-Case-Abteilung.

»Hej, Nelly, was ist denn das?«, fragte Signe überrascht und wies auf eine große Digitaltafel, die auf Rollen vor einer Kachelwand stand.

»Ich habe unsere Abteilung ein wenig modernisiert«, erwiderte Nelly aufgedreht. »Die Kollegen aus dem IT-Department nebenan haben in ihrem Archiv ausgemustert und uns die digitale Pinnwand überlassen. Vorhin war sogar ein Mitarbeiter von ihnen hier und hat die Technik installiert.« Plötzlich stoppte ihre junge Mitarbeiterin den Redefluss und musterte Signe. »Du machst aber einen ziemlich angestrengten Eindruck. Was ist los?«

»Ich bin auch etwas geschafft. Lass uns ein wenig Tischtennis spielen, damit ich meine Gedanken sortieren und mich entspannen kann. Außerdem habe ich das Gefühl, dass ich dich diesmal schlagen werde.«

»Das glaubst du jedes Mal, bevor wir mit dem Match beginnen«, grinste Nelly und warf den kleinen weißen Ball auf die Tischtennisplatte.

Sie waren gerade mitten im Spiel und Signe lag zum ersten Mal in diesem Jahr gleichauf mit Nelly, als es draußen am Tor klingelte.

»Stopp, wir bekommen Besuch.«

»Dieses Unentschieden ist dir gerade recht«, meinte Nelly und rollte zur Tür. »Hej! Du bist doch der coole Typ aus dem ›Hellraiser‹-Club«, erkannte Nelly den Journalisten sofort.

»Hej«, grüßte Tom. Er betrat den Raum und blickte sich interessiert um. »Die Location ist wirklich abgefahren, aber wurden hier nicht früher Tiere geschlachtet?«, fragte Tom.

»Bist du Veganer?«, erwiderte Nelly.

»Ich? Nein, aber fast Vegetarier.«

»Das ist meine IT-Expertin Nelly«, stellte Signe ihre Mitarbeiterin vor. »Und das ist Tom Persson«, sagte sie zu Nelly.

»Du bist also der Journalist, der den kritischen Artikel über den angeblichen Selbstmord von Magnus Engström geschrieben hat. Habe ich online gelesen. Außerdem kenne ich deine Artikelserie über Morton Thalberg und die verschwundenen EU-Gelder. Das war aber kein Abräumer.«

»Eher das Gegenteil«, sagte Tom abwesend. »Und wer ist der da?«, fragte er mit plötzlich aufflammendem Interesse und wies auf die riesige Promenadenmischung, die entspannt auf einer Decke in der Ecke lag.

»Das ist Hans.«

»Komm her, mein Junge«, sagte Tom plötzlich mit zärtlicher Stimme, und Hans erhob sich sofort wedelnd von seinem Bett. »Du bist ja ein ganz toller Hund.« Der Journalist ging in die Knie und kraulte das Tier hinter den Ohren. Hans stieß einen wohligen Grunzer aus und schmiegte sich eng an Tom.

»Hans hat dich ja sofort richtig ins Herz geschlossen«, konstatierte Nelly.

»Magst du Hunde?«, fragte Signe, die diese Szene beobachtet hatte. Für sie war Tom ein Mann mit zwei Gesichtern. Zu Menschen war er wortkarg und abweisend, aber für Tiere schien er ein Herz zu haben, was eine sympathische Eigenschaft war.

»Ja, früher wollte ich auch immer einen Hund haben.

Meine Mutter hatte es mir und meinem kleinen Bruder fest versprochen.«

»Und was war dann?«, fragte Signe neugierig.

»Sie hat sich's anders überlegt, wie so oft«, erwiderte Tom kurz angebunden und schwieg.

»Okay, ich verstehe.«

»Unterstützt du uns jetzt bei den Ermittlungen?«, fragte Nelly neugierig.

»Ja, denn ich glaube, der vermeintliche Selbstmord des Bankers Magnus Engström und die Thalberg-Morde hängen irgendwie zusammen«, erwiderte Tom. »Allerdings hatte ich gestern auch ein interessantes Gespräch mit Magnus' Anwalt Sorensen. Er glaubt, dass Magnus von einem Drogenkartell ermordet wurde.«

»Krass«, murmelte Nelly und rollte zu ihrem Computer. »Na, dann wollen wir einmal das digitale Chart starten.« In rascher Folge schickte sie verschiedene Fotos von ihrem Computer auf die Digitalwand.

»Wo stehen wir bei unseren Ermittlungen?«, fragte Signe nach einer Weile. »Sehen wir uns einmal an, bei welchen Personen es Berührungspunkte zu Thalberg und dem Banker Engström gibt.« Nelly ordnete die Aufnahmen auf der digitalen Wand in eine bestimmte Reihenfolge. Es gab Fotos von Morton und Vera Thalberg, den beiden Kindern Lukas und Malin, von Magnus Engström und seiner Frau Karin, ein Bild des toten Mädchens aus Engströms Wagen, Porträts des Clubbesitzers und ehemaligen Tattoo-Künstlers Viggo und das gezeichnete Gesicht des geheimnisvollen Mädchens aus dem Wald.

»All diese Personen stehen auf irgendeine Art und Weise in Verbindung miteinander. Die Mädchen mit dem Tattoo, Viggo als ihr wahrscheinlicher Tätowierer, Thalberg und

Engström über die Finanzierung des Kongresszentrums und Vera und Engström, weil sie angeblich eine Affäre hatten«, erklärte Signe.

»Platziere bitte noch ein Foto auf den Screen, und zwar das von Johan Holmgren, dem leitenden Staatssekretär im Innenministerium«, bat der Journalist Nelly.

»Was hat denn der Staatssekretär damit zu tun?«, fragte Signe verwundert.

»Holmgren hat sich bei dem heutigen Treffen im Club für meine Begriffe zu auffällig für meine Recherchen interessiert und auch von einer möglichen Verbindung der Fälle gesprochen. Im Club wurde gemunkelt, dass Magnus Engström und Vera Thalberg eine Affäre hatten. Vera wollte ihren Mann sogar verlassen.«

»Das deckt sich mit den Aussagen des Psychiaters, dass sich die Frau von ihrem Mann trennen wollte«, ergänzte Signe. »Wollte Vera mit dem Banker zusammenleben? Ich habe in einem Zimmer in der verlassenen Villa gepackte Koffer entdeckt.«

»Das passt allerdings nicht zu dem toten Mädchen in Engströms SUV. Vielleicht war Engström nicht an Vera, sondern an Malin interessiert gewesen?«, antwortete Tom.

»Auch das ist möglich«, meinte Signe. »Doch zurück zu der Theorie des Anwalts«, forderte sie Tom auf.

»Engström hat angeblich Geld vom Konto eines kriminellen Kartells abgezweigt.« Tom drehte sich zu Nelly. »Gibt es eine Möglichkeit, wie wir an die Dateien auf Engströms Bürocomputer gelangen können? Bei ihm zu Hause wurde ja eingebrochen und Unterlagen und sein Laptop wurden gestohlen.«

»Das ist vielleicht gar nicht so kompliziert«, antwortete Nelly. »Ich habe einen Bekannten, der in der IT-Abteilung von Engströms Bank arbeitet und er ist mir noch einen Gefallen schuldig.« Nelly telefonierte kurz mit ihrem Handy, dann wirbelten ihre Finger über die Tasten. »Mal sehen, was wir finden«, murmelte sie und der Cursor huschte über den Bildschirm. »Es gibt auf Engströms Computer nur einen Ordner mit der Bezeichnung Kolibri.« Nelly klickte auf das Symbol, doch nichts passierte. »Dieser Ordner ist leer, alle Dateien wurden gelöscht«, meinte sie enttäuscht und lehnte sich in ihrem Rollstuhl zurück.

»Wann war das?«, fragte Signe.

»Moment.« Nelly tippte einige Befehle in die Tastatur. »Gestern.«

»Da war Engström bereits tot«, stellte Tom fest.

»Kannst du die Daten vielleicht rekonstruieren?«, fragte Signe, die ebenfalls neben Nellys Schreibtisch stand.

»Leute, das ist zu komplex.« Nelly hob beide Hände. »Aber ich bin mit einem sehr talentierten Hacker in Tallinn befreundet.«

»Okay, nimm bitte mit ihm Kontakt auf«, entschied Signe. Sie wusste, dass sie sich mit ihrer Informationsbeschaffung in einer Grauzone bewegte, aber wie damals bei ihrer Undercover-Tätigkeit in Malmö ermittelte sie auch hier nach ihren eigenen Spielregeln. Signe deutete auf die digitale Wand, wo die Fotos wie bei einer Familienaufstellung in Beziehung zueinander standen. »Moment mal, das kann doch kein Zufall sein. Auf Engströms Computer gibt es eine Datei namens Kolibri und drei Personen haben ein Kolibri-Tattoo. Eine davon bekam es vor fünfzehn Jahren gestochen.«

»Ich finde, die Suche nach Malin lief recht oberflächlich ab und wurde sofort beendet, nachdem man am Ufer der

Villa die blutige Jacke des Mädchens gefunden hat«, merkte Nelly an.

»Vielleicht wurde das Kleidungsstück dort auch nur von jemandem gezielt platziert?«, warf Signe ein. »Wir müssen jedenfalls davon ausgehen, dass die Kleine vielleicht noch lebt.«

»In dem Polizeibericht des Dorfpolizisten Birger Kohonen wurde nur die Haushälterin befragt, sonst niemand. Angeblich gab es oft Partys, aber die Namen der Gäste wurden nie erwähnt. Es macht den Eindruck, als ob man die Identität dieser Personen bewusst verheimlichen wollte«, sagte Nelly, die das Polizeiprotokoll aufgerufen hatte. »Normalerweise befragt man doch auch Freunde und Verwandte der Opfer?«

»Das ist wirklich eigenartig. Wer war damals eigentlich der Ermittlungsleiter bei den Thalberg-Morden?«, fragte Tom.

»Das war Olaf Knudsen«, antwortete Signe.

»Ich kenne diesen Polizisten«, sagte Tom und runzelte die Stirn. »Was für ein Zufall. Er ermittelt jetzt auch in dem Mordfall mit dem toten Mädchen in Engströms Wagen. Hast du ihn schon befragt?«

»Nein, aber das steht auf meiner Agenda«, antwortete Signe.

»Die Villa hatte doch sicher ein Sicherheitskonzept mit Kameras. Gibt es Aufzeichnungen vom Tag vor dem Mord?«, fragte Tom.

»Ich habe nirgends Kassetten bei den Asservaten gefunden, auch nichts Digitales. Im Bericht ist nichts vermerkt worden«, antwortete Nelly, nachdem sie durch verschiedene Unterlagen gescrollt war.

»Laut dem Dorfpolizisten war das Aufnahmegerät in der

Mordnacht leider defekt. Einen Tag zuvor funktionierte die Überwachung noch, da hat man ja das Drogenpärchen in der Nähe der Villa gesehen«, erinnerte sich Signe an das Gespräch mit Birger. »Das ist noch so eine Ungereimtheit, und wieso hat man die Kameraanlage nicht überprüft?«

»Was wissen wir über diesen Polizisten Kohonen?«, fragte Tom. »Das Protokoll über den Tatort der toten Familie Thalberg ist ja mehr als lückenhaft. War der Mann einfach überfordert oder steckt mehr dahinter?«

»Seine Personalakte ist sauber, habe ich bereits überprüft. Vielleicht ist Kohonen in den sozialen Medien unterwegs und wir können seine Aktivitäten überprüfen?«, meinte Nelly. »Ich checke mal Instagram. Na, sieh einer an. Die Familie Kohonen bewohnt ja ein tolles Haus«, meinte Nelly, nachdem sie nach mehreren vergeblichen Versuchen endlich das Instagramprofil von Birgers Frau Lisbeth gefunden hatte.

»Kannst du vielleicht in Erfahrung bringen, wann Birger das Haus gebaut hat?«, fragte Signe, die sich die Fotos ansah.

»Ich habe hier den Bebauungsplan aus dem Gemeindeamt von Gustavsberg auf Värmdö. Birger Kohonen hat vor fünfzehn Jahren eine Bewilligung für einen Hausbau erhalten und sofort mit der Errichtung begonnen.«

»Birger war doch damals ein junger Polizist und hatte sicher kein hohes Gehalt. Wie ist er nur an so viel Geld gekommen?«

KAPITEL ZWEIUNDZWANZIG

Das rote Holzhaus leuchtete im Licht der tief stehenden Sonne wie ein loderndes Mittsommerfeuer, als Signe am Abend dort eintraf. Fast den ganzen Tag hatten sie die unterschiedlichen Theorien über die Thalberg-Morde und den vermeintlichen Selbstmord des Bankers diskutiert, ohne zu einem befriedigenden Ergebnis zu gelangen. Tom hatte sich verabschiedet, um seinen nächsten Artikel über Magnus Engström zu verfassen, und Nelly war im Box-Studio verschwunden.

Signes Magen rumorte, denn sie hatte den ganzen Tag noch nichts gegessen. Deshalb führte sie ihr erster Weg in die Küche. Hastig öffnete sie die Kühlschranktür, doch dort herrschte bis auf ein paar Bierdosen gähnende Leere. Auch in den Küchenschränken war außer einer Packung Popcorn nichts Essbares zu finden.

»Tolles Abendessen«, murmelte sie und ging bewaffnet mit Bier und Popcorn hinunter zum Bootshaus. Mit einem Seufzer legte sie sich auf die von der Sonne aufgewärmten

Holzbretter und blickte hinauf in den purpurnen Himmel, der um diese Jahreszeit niemals dunkel wurde.

›Werde ich je wieder tauchen?‹, dachte Signe, als sie das beruhigende Plätschern der Wellen hörte. Noch immer war sie nicht fähig, in die Tiefe zu gleiten, sich von der Stille führen zu lassen, die sie in ihrer Jugend so geliebt hatte. Sie schlüpfte aus Jeans und T-Shirt, zog dann noch ihren Slip aus und setzte sich nackt an den Rand des Stegs und ließ ihre Beine im Wasser baumeln. Zögernd griff sie nach dem Führungsseil, das zur Orientierung unter Wasser diente und zwanzig Meter in die Tiefe reichte. Beinahe täglich hatte sie gemeinsam mit ihrem Vater Carl das Freitauchen trainiert, doch das war schon lange her. Früher wollte sie eine erfolgreiche Apnoe-Taucherin werden und mit ihrem Vater zu den Wettbewerben um den Globus reisen. Aber das Schicksal hatte anderes mit ihr vorgehabt.

»Ich schaffe das!«, rief sie in den hellen Abend hinein und ließ sich vom Steg in die Fluten gleiten. Mit beiden Händen umklammerte sie das Seil, holte tief Luft und tauchte unter. Die Ruhe unter Wasser war so gewaltig, dass Signe sich wie in einer Kathedrale der Stille fühlte. Schlagartig verflogen die schweren Gedanken vom heutigen Tag und ihr Herz öffnete sich. Signe fühlte sich frei und unbeschwert. Doch als sie ein wenig tiefer nach unten glitt, überfiel sie die Panik.

Hektisch tauchte sie auf, schnappte nach Luft und zog sich am Steg hoch. »Ich habe dich nicht gerettet, Carl«, sagte sie und trank hastig einen Schluck Bier. Wieder überrollte sie die Einsamkeit und gerne hätte sie jetzt jemanden zum Reden gehabt. Mit einem Mal kam ihr der Journalist in den Sinn. ›Ob er schon immer dieser wortkarge Außeneiter gewesen war?‹ Ehe sie weiter darüber nachdenken konnte, piepste die Uhr an ihrem Handgelenk und erinnerte sie daran, dass es Zeit für den täglichen Anruf bei Maria war. Sie wählte die Nummer ihrer Tochter, kam aber nur auf die Mailbox. ›Seltsam‹, dachte sie. Normalerweise hatte Maria das Handy für ihre abendlichen Telefonate mit Signe immer eingeschaltet. Von einer plötzlichen Unruhe erfasst, rief Signe ihren Ex-Mann Christer an.

»Hej! Ich wollte mit Maria sprechen, aber sie geht nicht an ihr Telefon«, sagte sie, ohne sich mit Small Talk aufzuhalten.

»Maria ist mit ihrem neuen Freund unterwegs«, erwiderte Christer. Im Hintergrund hörte Signe die Stimme von Christers junger Frau. »Natascha sagt gerade, dass die beiden nach dem Schwimmtraining noch in ein Café wollten.«

»Es ist schon nach zehn Uhr und Maria ist erst fünfzehn Jahre alt«, wandte Signe ein.

»Beruhige dich. Der junge Mann bringt Maria mit dem Auto nach Hause, das hat er uns versprochen.«

»Dann ist Marias Freund schon achtzehn? Wie heißt er eigentlich?«, unterbrach Signe ihren Ex-Mann. Die feinen Härchen auf ihrer Haut stellten sich mit einem Mal auf und sie fröstelte.

»Er heißt Fahdi und ist aus einer guten Familie. Sein Vater ist Arzt.«

»Fahdi, das ist doch ein arabischer Name?« Mit dem Handy in der Hand tigerte Signe nervös am Steg auf und ab. »Wie heißt dieser Fahdi mit Nachnamen?«

»Fahdi Salman, seine Familie stammt aus dem Libanon. Hast du etwa Vorurteile gegenüber Ausländern?«

»Blödsinn. Aber du kennst meine Geschichte! Schick mir gleich ein Foto von Fahdi«, bat Signe ihren Ex-Mann.

»Willst du ihn überprüfen? Warum bist du denn so gestresst?«, fragte Christer in dem belehrenden Tonfall, den Signe schon immer gehasst hatte. »Ich habe dir vor Jahren schon gesagt, dass du dir einen harmonischeren Job suchen sollst, deshalb habe ich mich auch von dir getrennt.«

»Spar dir diese Vorwürfe. Schick mir einfach nur das Foto«, erwiderte Signe und bemühte sich, ruhig zu bleiben. Sie wollte noch etwas sagen, doch Christer hatte bereits aufgelegt.

Angespannt trank Signe einen Schluck Bier, das plötzlich schal und abgestanden schmeckte. ›Das überlebe ich nicht, wenn Maria etwas passiert‹, dachte sie und finstere Erinnerungen türmten sich in ihrem Gedächtnis wie schwarze Wolken auf. Plötzlich blinkte ihr Handy und eine WhatsApp von Christer trudelte ein. Es war das Foto eines jungen gut aussehenden Mannes mit dunklen Augen und gelockten Haaren. Sofort wählte Signe eine Nummer in Malmö, die sie schon seit langer Zeit nicht mehr angerufen hatte.

»Hej, Erik, ich schicke dir gleich ein Foto.«

»Signe?« Ihr früherer Chef klang überrascht, doch Signe hatte keine Lust, sich länger mit ihm zu unterhalten. Zwei Jahre lang hatte sie in Malmö mit Erik gearbeitet, es war eine aufregende, aber auch gefährliche Zeit gewesen.

»Ich bin in Eile«, sagte sie. »Kannst du bitte checken, ob dieser Typ etwas mit dem Al-Khali-Clan zu tun hat? Der Vater dieses Jungen heißt angeblich Salman und stammt aus dem Libanon.«

»Wie geht es dir? Alles okay? Arbeitest du wieder verdeckt?«, fragte Erik.

»Alles okay, ich erkläre es dir ein anderes Mal.«

»Geht klar.«

»Danke.« Signe trennte die Verbindung und ließ sich wieder auf den Planken nieder. Sie lauschte auf das Plätschern der Wellen, doch die Ruhe war verschwunden und sie tauchte wieder ein in die kalte Finsternis vor über zwei Jahren. Maria hatte einen libanesischen Freund, das konnte doch kein Zufall sein. Nicht, wenn man so wie Signe gegen ein libanesisches Drogenkartell ermittelt hatte. Plötzlich war alles sofort wieder gegenwärtig, der Undercover-Einsatz in Malmö und der fatale Fehler, dass sie auf ihr Herz und nicht auf ihren Verstand gehört hatte.

»Ich lasse mich scheiden«, eröffnete Christer der völlig perplexen Signe eines Morgens. »Ich habe dich öfter gebeten, deinen Job bei der Kriminalpolizei zu kündigen, aber du hast nicht auf mich gehört.«

»Aber ich liebe diese Arbeit, und was wird dann aus Maria?«

»Die bleibt bei mir«, erwiderte Christer in einem Tonfall, der keine Widerrede duldete.

»Das lasse ich nicht zu.«

»Du hast keine Chance auf das Sorgerecht«, konterte Christer eiskalt. Und so war es auch. Akribisch hatte Christer aufgelistet, dass Signe des Öfteren Maria verspätet von der Schule abgeholt hatte oder zu Elternabenden nur kurz erschienen war. Und so verlor Signe das Sorgerecht für Maria und stand vor dem Nichts. Zunächst durfte sie ihre Tochter nur alle zwei Wochen sehen, dann überhaupt nicht mehr.

Wegen der Trümmer ihres Lebens hatte sich Signe in die Arbeit gestürzt und sich in die Spezialabteilung für Undercover-Einsätze versetzen lassen.

»Hassan al-Khali ist der kleine Bruder von Mustafa al-Khali, der den Drogenhandel der Libanesen in Malmö kontrolliert«, erklärte Erik, der Leiter des Drogendezernats. »Signe, du versuchst, an Hassan heranzukommen.«

»Okay.« Signe nickte und malte Kringel auf ihren Block. Dann nahm sie ihre Bomberjacke und verließ den Besprechungsraum. Der Job war gefährlich, aber für Signe war jeder Einsatz besser, als zu Hause zu sitzen und über ihr tristes Privatleben nachzugrübeln.

Schon nach einer Woche hatte sie den Kontakt zu Hassan hergestellt. Sie spielten mehrere Partien Billard, verabredeten sich lose für den folgenden Abend. Signe war eine arbeitslose Grafikerin, so stand es in ihrem gefakten Lebenslauf. Hassan bot ihr einen Job in einer Wetthalle an. Nichts Aufregendes, aber die Bezahlung war gut. Einmal die Woche kam eine Frau auf einem Motorrad und verspielte größere Summen. »Da stimmt doch etwas nicht«, meinte Signe zu Hassan, der immer abends vorbeikam.

»Das braucht dich nicht zu kümmern«, entgegnete Hassan.

Natürlich wusste Signe, dass es sich um Geldwäsche aus dem Drogenhandel drehte, deshalb informierte sie auch umgehend ihren Chef.

»Bleib dran, wir brauchen den Kopf Mustafa«, befahl Gunnar.

So kam eines zum anderen. Hassan war gut aussehend und charmant. Er lud sie just an jenem Tag zum Essen ein, als Signes Anwältin ihr mitteilte, dass Christer das vorläufige Sorgerecht für Maria erhalten hatte. Obwohl ihr Inneres ein Chaosstrudel war, hielt sie die Fassade aufrecht. Sie begann eine Beziehung mit Hassan und irgendwie verliebte sie sich auch in ihn, denn er gab ihr Wärme und Sex. Eines Morgens hörte sie Hassan unter der Dusche singen, schlich ins Wohnzim-

mer, der Laptop war geöffnet, es gab verschlüsselte Codes für Drogenlieferungen. Sie fotografierte die Daten, hörte die Badezimmertür ins Schloss fallen, versteckte ihr Handy unter ihren Kleidern, drehte sich zu Hassan und spürte seine Blicke auf ihrer nackten Haut. »Komm lass uns noch mal ins Bett gehen«, murmelte sie und zog Hassan zurück ins Schlafzimmer.

Eine Woche später hatte Eriks Team die Codes entschlüsselt und sie kannten Zeit und Ort für die Drogenübergabe. »Das ist John, ein neuer Kollege«, stellte Gunnar den jungen Polizisten der Truppe vor. »Signe, du begleitest Hassan zum Hafen, damit wir ihn unter Kontrolle haben, während wir seinen Bruder verhaften.«

Der Hafen von Malmö war in ein gespenstisches Licht getaucht und es schneite. Hassan parkte seinen SUV zwischen den Containern. »Warum willst du unbedingt bei der Übergabe dabei sein?«, fragte Hassan.

»Ich will alles mit dir teilen«, erwiderte Signe und gab ihm einen Kuss.

»Wenn das vorbei ist, stelle ich dich meinen Eltern vor. Ich liebe dich, Signe!«

»Hör auf damit«, winkte sie ab. Sie stieg aus dem SUV und plötzlich überschwemmte sie eine gewaltige Bilderflut. In dieser Vision sah sie ihren Kollegen John, der von einer Kugel in den Hals über der Schutzweste getroffen am Boden lag und hilflos verblutete.

»Was ist los mit dir?« Hassan trat hinter Signe, umarmte sie und küsste ihren Nacken. Was, wenn diese Vision Wirklichkeit wurde? Sie könnte Hassan jetzt festnehmen und John würde am Leben bleiben. Während sie darüber nachdachte, fuhr ein dunkler Geländewagen zu einem Container und zwei Männer stiegen aus. Einer von ihnen war Mustafa. Sie öffneten den Container, holten mehrere Reisetaschen hervor, die sie in

den SUV luden. Plötzlich ertönte ein scharfer Ruf. »Polizei!« Die schwer bewaffnete Sondereinheit stürmte nach vorne.

»Verdammt! Das ist eine Falle! Ich muss meinen Bruder retten.«

Blitzschnell stieß Hassan Signe zur Seite. Sie stolperte, sah, wie Hassan eine Pistole zog und zu dem offenen Container lief. Signes junger Kollege stellte sich ihm in den Weg, doch Hassan schoss sofort. John fiel nach hinten, krachte gegen die Wand eines Containers, rutschte zu Boden, hinterließ eine blutige Spur. In dem anschließenden Feuergefecht wurde Mustafa getötet, sein Bruder Hassan verhaftet.

»Niemand außer dir wusste, dass wir hier sind«, sagte Hassan, als er in Handschellen an Signe vorbei zu einem gepanzerten Fahrzeug geführt wurde. »Du bist eine Polizistin und hast uns verraten. Mein Bruder ist tot und du wirst dafür bezahlen.«

»Wenn ich Hassan sofort festgenommen hätte, wäre John noch am Leben. Ich habe einen unverzeihlichen Fehler begangen«, flüsterte sie. Das Klingeln des Handys schreckte Signe aus diesem Albtraum.

»Sorry, Mama, dass ich mich erst jetzt melde!« Marias Stimme klang aufgekratzt und fröhlich. »Aber wir hatten so viel Spaß.«

»Das freut mich, mein Schatz«, erwiderte Signe, glücklich, dass ihre Sorge unbegründet gewesen war. Sie plauderte noch eine Weile mit ihrer Tochter, dann holte sie sich eine weitere Dose Bier, starrte in den purpurnen Himmel und hielt Zwiesprache mit den Sternen.

KAPITEL DREIUNDZWANZIG

Tom hatte die lange Fensterfront seines Lofts mit Vorhängen und Decken notdürftig abgedeckt. Trotzdem sickerte unaufhaltsam das Sonnenlicht in den Raum. Um fünf Uhr morgens kapitulierte Tom vor der flimmernden Helligkeit und wälzte sich aus dem Bett. Gähnend wankte er zur Kaffeemaschine, trank zwei Tassen Espresso und schlüpfte dann in seine Joggingklamotten.

Da es noch angenehm kühl war, lief er die lange Strecke nach Rinkeby, um seinen alten Freund Bert aufzusuchen. Doch zu seiner großen Enttäuschung war der Kellereingang, in dem der Steuerberater sein Büro hatte, mit einer stabilen Eisenkette versperrt und ein handgeschriebenes Schild hing an der Tür: ›Wegen Urlaub geschlossen‹.

Tom trabte den Weg zurück zu seinem Loft, nachdenklich, denn Bert machte so gut wie nie Urlaub. Wie immer ruckelte und ächzte der Aufzug, als Tom nach oben fuhr. Er wollte gerade die Eisentür zu seinem Loft aufschieben, als er plötzlich stutzte. Etwas war anders. Tom trat einen Schritt zurück in die Kabine des Lastenaufzugs und überlegte einen Moment. ›Was hat sich verändert?‹ Prüfend blickte er umher und plötzlich fiel ihm ein, was ihn misstrauisch gemacht hatte: Das Scherengitter stand offen. Er war sich ganz sicher, dass er es beim Verlassen geschlossen hatte, ehe er mit dem Aufzug nach unten gefahren war. Jemand hatte seiner Wohnung während seiner Abwesenheit einen Besuch abgestattet. Vorsichtig schob Tom die Eisentür auf und betrat sein Apartment. Einzelne Sonnenstrahlen sickerten durch die behelfsmäßige Verdunkelung und tauchten den riesigen Raum in ein goldgelbes Licht. Die alten Bodenbretter knarrten unter seinen Schritten und von unten drang der Verkehrslärm wie Meeresrauschen zu ihm hoch. Hastig eilte er zu seinem Computer, tippte das Passwort ein und atmete erleichtert auf. All seine Dateien waren noch vorhanden. Trotzdem spürte er, dass irgendjemand in seiner Wohnung gewesen war. Tom ließ den Blick durch den großen Raum schweifen. Nichts deutete im ersten Moment darauf hin, dass etwas fehlte. ›Habe ich mich vielleicht doch getäuscht?‹ Routinemäßig öffnete er die Schränke der Küchenzeile und plötzlich stahl sich ein leises Lächeln auf seine Lippen. Dort, wo er seinen Vorrat an Barilla-Nudeln für alle Fälle gehortet hatte, fehlten mehrere Packungen. Auch von dem frischen Parmesan im Kühlschrank fehlte ein großes Stück. Kopfschüttelnd schritt Tom hinter den Paravent zu seinem Schlafbereich. Die Schranktüren standen offen und mehrere schwarze Pullover und T-Shirts lagen verstreut auf dem Bett. Aber der neue Kaschmirpullover, den er sich für teures Geld gekauft hatte, war verschwunden.

»Du warst also wieder hier«, sagte Tom laut in den Raum hinein. Dabei hoffte er insgeheim auf eine Antwort, doch er hörte nur den Autolärm, der gegen die Fenster brandete. »Warum hast du nicht auf mich gewartet?«, fragte er enttäuscht. ›Wie viel Zeit war vergangen, seit ich meinen kleinen Bruder das letzte Mal gesehen habe?‹ Er wusste es nicht mehr.

Tom zog seine verschwitzten Laufklamotten aus und ging unter die Dusche. Als das eiskalte Wasser auf ihn niederprasselte, klingelte sein Handy und tropfnass lief er nach draußen und hob ab.

»Hej, willst du dich doch wieder mit mir treffen?«, fragte Tom freudig, als er Ingrids Stimme hörte.

»Lass die Sprüche, ich habe dir etwas Wichtiges mitzuteilen«, blockte Ingrid sofort ab und zerstörte seine Hoffnungen. »Ich habe heute frei. Komm zu mir, da können wir reden. Du brauchst dich nicht zu beeilen, ich nehme noch schnell ein Bad.«

»Worum geht es denn?«, fragte Tom gespannt und strich sich durch seine klatschnassen Haare.

»Nicht am Telefon. Und bring Brötchen mit.«

»Einen kleinen Tipp kannst du mir aber trotzdem geben«, insistierte er.

»Na gut«, seufzte Ingrid. »Ich habe bei dem toten Mädchen aus Magnus Engströms SUV eine fremde DNA festgestellt, kann dir aber noch nichts Genaues sagen. Gestern spät abends habe ich noch eine Anfrage an die zentrale DNA-Datenbank abgeschickt, aber sie wurde seltsamerweise vom Innenministerium blockiert.« »Das klingt tatsächlich sehr merkwürdig«, erwiderte Tom und spürte, wie sich sein Pulsschlag beschleunigte. »Hast du jemandem von deiner Entdeckung erzählt?«

»Nein, natürlich nicht. Warte einen Moment, es hat gerade an der Tür geklingelt. Wahrscheinlich ist es der Postbote, ich erwarte eine Sendung.«

Tom wollte noch etwas sagen, doch Ingrid hatte das Handy bereits auf den Tisch gelegt. Er hörte, wie sie zur Eingangstür ging, mit lautem Klacken die Tür öffnete, dann vernahm er Schritte, die lauter wurden. Es rauschte, als das Handy hochgehoben wurde, und Tom atmete erleichtert auf.

»Ingrid? Alles okay?« Doch da war nur Stille und die Verbindung wurde getrennt. »Ingrid, so melde dich doch!« Hektisch wählte Tom nochmals Ingrids Nummer, hörte jedoch wie zum Hohn nur die blecherne Stimme der automatischen Ansage, die ihm mitteilte, dass der Anrufer derzeit nicht erreichbar sei. »Verdammt, da stimmt etwas nicht!« Hastig schlüpfte er in Jeans und T-Shirt und lief in den Lastenaufzug.

»Komm schon, komm schon«, trieb er den altersschwachen Fahrstuhl zur Eile an und konnte es kaum erwarten, nach draußen zu stürmen, sein Fahrrad zu packen und zu Ingrids Wohnung zu fahren. Die Entfernung von Södermalm nach Gamla Stan war nur kurz, aber beim Verkehrsknotenpunkt Slussen hatte sich ein Unfall ereignet, der die ganze Fahrbahn blockierte. Wertvolle Minuten verstrichen, als Tom ungeduldig vor der Unfallstelle wartete. Schließlich schulterte er sein Rad und stieg über die Absperrung der Polizei.

»Sie können da nicht vorbei.« Ein Verkehrspolizist versuchte ihn aufzuhalten, aber da hatte sich Tom schon wieder auf sein Rad geschwungen und war losgeradelt.

Seine ehemalige Freundin hatte eine kleine Erdgeschosswohnung mit einem winzigen Garten direkt in Gamla Stan.

»Meine Wohlfühlhöhle«, hatte Ingrid geschwärmt, als Tom und sie noch ein Paar waren. Vor dem Eingang lehnte Tom sein Bike an die Mauer und drückte auf die Türglocke.

»Ingrid, mach auf!«, rief Tom und hämmerte mit den Fäusten an die Tür. Im Nebenhaus wurde ein Fenster geöffnet und eine Frau streckte den Kopf heraus. »Müssen Sie so einen Lärm machen?«, fragte die Nachbarin missbilligend.

»Sorry.« Tom atmete tief durch und versuchte, sich an den Türcode zu erinnern. Vor Jahren war er bei Ingrid ein und aus gegangen, hoffentlich hatte sie die Zahlenfolge nicht geändert. Klack! Die Tür schwang auf und er betrat die Wohnung. Der vertraute Geruch von Ingrids Parfum schwebte in der Luft, vermischt mit einer anderen, undefinierbaren Note.

»Ingrid? Wo bist du?«, rief Tom, als er in das niedrige Wohnzimmer ging. Nichts hatte sich in dem Raum verändert, seit er Ingrid damals verlassen hatte. Noch immer gab es die bunte Patchworkdecke auf dem Sofa und das überquellende Bücherregal, das eine ganze Wand einnahm. Auf dem Schreibtisch stand ein gerahmtes Foto, das ihn und Ingrid in Griechenland zeigte. Im Nachhinein stellte er fest, dass es sein schönster Urlaub gewesen war. Die Terrassentür stand einen Spaltbreit offen und der dünne Vorhang bewegte sich leicht im Wind. »Ingrid?« Noch immer keine Antwort. Auf der Küchenzeile blinkte der Kaffeeautomat. Zwei saubere Kaffeetassen und Teller standen auf dem Tisch, den Ingrid schon für das Frühstück gedeckt hatte.

Tom schob die Tür zu dem winzigen Schlafzimmer auf. Das Bett war zerwühlt, mehrere Bücher stapelten sich auf dem Boden.

Hinter dem Schlafzimmer befand sich das geräumige

Bad, das fast doppelt so groß war wie das Schlafzimmer. Hier hatte Ingrid oft viele Stunden in der Badewanne verbracht. Tom schob die Tür auf.

Wie in einem Film brannten sich die Bilder auf seine Netzhaut, ätzten sich dort ein und würden nie wieder verschwinden. Er sah die Badewanne, bis oben mit blutrotem Wasser und Schaum gefüllt, Ingrids Kopf lehnte am Rand, sie hatte die Augen geschlossen und schien zu schlafen. Ihre Haut war wachsbleich, das lange Haar hing über die Kante. Toms Blick wanderte weiter nach unten, zu Ingrids Arm, der lässig über den Rand der Badewanne baumelte. Aus tiefen senkrechten Schnitten in die Pulsadern floss ein stetiger Blutstrom auf den Boden. Er mäanderte über die gesprenkelten Fliesen, hinterließ ein Muster des Todes.

Dann war der Schock vorüber und Tom stürzte ins Badezimmer. Er zerrte Ingrid aus dem Wasser, zog ein Handtuch von einem Haken, riss es entzwei, umwickelte damit Ingrids Handgelenke, um die Blutung zu stoppen.

»Ingrid, wach auf!« Immer wieder klopfte Tom auf Ingrids bleiche Wangen, doch sie gab kein Lebenszeichen von sich. Hektisch presste er die Lippen auf ihren Mund, versuchte Luft in ihre Lungen zu pressen, versuchte sie ins Leben zurückzuholen. Endlich spürte er einen leichten Puls und hektisch griff er nach seinem Handy und wählte den Notruf.

»Du darfst nicht sterben«, flüsterte Tom. Er saß auf dem Boden, umgeben von einer blutroten Rosette, und hielt Ingrids Kopf in seinem Schoß. »Alles wird gut«, wiederholte er gebetsmühlenartig, »Alles wird gut.«

Plötzlich wurde die Tür aufgerissen wurde und ein Notarzt stürmte ins Bad. »Oh, das sieht aber nicht gut aus«, sagte er und kniete sich zu Ingrid. Er legte Druckverbände um ihre Handgelenke, stülpte ihr eine Sauerstoffmaske über das Gesicht und winkte den Sanitätern, die mit einer Trage im Schlafzimmer standen.

»Sofort in die Notaufnahme«, befahl ihnen der Arzt.

»Wird sie es schaffen?«, fragte Tom, als die beiden Männer mit der Trage nach draußen eilten.

»Ich weiß es nicht«, machte ihm der Notarzt nur wenig Hoffnung. Er zog sein Handy aus der Tasche und wählte den Polizei-Notruf. »Wahrscheinlicher Selbstmordversuch«, sagte der Mann und nannte die Adresse.

»Das war kein Selbstmordversuch. Jemand wollte Ingrid ermorden«, widersprach Tom aufgebracht.

»Das wird die Polizei klären«, antwortete der Notarzt. »Wir bringen die Frau jetzt in die Klinik«, sagte er noch, ehe er verschwand.

Während er auf die Polizei wartete, durchsuchte Tom Ingrids Schreibtisch, fand aber keinen Hinweis, der sich auf die abgelehnte DNA-Anfrage bezog. Ingrids Handy lag noch auf dem Tisch, doch Tom kannte ihre PIN nicht. Während er ruhelos in der Wohnung umherlief, trat ein Uniformierter in den Raum und wies sich aus.

»Sie haben die Frau leblos im Bad gefunden?«, fragte der Beamte.

»Ja, ich war mit ihr zum Frühstück verabredet und wir haben vorher noch telefoniert, dann hat es an Ingrids Haustür geklingelt. Wahrscheinlich war es ihr Angreifer.«

»Wie kommen Sie darauf?« Plötzlich betrat eine blonde Frau mit einem strengen Pferdeschwanz die Wohnung und blickte sich um. »Sigrid Nolte. Polizei Stockholm«, stellte sie sich vor.

»Sie haben also die Rechtsmedizinerin gefunden, Tom

Persson?«, fragte die Frau, während sie seinen Ausweis überprüfte.

»Ja, und es war kein Selbstmordversuch, da bin ich mir sicher.« Tom erzählte der Kommissarin, was geschehen war.

»Warum sollte denn jemand Ingrid Ullman ermorden wollen?« Sigrid schob sich an Tom vorbei und ging ins Bad. Mit einem schmatzenden Geräusch zog sie Latexhandschuhe über ihre Finger und öffnete den kleinen Toilettenschrank. »Tabletten gegen Depressionen«, konstatierte sie kühl und zeigte Tom eine aufgerissene Packung.

»Ingrid würde nie Antidepressiva nehmen. Sie hat einen Horror vor Tabletten«, widersprach Tom. »Die wurden hier wahrscheinlich platziert, um es wie einen Selbstmord aussehen zu lassen.«

»Sie meinen, ein unbekannter Täter war hier am Werk, so wie angeblich bei dem Banker Engström? Ich habe Ihren Artikel gelesen und eine gänzlich andere Meinung«, meinte Sigrid ungläubig. Die Polizistin öffnete die Packung. »Es fehlen mehrere Tabletten.« Triumphierend zeigte sie Tom den angebrochenen Blister.

»Das wurde doch sicher manipuliert«, ließ Tom nicht locker.

»Was machen Sie überhaupt hier? Soweit ich informiert bin, sind Sie kein Paar mehr gewesen?«, fragte Sigrid argwöhnisch.

»Woher wissen Sie das?«, wunderte sich Tom.

»Mein Kollege Knudsen hat zufällig den Notruf mitgehört und mich vor Ihnen gewarnt. Also, warum sind Sie hier?«

»Ingrid wollte mir etwas Wichtiges mitteilen, deshalb hat sie mich angerufen.«

»Und haben Sie eine Ahnung, was Ihnen Ingrid genau erzählen wollte?«, fragte die Kommissarin interessiert.

Tom zuckte schweigend die Schultern und wusste natürlich, dass er gegenüber der Polizei kein Wort über Ingrids Verdacht erwähnen durfte.

»Natürlich nimmt Sie dieser Selbstmordversuch Ihrer Ex-Freundin ziemlich mit. Aber könnte das nicht auch ein Hilfeschrei gewesen sein? Anscheinend war Ingrid depressiv, hatte niemanden, mit dem sie reden konnte, schließlich hatte sie doch seit Längerem keine feste Beziehung, wie man im Präsidium hörte.«

»Ist das die übliche Gerüchteküche?«, wunderte sich Tom und musterte Sigrid feindselig.

»Vergessen Sie nicht, dass Ingrid in der Rechtsmedizin gearbeitet hat. Sie war eine sehr geschätzte Kollegin.« Die Kommissarin seufzte traurig und winkte einem Polizisten. »Nimm bitte die Aussage des Zeugen Persson auf.« Dann wandte Sigrid sich wieder an Tom. »Ich hoffe für Sie, dass Ingrid diesen Selbstmordversuch überlebt.«

»Hören Sie auf, ständig von Selbstmord zu reden. Machen Sie endlich Ihre Arbeit.« Tom ballte die Fäuste und knirschte mit den Zähnen.

»Reißen Sie sich gefälligst zusammen«, antwortete die Polizistin und fixierte ihn mit finsterer Miene.

Am liebsten hätte Tom alles kurz und klein geschlagen, aber er schaffte es, sich zu zügeln. Er kauerte sich auf einen Stuhl und diktierte dem Beamten seine Aussage. Die Kommissarin war bereits verschwunden und ein schweigsamer Mitarbeiter der Spurensicherung arbeitete im Badezimmer.

»Wenn Sie bitte jetzt die Wohnung verlassen würden«, forderte ihn ein Polizist auf.

Wie benommen wankte Tom hinaus in den helllichten Tag. Ratlos blickte er umher, lehnte sich gegen die Kühlerhaube des Polizeiautos. Er war nicht gläubig, aber in diesem Moment wünschte er sich, dass ein Gott seine Gebete erhörte. ›Hoffentlich wird Ingrid überleben‹, dachte er und blickte hinauf in die gnadenlose Sonne, bis ihm die Augen brannten.

KAPITEL VIERUNDZWANZIG

Die Abteilung III der Kriminalpolizei von Stockholm befand sich in einem schmucklosen Gebäude aus den Achtzigerjahren, dessen Fassade durch Regen und Schnee schon ganz verwittert war. Der Vorplatz war mit grau gesprenkelten Waschbetonplatten ausgelegt und von Blumenkästen aus Beton eingefasst, in denen kümmerliche Sträucher wuchsen. Vor diesem mehrstöckigen Bau parkte Signe ihren Pick-up neben den Polizeifahrzeugen und stieg aus.

Die Sonne strahlte bereits hell auf die bröckelnde Hausmauer und nahm ihr ein wenig von der grauen Eintönigkeit. Signe betrat das Gebäude und ging sofort in die Abteilung der Kriminalpolizei. Von ihren früheren Besuchen wusste sie, dass sich Olaf Knudsens Büro am Ende eines Korridors im zweiten Stock befand. Die abgeschlagene Tür stand offen, sodass Signe einfach eintreten konnte. Der Raum war ursprünglich ein Großraumbüro gewesen und nur durch eine Glaswand vom Nebenzimmer getrennt. Eine sonnengelbe Raufasertapete brachte eine Spur von Wärme in das ansonsten düstere Zimmer, dessen Fenster zum gegenüberliegenden Gebäude hinausgingen. Knudsen war damals der ermittelnde Beamte der Kripo Stockholm bei den Thalberg-Morden gewesen, und Signe war gespannt, ob sie von ihm neue Erkenntnisse zu dem Fall erhalten würde.

»Hej, Signe«, begrüßte er sie leutselig und schüttelte ihr die Hand. »Du hast Glück, ich bin gerade rechtzeitig von einem Einsatz zurück. Möchtest du auch Kaffee?« Der Polizist ging zu einem Sideboard, auf dem ein moderner Kaffeeautomat stand.

»Ja, gern.« Signe setzte sich auf einen Stuhl und schaute sich um. An der Wand hinter Knudsens Schreibtisch hingen gerahmte Auszeichnungen und Fotos, die ihn mit Polizeidirektor Lundqvist und der Innenministerin zeigten. Auf dem Schreibtisch lag ein Stapel Akten, die exakt an der Tischkante ausgerichtet waren. Als Knudsen mit zwei Tassen mit Polizeilogo zurückkam, kramte sie ihre Unterlagen aus der großen Umhängetasche. »Ich habe dir ja bereits gestern am Telefon berichtet, dass ich die Ermittlungen zu den ungeklärten Thalberg-Morden wieder aufgenommen habe«, begann sie das Gespräch und biss in einen Keks, den ihr Knudsen auf die Kaffeetasse gelegt hatte.

»Ja, ich erinnere mich. Das war damals ein richtiges Massaker«, seufzte Knudsen. »Und du glaubst, diesen Fall doch noch lösen zu können?«

»Ich hoffe es«, antwortete Signe ausweichend. Sie wusste natürlich, dass es Knudsen nicht gefallen würde, wenn sie ihn mit den damaligen schlampigen Ermittlungen konfrontierte. Deshalb bemühte sie sich, so diplomatisch wie möglich vorzugehen.

»Im Polizeibericht steht unter anderem, dass ihr damals

ein Drogenpärchen als mögliche Täter für den Familienmord verdächtigt habt«, begann sie.

»Das stimmt. Die beiden schlichen ein paar Tage zuvor um das Thalberg-Anwesen herum und waren nach dem Mord wie vom Erdboden verschluckt. Wir haben das Pärchen dann zwei Wochen später in Rinkeby aufgespürt und verhaftet.« Knudsen trank einen Schluck Kaffee. »Ah, das ist echter Kaffee aus Nicaragua. Die Bohnen dürfen nicht zu sehr geröstet werden, sonst ergibt es einen bitteren Geschmack. Wie schmeckt er dir?«

»Er ist wirklich vorzüglich«, antwortete Signe mit einem Lächeln, obwohl sie keinen Unterschied zu ihrem Kaffee aus dem Supermarkt feststellen konnte. »Aber ihr habt die beiden später freigelassen«, kam sie wieder auf den Fall zurück.

»Ja, leider. Ove und Lana, so hießen die beiden, hatten ein Alibi, und zwar ein wasserdichtes.«

»Ach, wirklich?« Soweit Signe sich erinnern konnte, war im Polizeibericht nur von einem Alibi ohne weitere Informationen die Rede gewesen.

»Eine Überwachungskamera hatte das Pärchen aufgenommen, als sie zur mutmaßlichen Tatzeit in einem Supermarkt auf dem Festland Alkohol geklaut haben. Sie sind also als Täter nicht infrage gekommen.«

»Habt ihr sonst keine anderen Spuren verfolgt?«, fragte Signe vorsichtig.

»Natürlich, glaubst du vielleicht, wir hätten nicht ordentlich ermittelt?«, warf Knudsen gekränkt ein. »Wir hatten zu Beginn der Ermittlungen sogar die verschwundene Tochter verdächtigt, ihre Familie erschossen zu haben. Aber diese Annahme haben wir dann verworfen.«

»Was, du meinst die zwölfjährige Malin?« Verwundert

zog Signe die Augenbrauen hoch. »Ist das nicht ein bisschen sehr weit hergeholt?«

»Überhaupt nicht. Malin war ein schwieriges Mädchen und hatte einige Zeit vor den Morden schon einmal einen Polizeieinsatz ausgelöst.«

»Wirklich? Davon habe ich in den Berichten nichts gelesen«, meinte Signe verwundert. ›Hing das vielleicht mit Malins Persönlichkeitsveränderung zusammen, die der Psychiater erwähnt hat?‹, dachte Signe. »Was ist damals geschehen?«, fragte sie Knudsen.

»Malin war tagelang verschwunden. Eine Hundertschaft der Polizei hat sie auf der ganzen Insel mit Spürhunden gesucht, aber das Mädchen ist nicht gefunden worden. Vera und Morton waren ganz verzweifelt und haben sich bittere Vorwürfe gemacht. Ein paar Tage später stand die Kleine plötzlich wieder vor der Tür der Villa. ›Ich war ein bisschen im Wald spazieren‹, hatte Malin nur gesagt, so als würde diese Aussage alles erklären.« Knudsen beendete seinen Bericht und steckte sich einen Keks in den Mund. »Die Kekse hat meine Frau gebacken.«

»Die schmecken wirklich wunderbar«, antwortete Signe. Insgeheim überlegte sie, ob Knudsens Freundlichkeit vielleicht bloßes Kalkül war, damit sie nicht allzu sehr weiterbohrte. »Gab es außer dieser Geschichte noch andere Anhaltspunkte, dass Malin eventuell die Täterin gewesen sein könnte?«

»Wir haben den Abdruck eines Kinderfußes neben der Leiche von Vera Thalberg gefunden. Er passte genau zu Malin, das hat der Kinderarzt bestätigt. Das Mädchen hat also noch gelebt, als die Familie bereits tot war«, antwortete Knudsen.

»Aber es gab doch auch den verwischten Schuhabdruck

eines Erwachsenen«, bemerkte Signe, die sich an das Gespräch mit dem Polizisten Birger erinnerte.

»Was für einen Fußabdruck?«, fragte Knudsen und runzelte die Stirn. »Davon steht nichts im Protokoll.«

»Der Dorfpolizist Birger Kohonen hat das erwähnt, als ich ihn vor ein paar Tagen dazu befragt habe.«

»Da muss sich der Herr Kollege wohl getäuscht haben.« Knudsen klopfte mit der flachen Hand auf seinen Schreibtisch. »Du unterstellst mir doch nicht, schlampig gearbeitet zu haben?«

»Aber nein«, beeilte sich Signe zu versichern. »Wie war eigentlich deine Vorgehensweise in diesem Fall?«

»Wir hatten zu Beginn drei Ansätze«, erwiderte Knudsen. »Einmal das Drogenpärchen und Malin. Dann gab es auch noch die Möglichkeit, dass Morton Thalberg seine Familie getötet und sich dann selbst erschossen hatte.«

»Mord aus Eifersucht?«, fragte Signe, die sich an das Gespräch mit Tom erinnerte, in dem dieser von Veras Affäre mit dem Banker Engström erzählt hatte.

»Ja, denn Vera wollte ihren Mann verlassen, das wussten wir von dem Psychiater Nyberg, der Malin therapiert hat«, gab ihr Knudsen recht. »Bei Morton haben wir nach genauer Untersuchung keine Schmauchspuren an den Händen gefunden. Die Morde musste also doch ein Fremder verübt haben.«

Da war er wieder, der mysteriöse Fremde, der wie ein Phantom in der Thalberg-Villa aufgetaucht war, ohne eine Spur zu hinterlassen, ging es Signe durch den Kopf, und die fünf Gedecke auf dem Tisch kamen ihr wieder in den Sinn.

»Wurde denn sonst niemand verdächtigt? Freunde oder Bekannte der Thalbergs? Soweit ich informiert bin, haben in der Villa viele Partys stattgefunden.«

»Worauf willst du hinaus?«, fragte Knudsen und beugte sich über den Schreibtisch. Mit seinen grauen glänzenden Augen fixierte er Signe wie ein Adler. »Wir haben unsere Hausaufgaben gemacht.«

»Das bestreitet niemand«, beruhigte Signe den Kommissar. Sie holte ein Foto aus ihrer Umhängetasche. »Schau mal, auf dem Tisch gab es fünf Gedecke, aber nur vier Teller.«

»Ja und?« Knudsen blickte sie verständnislos an.

»Das bedeutet, dass noch eine Person am Tisch saß. Dieser Gast hat seinen Teller weggeräumt, aber das Gedeck vergessen.« Gespannt wartete Signe auf Knudsens Antwort.

»Du meinst, der unbekannte Mörder war ein Gast?« Knudsen zog skeptisch die Augenbrauen hoch. »Die Haushälterin hat ausgesagt, dass Lukas, der Sohn, gerne den Tisch gedeckt hatte. Vielleicht hat er sich verzählt?«

»Das könnte natürlich sein«, erwiderte Signe, klang aber nicht recht überzeugt. »Aber trotzdem muss ein Fremder dort gewesen sein, sonst wäre die Familie Thalberg ja nicht tot.«

»Das ist mir schon klar, aber es gab eben keinen Verdächtigen.« Knudsen knetete seine Hände und wirkte leicht genervt.

»Schade, dass ausgerechnet an jenem Tag das Aufnahmegerät der Überwachungskameras defekt gewesen ist, sonst wüssten wir, wer der Mörder war«, kam Signe auf einen weiteren seltsamen Punkt zu sprechen.

»Ja, das war wirklich Pech.« Der Kommissar lehnte sich in seinem Stuhl wieder zurück und verschränkte die Arme vor der Brust. Nach und nach verschwand seine aufgesetzte Freundlichkeit und sein Blick wurde hart. »Gibt's sonst noch Fragen?«

»Etwas verstehe ich nicht. Die Haushälterin der Thalbergs glaubt, dass das Kamerasystem intakt gewesen ist, als sie das Haus am späten Nachmittag verlassen hat«, bohrte Signe weiter.

Knudsen seufzte lautstark. »Seit damals sind fünfzehn Jahre vergangen, die Gute wird in ihrer Erinnerung etwas durcheinandergebracht haben. War ja damals auch ein schrecklicher Tag für die Frau. Du sagst ja selbst, sie ›glaubt‹ nur, dass der Rekorder intakt gewesen ist.«

»Wahrscheinlich hast du recht«, lenkte Signe ein, die merkte, dass Knudsen immer ungehaltener wurde. »Kannst du mir noch etwas über die Tatwaffe sagen?«, fragte sie, die im Protokoll nur eine allgemeine Beschreibung gefunden hatte.

»Im Bericht ist das doch genau dargestellt. Die Waffe ist eine russische Makarow gewesen. Wir haben versucht, das Modell anhand der Spuren auf den Geschossen zurückzuverfolgen, aber das war zwecklos. Mittlerweile gelangen ja Dutzende dieser Pistolen über Tallinn illegal nach Schweden.«

»In unseren Breiten ist die Makarow eben sehr populär«, konstatierte Signe, die aus ihrer Undercoverzeit wusste, dass Gangster diese Pistole sehr schätzten, da man deren Herkunft nur schwer aufspüren konnte.

»Richtig und wir haben natürlich alle registrierten Waffen im Großraum Stockholm untersuchen lassen.«

»Was kam dabei heraus?«

»Fehlanzeige.« Knudsen zuckte bedauernd mit den Schultern.

»Warum ist eigentlich nach den Morden die Suche nach Malin so rasch abgebrochen worden? Es wurden meines Wissens keine Spürhunde eingesetzt.«

»Stimmt. Nachdem wir die Jacke des Mädchens am Ufersteg gefunden hatten, waren wir der festen Überzeugung, dass sie in der See ertrunken ist.«

»Aber nach so vielen Jahren hätte man doch die Leiche längst finden müssen?«, gab Signe zu bedenken.

»Nicht bei der Strömung, die damals herrschte. Da wäre eine Leiche weit hinaus in die Ostsee getrieben worden und hätte sich irgendwo unter Wasser verhakt«, widersprach Knudsen. Er blickte auf seine Uhr und wischte Kekskrümel aus seinem dichten Vollbart. »Tut mir leid, wenn ich dir nicht viel weiterhelfen konnte. Aber ich wünsche dir noch viel Erfolg bei diesem Cold Case.«

»Alles klar, danke für deine Hilfe.« Signe schob ihre Unterlagen zusammen, überlegte kurz und stellte noch eine Frage: »Hast du eigentlich schon die Identität des toten Mädchens im SUV des Bankers herausgefunden?«

»Ja. Ihr Name war Emma Holm und sie hat in dem Jugendheim ›Bla duva – Blaue Taube‹ gelebt. Die Leiterin hat vor einer Woche auch eine Vermisstenanzeige aufgegeben. Die Leiche ist im Moment noch in der Gerichtsmedizin und ich warte auf weitere Ergebnisse. Wieso interessiert dich dieser Fall? Das hat doch nichts mit den Thalberg-Morden zu tun, oder glaubst du, die Fälle hängen zusammen?«, fragte Knudsen mit einem lauernden Gesichtsausdruck.

Signe zögerte, ob sie vor Knudsen die Kolibri-Tattoos erwähnen sollte, entschied sich dann aber dagegen, denn irgendwie traute sie dem Kommissar und seiner jovialen Art nicht ganz.

»Nein, das war nur reines Interesse«, blockte Signe deshalb auch rasch ab. Sie warf einen Blick durch die Glaswand in das nebenan liegende Büro und sah plötzlich Tom mit einer blonden Kommissarin auftauchen.

»Was macht denn Tom Persson hier?«, fragte sie erstaunt.

»Ach, du kennst diesen Journalisten?« Knudsen wirkte echt überrascht.

»Er unterstützt uns bei dem Cold Case. Schließlich hat Tom damals mehrere Artikel über Morton Thalberg und die verschwundenen EU-Gelder geschrieben. Seine Kenntnisse kann ich für Hintergrundinformationen gut gebrauchen.«

»Pass bloß auf mit diesem Persson. Er hat kein gutes Händchen für Frauen. Er bringt allen nur Unglück, unsere Rechtsmedizinerin Ingrid Ullman kann ein Lied davon singen.« Knudsen beugte sich verschwörerisch vor. »An seinen Artikeln klebt ziemlich viel Blut. Soweit ich weiß, ist er vor Jahren abgestürzt und seitdem verzweifelt auf der Suche nach einer guten Story. Er hat sich auch in den Fall des toten Mädchens aus Engströms SUV hineingedrängt und faselt etwas von einer großen Verschwörung dunkler Mächte. Wenn ich gehässig wäre, würde ich denken, Persson inszeniert das alles, damit er wieder eine Comeback-Story hat.«

»Man könnte jetzt fast glauben, du magst Tom nicht.«

»Dieser Journalist ist mir egal, ich will dich nur vor ihm warnen«, erwiderte Knudsen düster. »Er benutzt Menschen für seine eigenen Zwecke.«

»Danke, aber ich kann schon selbst auf mich aufpassen«, erwiderte Signe ironisch und erhob sich.

Als sie hinaus auf den Korridor trat, kam der Journalist gerade aus dem Büro von nebenan. Er wirkte niedergeschlagen, sein Gesicht war eingefallen. Die Schatten unter seinen

Augen waren fast schwarz und sein Blick abwesend. Auch seine Kleidung wirkte alles andere als sauber.

»Wieso bist du hier? Was ist denn geschehen?« Signe zeigte auf sein schmutziges T-Shirt.

Tom schreckte plötzlich wie aus einer Trance hoch, denn erst jetzt schien er sie zu bemerken. »Es ist etwas Schreckliches passiert. Mein Ex-Freundin Ingrid liegt im Koma.«

KAPITEL FÜNFUNDZWANZIG

Tom stand auf der Toilette und blickte in den abgeschlagenen Spiegel. »Du hättest auf Ingrid aufpassen müssen«, sagte er zu seinem Spiegelbild. Er öffnete den Wasserhahn, wusch sich mit eiskaltem Wasser das Gesicht und strich sich seine Haare zurück. Dann versuchte er, sein verschmutztes T-Shirt notdürftig zu reinigen. Als er wieder hinaus auf den Korridor trat, kam gerade Knudsen aus seinem Büro.

»Hast du schon wieder eine unserer Kolleginnen eingekocht, die du dann für deine Zwecke benutzen kannst?«, meinte Knudsen mit einem zynischen Lächeln.

»Ich verstehe nicht, was du meinst«, antwortete Tom. ›Was um alles in der Welt will dieser Typ von mir?‹

»Ingrid wollte sich deinetwegen umbringen. Vielleicht solltest du einmal darüber schreiben, was für ein Arschloch du doch bist.«

›Leck mich‹, dachte Tom, bedachte Knudsen aber nur mit einem mitleidigen Blick und verschwand nach draußen ins Freie. Er war sich zu hundert Prozent sicher, dass Ingrid keinen Selbstmordversuch unternommen hatte, sondern jemand versucht hatte, sie umzubringen. Mit diesen düsteren Gedanken im Kopf ging er über die verdreckten Waschbetonplatten zu seinem Fahrrad und entdeckte plötzlich Signe am Heck eines unförmigen Toyota Pick-up lehnen, die ihm zuwinkte.

»Was ist mit Ingrid?«, fragte Signe sofort, als Tom auf sie zuging.

»Einen Moment«, antwortete Tom und blickte suchend umher, bis er einen Kleiderladen auf der anderen Straßenseite entdeckte. »Ich brauche bloß etwas Frisches zum Anziehen.«

Nachdem er sich ein neues T-Shirt gekauft und es übergestreift hatte, deutete er auf einen Imbissstand an der Ecke.

»Lass uns etwas trinken, dann erzähle ich dir, was passiert ist«, schlug er vor. Während Signe ein 7up trank, berichtete Tom abgehackt, wie er Ingrid in der Badewanne gefunden hatte. »Ich bin zu spät gekommen und konnte sie nicht beschützen«, sagte er und wischte sich dabei mit dem Handrücken über die Augen.

»Aber es ist doch nicht deine Schuld, dass Ingrid überfallen wurde«, versuchte Signe ihn zu trösten.

»Knudsen meint, ich hätte Ingrid nur für meine Zwecke benutzt.«

»Ich weiß, dieser Kommissar hat mich bereits vor dir gewarnt. Aber Ingrid hat dir aus eigenem Antrieb geholfen. Sie war einer verdächtigen Sache auf der Spur und wollte, dass du es an die Öffentlichkeit bringst. Du hast sie doch nicht ausgenutzt.«

»Es ist wie verdammt! Mein unsichtbarer Gegner war mir einen Schritt voraus. Ingrid wollte mir beim Frühstück genauere Details zu ihrer abgelehnten DNA-Abfrage beim Innenministerium erzählen. Sie hat bei dem toten Mädchen in Engströms Kofferraum irgendwelche eigenartigen Spuren entdeckt. Das hätte uns vielleicht weitergeholfen«, seufzte Tom.

»Von welchem Computer hat Ingrid die Mail mit der Anfrage weggeschickt? Da gibt es vielleicht noch einen Hinweis«, meinte Signe.

»Ich nehme an, vom Rechner an ihrem Arbeitsplatz«, überlegte Tom.

»Wo ist Ingrids Büro?«

»In der Rechtsmedizin im Karolinska-Institut.«

»Okay, dann fahren wir jetzt dorthin.«

»Das ist eine gute Idee.« Tom war froh, dass Signe an seiner Seite war und logisch agieren konnte. In seiner jetzigen Gemütsverfassung fiel ihm das klare Denken schwer. Mit einem Mal schöpfte Tom wieder Hoffnung und spürte die Energie durch seinen Körper fließen. »Cooles Fahrzeug.« Er klopfte anerkennend auf die Kühlerhaube von Signes großem Pick-up. »Der Wagen stammt noch von meinem Vater und war immer praktisch, wenn wir unsere Tauchausrüstung transportiert haben.«

»Du tauchst?«, fragte Tom, der sich eingestehen musste, dass er fast nichts über Signe wusste.

»Ich war früher Apnoetaucherin«, erwiderte Signe kurz angebunden. »Das ist aber schon lange her und irgendwann erzähle ich dir die Geschichte. Magst du etwas Musik hören?« Signe wartete nicht auf seine Antwort, sondern steckte eine CD in den alten Player.

»Okay.« Tom spürte, dass Signe jetzt nicht darüber reden wollte, und so schwiegen beide die ganze Fahrt über, während die dunkle Musik von Trentemøller aus den Boxen rollte.

Das Karolinska-Institut von Stockholm befand sich in Vasagarden und war ein beeindruckender Gebäudekomplex mit der Aula medica im Zentrum. Die Aula wirkte wie ein riesiges Raumschiff und auf seiner geschwungenen Fassade aus dreieckigen Flachglasscheiben spiegelte sich das Sonnenlicht. Signe parkte ihren Wagen auf dem Besucherparkplatz und beide stiegen aus. »Wie kommen wir ohne Berechtigung in die Rechtsmedizin hinein?«, überlegte Tom und wies auf den obligaten Securityposten am Eingang.

»Lass das nur meine Sorge sein«, beruhigte ihn Signe. Sie steuerte auf den Wachposten zu, der in seiner gläsernen Box vor einem Dutzend Bildschirme saß.

»Kripo Stockholm, ich muss ins rechtsmedizinische Institut. Es geht um den Fall Engström«, begrüßte Signe den Mann und zückte gleichzeitig ihren Ausweis.

»Alles klar. Tragen Sie sich bitte hier ein.« Der Uniformierte schob Signe ein Formular durch einen Spalt entgegen, das sie unterschrieb, ohne es zu lesen. »Er gehört zu mir«, sagte sie dann und zeigte auf Tom.

»Kennst du dich hier aus?«, fragte er, als sie durch das Foyer in den gigantischen ellipsenförmigen Innenhof gelangten.

»Ja, ich war schon einige Male hier. Die Rechtsmedizin befindet sich im unteren Stockwerk. Da ist sicher auch Ingrids Büro«, schlussfolgerte Signe.

Sie fuhren mit einem Aufzug in das Kellergeschoss, gingen durch einen hellen Korridor und gelangten zu einer großen Stahltür. Als Signe den Summer betätigte, öffnete ihnen ein junger Mann in einem weißen Arbeitsmantel.

»Wie kann ich Ihnen helfen?«, fragte er.

»Polizei Stockholm. Die Rechtsmedizinerin Ingrid Ullman hatte einen tragischen Unfall und wir müssen bestimmte Unterlagen von ihrem Computer sichern. Und wer sind Sie?«, fragte Signe, die es vermied, von einem Selbstmordversuch zu sprechen.

»Ich bin Daniel, Ingrids Assistent. Das ist ja schrecklich, wie geht es Ingrid?«, fragte der Mann erschüttert.

»Sie liegt zurzeit im Koma, es ist wirklich furchtbar. Ich bin Ingrids Freund«, mischte sich jetzt auch Tom ein. »Ich habe ihr gestern Abend noch versprochen, etwas für sie in ihrem Büro zu überprüfen.«

»Alles klar. Ihr Schreibtisch steht dort hinten.« Daniel wies auf einen mit Papieren bedeckten Arbeitsplatz.

»Da liegt auch Ingrids Laptop«, stellte Signe erfreut fest, als sie vor dem Tisch standen. Sie klappte den Rechner auf. »Wir brauchen das Passwort. Hast du irgendeine Ahnung?« Fragend blickte sie zu Tom.

»Hm.« Er überlegte einen kurzen Moment. ›Ob Ingrid noch dasselbe Passwort wie damals benutzt? Zuzutrauen wäre es ihr, schließlich hat sie auch ihren Türcode nicht geändert.‹

»Ich versuch's.« Tom setzte sich und dachte angestrengt nach. Schließlich fiel ihm die Wortkombination wieder ein und er tippte das Passwort in das Eingabefeld des Computers. Schlagartig erwachte der Bildschirm, und Tom scrollte sich durch Ingrids E-Mails. Schließlich fand er die Nachricht. Es war eine Mail aus dem Innenministerium, die am Abend zuvor eingegangen war und in der Ingrids Anfrage nach der Überprüfung einer DNA im System ohne Begründung abgelehnt wurde. Tom wollte gerade die angehängte Datei von Ingrids Anfrage im Postausgangsordner checken, als die Tür aufging und eine dunkelhaarige Frau in einem Hosenanzug eintrat.

»Yasmine Valdor, Innenministerium«, sagte die Frau und hielt Tom und Signe ihren Ausweis entgegen. »Schließen Sie bitte sofort den Laptop. Er ist beschlagnahmt«, befahl die Beamtin. Yasmine ging zielgerichtet zum Schreibtisch, löste den Computer von den Kabeln und wollte ihn gerade in ihrer Tasche verschwinden lassen, als Signe dazwischenging.

»Was soll das?« Die Polizistin griff nach dem Laptop. »Kriminalpolizei Stockholm. Wir ermitteln wegen eines versuchten Mordes. Und dieses Notebook ist ein wichtiges Beweisstück.«

»Das mag sein, aber ich habe die strikte Weisung, sämtliche Unterlagen von Ingrid Ullman abzuholen«, erwiderte Yasmine und gab den Rechner nicht aus der Hand. »Und jetzt behindern Sie mich bitte nicht länger.« Die Frau schob Signes Hand zurück, steckte den Laptop in ihre Tasche und ging zur Tür.

»So läuft das nicht!«, fauchte Signe und stellte sich Yasmine in den Weg.

»Gehen Sie zur Seite.« Yasmines dunkle Augen funkelten bedrohlich. »Und von welcher Abteilung sind Sie?«, fragte die Frau Tom.

»Ich bin von der Abteilung Aufdeckung«, konnte Tom sich nicht zurückhalten. »Mein Name ist Tom Persson, ich bin Journalist. Und Ihr Verhalten wird unsere Leser bestimmt interessieren.«

»Ich haben von Ihnen gehört. Und jetzt lassen Sie mich vorbei«, sagte Yasmine unbeeindruckt.

»Hier ist doch etwas oberfaul!«, zischte Signe wütend. »Aber Sie können sicher sein, dass ich nicht klein beigebe.«

»Machen Sie sich nicht lächerlich.« Yasmine schob sich einfach an Signe vorbei und verschwand nach draußen.

»Verdammt!«, fluchte Signe. »Die denken wohl, sie können sich alles erlauben.«

»Was war das eben für eine Auseinandersetzung?«, fragte Daniel, der den Disput am Rande mitbekommen hatte.

»Ach, nichts weiter als Kompetenzgerangel«, beruhigte Tom den Assistenten. Plötzlich kam ihm eine Idee, wie er vielleicht doch noch an Ingrids DNA-Analyse kommen konnte. Er erinnerte sich wieder, dass seine Ex-Freundin ihre Ergebnisse immer auch ausgedruckt abgelegt hatte, aus Angst, dass ihre Daten vielleicht in der unendlichen Weite des Internets verschwinden könnten. »Ich habe eine Bitte an dich«, sagte er deshalb zu Daniel.

»Worum geht's denn?«

»In welchem Ordner hat Ingrid die aktuellen Analysen abgelegt?«

»Du weißt doch, ich darf keine internen Ergebnisse weitergeben. Das verstößt gegen den Datenschutz.«

»Das verstehe ich, aber hier handelt es sich um einen besonders brisanten Fall. Das muss natürlich vertraulich behandelt werden«, insistierte Tom. »Ingrid wollte mir gestern früh das Ergebnis dieser DNA-Analyse zeigen, doch dazu ist es nicht mehr gekommen.«

»Das ist sehr bedauerlich«, antworte Daniel und machte eine betrübte Miene. »Ist es wirklich so wichtig?«

»Es war sozusagen Ingrids Wille, dass ich mich darum kümmere. Deswegen möchte ich nur einen Blick auf ihre Ergebnisse werfen.«

»Dieser bestimmte weiße Ordner steht im Schrank neben dem Großrechner.« Daniel wies auf einen Schreibtisch mit mehreren Bildschirmen. »Aber nochmals, ich habe damit nichts zu tun.«

»Natürlich, deshalb ist es sicher besser, du bist gar nicht hier.«

»Okay. Ich glaube, draußen läutet gerade das Telefon.« Daniel verschwand augenzwinkernd.

»Ich fotografiere das Analyseergebnis«, sagte Tom zu Signe.

Er zog den Ordner aus dem Regal heraus, blätterte ihn kurz durch und machte mit dem Handy Aufnahmen von mehreren Seiten. Als er fertig war, stellte er den Ordner wieder zurück. Sie verabschiedeten sich von Daniel und fuhren mit dem Aufzug wieder nach oben. Gemeinsam verließen sie das Karolinska-Institut und traten hinaus ins grelle Sonnenlicht.

»Was hat das Innenministerium mit der ganzen Sache zu tun?«, überlegte Signe.

»Irgendjemand aus diesem System möchte verhindern, dass wir die Wahrheit aufdecken. Es muss jemand mit großem Einfluss sein«, meinte Tom und überlegte einen Augenblick. »Wir müssen endlich herausfinden, wer das junge Mädchen aus Engströms Kofferraum getötet hat und in welchen Kreisen sie sich herumtrieb.«

Signe blickte Tom aufmerksam an und erwiderte: »Knudsen hat vorhin bei unserem Gespräch den Namen des Mädchens erwähnt und auch, wo Emma zuletzt gewohnt hat. Es ist das Jugendheim ›Bla duva – Blaue Taube‹. Kennst du das Heim?«

»Ja, dort gab es in den letzten Jahren immer wieder schreckliche Vorfälle mit Jugendlichen. Es ist ein dunkler Ort.«

KAPITEL SECHSUNDZWANZIG

Die eng aneinandergereihten Hochhäuser von Rinkeby erinnerten Signe sofort an Rosengard in Malmö. Während Signe mit dem Pick-up langsam durch die breite Durchgangsstraße fuhr, sah sie links und rechts verrammelte Geschäfte. Schwarze Müllsäcke türmten sich vor den Eingangstüren auf und die Wände der Hochhäuser waren so dicht mit Graffitis besprüht, dass man die ursprüngliche Farbe nur noch erahnen konnte. Gruppen von Jugendlichen rotteten sich vor den Spielhallen zusammen, trugen trotz der sommerlichen Temperaturen Designeranoraks mit fetten Markenlogos. Die Spirituosenläden waren mit schweren Eisengittern wie Banken gesichert und die libanesischen und nordafrikanischen Dealer fuhren mit ihren aufgemotzten BMWs die Straße auf und ab. Dazwischen gab es aber auch viele kleine Läden, in denen Obst, Blumen, Kleider und Lebensmittel verkauft wurden und mit denen sich die Besitzer durch redliche Arbeit ihr Einkommen sicherten.

»Diese Vorstädte sehen alle gleich aus, egal, in welcher Stadt du dich befindest«, meinte Signe zu dem Journalisten.

»Stimmt, das ist eine verfehlte Integrationspolitik«, sagte Tom. »Jugendliche Emigranten haben oft keine Perspektive, also dealen sie.«

»Du klingst ja wie ein Sozialarbeiter.« Signe schüttelte den Kopf. »Das ist ein bisschen zu einfach.« Sie dachte an ihre Undercover-Zeit in Rosengard, wo unverdorbene Kids von den Drogenclans gezwungen wurden, als Läufer zu arbeiten. Die Jugendlichen holten die Drogen von einem Treffpunkt ab und brachten sie zu den vermögenden Kunden, die am Wochenende aus den schicken Stockholmer Vierteln ins Getto fuhren, um sich mit Dope einzudecken. Dadurch schlitterten diese jungen Menschen immer tiefer in die kriminelle Szene und verloren ihren Zukunftsglauben.

»Das Jugendheim ›Bla duva‹ muss hier irgendwo sein«, sagte Tom, der Google Maps auf seinem Handy aufgerufen hatte, und riss Signe aus ihren tristen Gedanken. Konzentriert blickte der Journalist aus dem Beifahrerfenster und klopfte plötzlich mit der Hand auf das Armaturenbrett. »Bleib bitte einen Moment stehen«, sagte er zu Signe. »Hier hat mein Freund Bert sein Büro. Aber ich habe schon tagelang nichts mehr von ihm gehört und mache mir Sorgen.«

»Alles klar.« Signe parkte den Wagen am Straßenrand und beide stiegen aus. Zielgerichtet steuerte Tom auf einen leer stehenden Supermarkt zu und blieb vor einer Kellertreppe stehen. »Eigenartig, das Büro ist noch immer geschlossen«, meinte der Journalist mit sorgenvoller Miene. »Ich mache einen Abstecher zu ihm nach Hause. Das ist nicht weit von hier, wir können zu Fuß gehen.«

»Was hat dein Freund hier für ein Büro?«, fragte Signe,

die sich nicht vorstellen konnte, welches Geschäft man hier legal betreiben konnte.

»Bert ist Steuerberater und kümmert sich um die kleinen Ladenbesitzer«, informierte Tom sie und erzählte ihr auch von Berts Absturz.

Sie gingen an der mit Konzertpostern zugeklebten Fassade des Supermarktes entlang, als Signe aus einer dunklen Ecke ein leises Pfeifen hörte. Sie kannte diesen Ton nur zu gut aus Malmö, damit machten die Straßendealer auf sich aufmerksam. Kurz darauf tauchte ein dünner Araber mit tief ins Gesicht gezogener Kapuze auf und schwenkte ein kleines Tütchen in der Hand.

»Dope?«, fragte der Junge mit einer singenden Stimme, so als würde er gleich mit einem Rap loslegen.

Signe schüttelte den Kopf, winkte ab und warf einen Blick auf Tom, der vor einem baufälligen Haus aus dem neunzehnten Jahrhundert mit Erkern und hohen Fenstern stehen geblieben war.

»Hier wohnt Bert«, sagte Tom und wies auf die mit obszönen Sprüchen vollgesprühte Eingangstür, die schief in den Angeln hing.

»Das sieht ja eher wie ein Abbruchhaus aus«, meinte Signe, als sie ein dunkles Treppenhaus betraten, wo es modrig roch und der Verputz von den Wänden blätterte.

»Es gibt angeblich auch einen Abrissbescheid, aber Bert hat Einspruch erhoben und will das Haus unter Denkmalschutz stellen lassen.«

»Das ist wohl ein Witz?«, sagte Signe und betrachtete die Stockflecken an der Decke.

»Nein, im Gegenteil. Bert hat herausgefunden, dass August Strindberg hier ›Inferno‹ geschrieben hat. Und da

Stockholm den Dichter Strindberg sehr schätzt, hat er gute Aussichten, dass es klappt.«

»Ha, das passt zu der Örtlichkeit«, grinste Signe. »Dein Freund scheint ein interessanter Typ zu sein.«

»Bert ist einzigartig«, erwiderte Tom und blieb vor einer schwarz gestrichenen, doppelflügeligen Tür stehen. »Das ist seine Wohnung.« Tom drückte auf den Knopf der Klingel und nach einiger Zeit vernahmen sie schlurfende Schritte aus dem Inneren.

»Ich kaufe nichts«, hörten sie eine tiefe Stimme, die von einem starken Bronchialhusten unterbrochen wurde.

»Hej, Bert! Ich bin's, Tom.«

Mehrere Schlösser wurden klackend geöffnet und die Tür schwang auf. Vor Signe stand ein hochgewachsener Mann mit einem dichten weißen Haarschopf. Er trug einen seidenen Morgenmantel mit einem Muster mit Pfauenfedern. Darunter sah sie einen golddurchwirkten Kaftan, der um den Bauch spannte.

»Was für eine Überraschung in meiner kleinen Welt«, sagte Bert. »Hast du endlich wieder eine Frau gefunden?«

»Das ist Signe. Sie arbeitet für die Kripo Stockholm an der Aufklärung der Thalberg-Morde. Du erinnerst dich sicher?«

»Oh, oh, wird dieses Drama doch wieder aufgerollt.« Bert drehte sich um und schlurfte durch einen breiten Gang. »Ich hoffe, es macht euch nichts aus, wenn ich mich wieder in mein Schlafgemach begebe.« Schwungvoll öffnete er eine Flügeltür und Signe sah sich verblüfft um. Sie hatte mit einer ähnlichen Verwahrlosung wie im Treppenhaus gerechnet, aber das Schlafzimmer entpuppte sich als eine Art Salon mit weinroten Seidentapeten, einem eleganten Fischgrätparkett, einer bis zur Decke reichenden Bücherwand und einem riesigen holzgeschnitzten Bett mit Baldachin.

»Anscheinend geht es dir wieder besser«, sagte Tom erleichtert, während Bert unter eine große Decke kroch, auf die ein fröhlicher sitzender Elefant gestickt war.

»Was hat dir denn gefehlt?«

»Ach, du weißt doch, dass meine Leber manchmal verrücktspielt.« Bert zwinkerte Tom vertraulich zu. »Ich musste ein paar Entgiftungstage einlegen. Lange werde ich es nicht mehr machen«, meinte er seufzend und klopfte sich auf den Bauch.

»Rede keinen Blödsinn«, ermahnte ihn Tom.

»Ist das ein indisches Kastenzeichen?«, fragte Bert unvermittelt und deutete mit dem Finger auf Signes Muttermal zwischen den Augenbrauen.

»Nein, das ist mein drittes Auge«, erwiderte sie lächelnd.

»Das brauchst du auch, wenn du dich mit den Thalberg-Morden befasst. Bist du schon auf Ungereimtheiten gestoßen?«, fragte Bert neugierig.

»Der ganze Fall ist ziemlich komplex und wir überprüfen noch ein paar Dinge«, wich Signe aus, die nicht recht wusste, wie sie sich verhalten sollte. Einerseits erschien ihr Bert auf den ersten Blick vertrauenswürdig, aber andererseits wollte sie nicht sofort mit jedem Fremden über ihre Ermittlungen sprechen.

»Da habt ihr ja in ein Wespennest gestochen«, hörte sie Berts Stimme, während sie sich im Raum umsah. Zwischen den Erkerfenstern entdeckte Signe auf einer alten Kommode mehrere gerahmte Fotografien und neugierig trat sie näher. Auf einer der Aufnahmen erkannte sie den jungen Bert in indischer Tracht mit einer bildschönen Frau, die einen roten Punkt als Segenszeichen auf der Stirn hatte und einen glitzernden Sari trug. ›Darum hat er mich sofort auf mein Muttermal angesprochen‹, dachte sie.

»Das ist Devi, meine Frau«, sagte Bert, der Signes Interesse an den Fotos bemerkt hatte. »Wir hatten damals eine indische Hochzeit mit sechshundert Gästen.«

»Sie waren ein sehr schönes Paar«, machte Signe Bert ein Kompliment.

»Tja, auch ich war einmal gut aussehend«, feixte der alte Steuerberater. »Wir haben dann eine Zeit lang in Deutschland gelebt, bevor wir uns hier in Stockholm niedergelassen haben. Aber Devi haben die Wärme und das Licht gefehlt und sie hat mich verlassen, als sie im achten Monat mit einem Mädchen schwanger war. Hast du Kinder?«, fragte Bert Signe unvermittelt.

»Ja, eine Tochter«, antwortete sie und nahm sich vor, am Abend wieder mit Maria zu telefonieren und sich nach ihrem neuen Freund zu erkundigen. »Besucht dich deine Tochter hier öfter?«, fragte sie.

»Ich habe meine Tochter noch nie gesehen, kannst du dir das vorstellen? Devi ist wieder verheiratet und lebt jetzt in Madrid. So ist das eben.« Bert richtete sich im Bett auf und schob sich ein Kissen in den Rücken. »Ich habe dann die Kanzlei aufgebaut, aber der Stress wurde immer größer und ich begann zu trinken. Den Rest kann dir Tom irgendwann einmal erzählen.«

»Ich finde es bewundernswert, wie du dich um die Menschen in diesem Stadtteil kümmerst«, sagte Signe.

»Na, irgendwer muss ihnen ja helfen«, winkte Bert ab. Dann wandte sich der Alte wieder an Tom. »Ich habe mich nach unserem letzten Gespräch ein wenig umgehört«, meinte er in vertraulichem Tonfall. »Es gibt angeblich einen

Club, der Kolibri heißt. Dort soll Engström die Finanzen gemanagt haben.«

»Kolibri?«, horchte Signe plötzlich auf. »Malin Thalberg, die vor fünfzehn Jahren verschwunden ist, hatte ein Kolibri-Tattoo an ihrem rechten Handgelenk. Ebenso das tote Mädchen aus Engströms Kofferraum. Und auch eine junge Frau, die ich in der Nähe der Thalberg-Villa auf Värmdö zufällig getroffen habe.« Signe holte tief Luft. ›Ist das die lange gesuchte Verbindung?‹ »Es ist also eine geheime Seilschaft, die in undurchsichtige Machenschaften verwickelt war. Vielleicht ist Morton Thalberg auch Mitglied dieser Gemeinschaft gewesen. Aber was haben die Tattoos bei den Mädchen zu bedeuten?«

»Das mit den Tattoos ist in der Tat merkwürdig«, stimmte ihr Bert zu. »Davon wusste mein Informant nichts.«

»Hast du eine Ahnung, wie lange es diesen Club schon gibt?«, fragte jetzt Tom seinen alten Freund.

»Diese verschwiegene Gemeinschaft gibt es schon seit vielen Jahren, hat mir mein Informant geflüstert. Deshalb haben die Mitglieder auch so gute Beziehungen oder stehen selbst an den Schalthebeln der Macht.«

»Was weißt du über diesen Club und wo befindet er sich?« Tom setzte sich an das Bettende und schaute Bert gespannt an.

»Das weiß niemand. Mein Informant hat mir nur gesteckt, dass dort sehr wichtige Personen aus und ein gehen«, antwortete Bert. »Keine Ahnung, was sie dort treiben, die Mitglieder halten alle dicht.«

»Glaubst du, dass eine Organisation, die Drogengelder wäscht, daran beteiligt ist?«, fragte Tom, der sich an das Gespräch mit Sorensen erinnerte, der ein Drogenkartell für den Tod des Bankers Engström verantwortlich gemacht hatte.

»Gut möglich. Diesen Typen ist alles zuzutrauen. Da kann es um Geldwäsche, Prostitution und noch viel mehr gehen«, antwortete Bert düster. »Die Mitglieder fühlen sich verdammt sicher, denn sie haben Beziehungen bis ganz nach oben.«

»Kann es sein, dass jemand vom Innenministerium zu diesem Kolibri-Club gehört?«, fragte Signe und erzählte Bert von dem Zwischenfall im Karolinska.

»Das wäre durchaus denkbar. Aber Achtung, da habt ihr euch schon ziemlich weit aus dem Fenster gelehnt. Eure Schnüffelei kann brandgefährlich werden, und ihr steht sicher bereits auf irgendeiner Abschussliste.«

»Ich lasse mich bestimmt nicht einschüchtern, egal, wer das auch sein mag«, erwiderte Signe im Brustton der Überzeugung. Schon immer hatte sie eine Aversion gegen Menschen gehabt, die glaubten, durch Macht und Einfluss einfach über dem Gesetz zu stehen.

»Das hat Magnus Engström wahrscheinlich auch gedacht«, sagte Bert düster. »Und jetzt ist er tot.«

KAPITEL SIEBENUNDZWANZIG

Nach dem Besuch bei Bert fuhren Signe und Tom mit dem Pick-up einen lang gezogenen Häuserblock entlang. Schließlich gelangten sie zu einem zweistöckigen Gebäude mit Flachdach, in dessen Untergeschoss eine Wäscherei, ein Lebensmittelladen und ein Spielsalon angesiedelt waren.

»Dort vorne ist das Jugendheim ›Bla duva‹, die Blaue Taube.« Signe deutete auf einen großen, an die Wand gesprayten blauen Vogel, der einen Ölzweig im Schnabel hielt. Sie parkten vor dem Eingang und stiegen aus. Zwei halbwüchsige Mädchen, die auf Mülltonnen saßen und rauchten, beobachteten die beiden und kamen dann auf sie zu.

»Sollen wir auf die Kiste aufpassen?«, fragte eine der beiden und schnalzte mit ihrem Kaugummi.

»Das ist nicht nötig«, winkte Tom ab, doch Signe zog hundert Kronen aus der Tasche.

»Klar doch«, sagte die Polizistin und steckte dem

Mädchen den Geldschein zu. »Es gibt noch mal hundert Kronen, wenn wir wieder zurück sind.«

»War das wieder eine deiner Malmö-Aktionen?«, fragte Tom, denn Signe hatte ihm häppchenweise von ihrem früheren Undercover-Job erzählt.

»Ich will bloß nicht, dass die Reifen des Wagens zerstochen werden«, erwiderte Signe lapidar und öffnete die gläserne Eingangstür.

Das Innere des Jugendheims erinnerte Tom an eine Disco aus den Siebzigerjahren. Es gab einen mit pinkem Stoff bezogenen Tresen und mehrere ovale Sitzgelegenheiten. Die Wände waren mit einer braunen Tapete mit Tropfenmuster verkleidet, auf der Tanzfläche standen zwei Billardtische und darüber hing eine vollgesprayte Spiegelkugel.

»Ziemlich abgefahren für ein Jugendheim«, meinte Signe.

»Hej!« Eine Frau mit Batik-T-Shirt und kunstvoll geflochtenen Zöpfchen trat hinter dem Tresen hervor und musterte die beiden.

»Kripo Stockholm«, sagte Signe und hielt der Frau ihren Ausweis entgegen.

»Was kann ich für euch tun?«, fragte die Mitarbeiterin zögernd.

»Es geht um Emma«, erwiderte Tom. »Wir möchten gerne mit der Heimleiterin sprechen.«

»Frida? Ich habe sie gerade noch gesehen. Wahrscheinlich sitzt sie oben auf dem Dach.« Die Frau wies mit der Hand zur Decke.

»Danke.« Tom und Signe stiegen die Treppe hinauf. Die Stufen waren mit einem abgewetzten Teppichboden ausgelegt, der ihre Schritte dämpfte. In jedem Stockwerk gingen links und rechts Gänge ab, die zu den Zimmern der Jugendlichen führten. Von allen Seiten schallte laute Musik durch die dünnen Wände, die so schrill und aggressiv war, dass Tom unwillkürlich Herzklopfen bekam. Er warf einen unauffälligen Blick auf Signe, die von dem Höllenlärm gänzlich unbeeindruckt schien. Endlich erreichten sie das Flachdach und Tom atmete erleichtert auf, als die laute Musik vom Verkehrslärm abgelöst wurde. Auf dem Dach standen roh gezimmerte Sitzgelegenheiten und Liegen aus Holzpaletten. Zwischen den verschlissenen Sonnenschirmen waren Lichterketten gespannt, die sich sanft im Wind wiegten. An einem unförmigen Tisch saß eine blonde Frau mit harten Gesichtszügen, die ein Tanktop trug und rauchte.

»Seid ihr von der Polizei? Ich bin Frida Karlsson«, sagte sie und drückte ihre Zigarette aus. »Es ist wegen Emma Holm, stimmt's? Das arme Mädchen, so eine Scheiße, dass sie tot ist. Das hat Emma nicht verdient.« Verstohlen wischte sich Frida eine Träne aus den Augen.

»So ist es«, erwiderte Signe. Sie setzte sich auf eine Holzbank. »Seit wann war Emma denn verschwunden?«

»Das war bereits vor zwei Wochen, aber das Mädchen ist auch früher immer wieder tageweise weg gewesen. Nur diesmal war es länger und deshalb bin ich doch zur Polizei und habe eine Meldung gemacht. Aber da war es wohl schon zu spät.« Dabei blickte die Frau verstohlen zu Tom und fragte dann zögernd: »Sie sind doch der Journalist, der die Artikel über den Banker und das tote Mädchen im Kofferraum geschrieben hat? Es muss endlich etwas geschehen, denn bis jetzt sind die Vorfälle totgeschwiegen worden.«

»Was meinst du konkret damit?«, fragte Tom, der sich im Moment keinen Reim darauf machen konnte.

»Na, die Mädchen, die von hier immer spurlos weg sind«, antwortete Frida.

»Wie, sind früher auch schon Mädchen verschwunden?«, horchte Signe auf.

»Ja, manchmal ist das auch nicht so ungewöhnlich, denn die Jugendlichen tauchen irgendwo anders unter. Aber in den letzten Jahren haben wir öfter junge Mädchen vermisst. Das hat aber bisher bei der Polizei niemanden so richtig interessiert. Die jungen Dinger haben eben keine Familie.« Frida fingerte eine neue Zigarette aus der zerdrückten Packung und zündete sie sich an.

»Deswegen sind wir ja jetzt hier«, sagte Tom. »Wie gut kannten Sie Emma?«, fragte er und setzte sich ebenfalls auf einen wackeligen Hocker.

»An die Mädchen kommt man nicht leicht ran. Jede von ihnen hat ihr eigenes kleines Geheimnis, auch Emma. Wir haben die Kleine damals mit sieben Jahren auf der Straße neben ihrer toten Mutter gefunden. Die Frau war leider ein Drogen-Junkie. Seitdem hat Emma bei uns gelebt und bis vor ein paar Monaten lief es auch gut mit ihr. Dann verschwand sie eben immer wieder und kam spät in der Nacht zurück ins Heim.«

»Aber Emma war doch erst zwölf Jahre alt?«, warf Signe ein und schloss ihre Finger zu einer Faust. »Es muss doch auch das Jugendamt informiert worden sein.«

»War es auch. Aber wissen Sie, wie viele Jugendliche alleine hier in Rinkeby ab und zu verschwinden?« Frida beugte sich vor und zog heftig an ihrer Kippe, dabei zuckte sie mit den Schultern.

›Was ist das nur für ein Land, in dem junge Mädchen einfach verschwinden und niemand Notiz davon nimmt?‹ Tom konnte es einfach nicht glauben. ›Vielleicht sollte ich einmal einen flammenden Artikel über diese Zustände verfassen‹, dachte er wütend.

»Hatte Emma eine Freundin hier im Heim?«, fragte er.

»Jördis war so etwas wie Emmas Freundin«, sagte Frida.

»Aha, wo können wir Jördis finden?«, erkundigte sich Signe.

»Sie müsste eigentlich gerade unten beim Eingang Wache halten«, erwiderte die Heimleiterin, nachdem sie kurz nachgedacht hatte.

»Was meinst du mit Wache?«, wunderte sich Tom.

»Es geht darum, die Dealer davon abzuhalten, Kids als Läufer zu rekrutieren«, erklärte Frida. »Und unsere Jördis macht trotz ihrer dreizehn Jahre einen verdammt guten Job.«

»Okay, danke für die Infos«, sagte Tom und stand auf. Die Spannteppiche knisterten elektrisch aufgeladen, als sie nach unten stiegen und wieder in den infernalischen Musiklärm eintauchten. Als sie durch das Foyer nach draußen gingen, sahen sie nur noch ein Mädchen auf der Ladefläche des Pick-ups sitzen.

»Der Karre ist nichts passiert. Also schieb die hundert Kronen rüber«, sagte das Mädchen und stand auf.

»Hier.« Signe gab dem Mädchen den Geldschein.

»Bist du Jördis?«, fragte Tom. Er hielt sich die Hand schützend über die Augen, um nicht von der Sonne geblendet zu werden. Das Mädchen steckte die Hände in die Taschen ihrer Baggy Jeans und nickte kurz.

»Du warst doch Emmas Freundin?« Signe stützte sich an der Seitenwand des Pick-ups ab und blickte zu dem Mädchen hoch.

»Na ja, ich kannte sie bloß ein wenig. Und jetzt lasst mich in Ruhe«, murrte Jördis trotzig und sprang von der

Ladefläche des Wagens. Das Mädchen wollte an Tom vorbei ins Innere des Heims laufen, doch er hielt sie am Arm zurück.

»Verdammt noch mal, deine Freundin ist tot, Jördis! Emma wurde einfach im Kofferraum eines Wagens entsorgt wie Müll! Willst du auch so enden?«

»Oh Scheiße, ich wusste nicht, wie sie gestorben ist.« Jördis' Augen wurden mit einem Mal feucht und sie zog den Rotz hoch. »Na gut. Ich mach's für Emma«, meinte Jördis widerwillig, als sie ihre schützende Coolness wiedererlangt hatte. »Sie war die letzten Wochen öfter mit einem Typen unterwegs, der viel älter war als sie.«

»Hat der Mann sie vom Heim abgeholt?«, fragte Tom gespannt. »Spinnst du? Vorne beim Waschsalon hat immer ein dunkler SUV auf Emma gewartet. Wie eine Prinzessin ist sie dann hinten reingeklettert.«

»Weißt du, wer der Typ ist, der sie herumgefahren hat?«

»Keine Ahnung, ich habe ihn nur einmal kurz von vorne gesehen«, winkte Jördis ab. »Wir sind nachts immer heimlich rauf aufs Dach, wenn Emma heimkam. Der Lover hat ihr oft eine Flasche aus dem Alk-Shop mitgegeben, die haben wir dann getrunken.« Jördis schwieg und blickte versonnen in die Ferne. Das Mädchen hatte ein feines Gesicht mit aufgeworfenen Lippen und schön geschwungenen Augenbrauen. In einer anderen Welt wäre sie mit ihren Freundinnen auf den Pferdehof gefahren, aber hier in Rinkeby blieb nur die Gosse für sie.

»Ich habe Emma oft gefragt, was sie gemacht hat. Aber sie hat bloß gegrinst. ›Rumgefahren sind wir und nach Kungsholmen auf ein Eis‹, hat sie gesagt. Aber ich denke doch, dass da was Schlimmes passiert war. Manchmal ist Emma tagelang nicht zurückgekommen, und wenn sie dann aufgetaucht ist, war sie verändert und in sich gekehrt.«

»Fällt denn hier im Heim nicht auf, wenn jemand am Abend nicht da ist?«, mischte sich jetzt auch Signe wieder ein.

»Ach was, hier kann man kommen und gehen, wie man will«, meinte Jördis abfällig.

»War Emma in letzter Zeit anders als sonst?«, wollte Tom wissen.

»Doch, ja, vor ein paar Wochen war sie total verheult. Sie hätte Scheiße gebaut, hat sie gesagt.«

»Hast du eine Ahnung, was Emma damit gemeint hat?«, fragte Signe.

Jördis zuckte mit den Schultern. »Ich glaube, es ging um das bescheuerte Tattoo, das sie plötzlich am Handgelenk hatte. So ein doofer kleiner Vogel. Emma hat gesagt, dass sie das nicht wollte.«

»Weißt du, wer ihr das Tattoo gestochen hatte?«, hakte Signe sofort nach.

»Das hat ihr Typ gemacht.«

»Okay.« Signe fingerte ihr Handy aus dem Parka und scrollte durch ihre Fotos. Endlich hatte sie die gewünschte Porträtaufnahme und hielt Jördis das Display entgegen. »War das dieser Mann?«

»Ja, das ist der Typ.«

Es war der Clubbesitzer Viggo Stefansson.

KAPITEL ACHTUNDZWANZIG

Das Krankenhaus Nya Karolinska in Solna war ein gigantischer Bau und die bestausgestattete Klinik von Stockholm. Signe parkte ihren Pick-up direkt vor dem charakteristischen rechteckigen Turm mit seinen senkrechten Lichtfeldern.

»Jetzt haben wir den Beweis, dass Viggo die Kolibri-Tattoos gestochen hat«, resümierte Signe das Gespräch mit Jördis. »Aber das wird uns wenig nützen, wenn Jördis keine schriftliche Aussage macht.«

»Ich glaube nicht, dass sie schon dazu bereit ist«, meinte Tom pessimistisch. Der Journalist öffnete die Wagentür und stieg aus.

»Ingrid braucht mich jetzt«, sagte Tom. »Hoffentlich überlebt sie die kritische Phase, sonst …«

»Ich drücke fest die Daumen, es wird alles gut.« Signe nickte ihm aufmunternd zu. Auf der Fahrt zurück vom Jugendheim hatte Tom einige Male in der Klinik angerufen und sich nach Ingrids Befinden erkundigt. Doch die

Auskünfte waren wenig optimistisch gewesen und so hatte Tom beschlossen, in die Klinik zu kommen.

»Gib mir bitte Bescheid, wie es ihr geht.« Signe hatte Toms Ex-Freundin zwar nie persönlich kennengelernt, aber sie ahnte, dass ihr diese Frau sympathisch wäre. Denn Ingrid kämpfte genauso wie Signe für die Gerechtigkeit.

»Geht klar. Ich bin anschließend in der Redaktion und muss meinem Chefredakteur von dieser Story mit den verschwundenen Mädchen erzählen.« Dann hob Tom grüßend die Hand, drehte sich um und verschwand in dem weitläufigen Foyer der Klinik.

›Raue Schale und weicher Kern‹, dachte Signe, während sie ihr Fahrzeug startete. Nach außen wirkte Tom immer sehr cool und abgebrüht, doch innen drin war er ein sensibler Charakter. Wahrscheinlich war der Mann bereits in seiner Jugend zu oft in seinen Gefühlen verletzt worden und hatte sich deshalb diesen undurchdringlichen Panzer zugelegt.

Als Signe wieder im Slakhuset ankam und den Türcode eintippte, rollte ihr Nelly bereits aufgeregt entgegen.

»Ich habe Good News für uns. Mein Bekannter aus Estland hat die gelöschten Dateien aus Engströms Kolibri-Ordner rekonstruieren können.«

»Wow, das ging aber rasch«, wunderte sich Signe.

»Ja, die Jungs in Tallinn sind eben fix.« Nelly rollte zu ihrem Schreibtisch zurück und öffnete ein Fenster auf dem Bildschirm ihres Computers. »Ich habe die Dateien vorab schon ein wenig analysiert.«

»Okay, soweit ich es erkennen kann, gab es Zahlungseingänge auf ein Konto namens Kolibri Management SL«, sagte Signe nach einem kurzen Check. Schon wieder tauchte der Name Kolibri auf, ging es ihr durch den Kopf.

Wenn sie nur endlich herausfinden könnten, was dahintersteckte. »Zu wem gehört denn dieses Konto?«

»Das ist eine Limited auf den Kanalinseln«, erwiderte Nelly. »Keine Chance, dass wir da den Begünstigten erfahren. Dort gibt es ein in Beton gegossenes Bankgeheimnis.«

»Alles klar, welche Dateien befanden sich sonst noch in Engströms Ordner?«, fragte sie weiter.

»Es gibt eine Datei mit kopierten Chats von Engström mit einem gewissen Fred.« Nelly klickte das Dokument an und Signe las interessiert den Chatverlauf:

›Magnus: Ich mache bei eurem Scheiß nicht mehr mit. Das war zu Beginn nie so vereinbart. Alles hat mit dem Mord an den Thalbergs angefangen. Ich habe zu lange geschwiegen und werde aussteigen.

Fred: Das wird nicht möglich sein. Du steckst genauso mit drin und hast genug Schweigegeld erhalten, das du dir ohnehin bereits jahrelang vom Konto abgezweigt hast. Wenn du auspackst, gehen wir alle unter. Und das werde ich nicht zulassen.‹

Konzentriert las Signe noch weitere Chats. Wer war nur dieser geheimnisvolle Fred? Dieser Name tauchte zum ersten Mal bei ihren Ermittlungen auf. Sie drehte sich nachdenklich zu Nelly. »Kann man herausfinden, ob Fred ein Tarnname ist und wer sich dahinter verbirgt?«

»Klar, das kann ich versuchen, aber es klappt nur, wenn der Chat nicht über mehrere ausländische Server gelaufen ist, um die Spur zu verschleiern.«

»Das heißt, wir haben konkrete Infos für den Mord an der Familie Thalberg, können aber damit nicht viel anfangen, weil Engström auch tot ist. Und wir haben keine Ahnung, wer dieser Fred ist«, ärgerte sich Signe.

»Aber immer mehr Puzzleteile kommen zusammen, jetzt

gibt es schon auf mehreren Ebenen Verbindungen von Engström und dem toten Mädchen Emma zu den Thalberg-Morden«, versuchte Nelly positive Stimmung zu verbreiten.

»Du hast ja recht.« Plötzlich stutzte Signe und schaute suchend umher. Als sie vorhin zur Eingangstür hereingekommen war, hatte etwas gefehlt, doch Nelly hatte ihre Aufmerksamkeit mit den aktuellen Daten-News abgelenkt. Jetzt wusste sie auf einmal, was anders war. Es fehlte die Begrüßung von Nellys Hund, das tägliche Ritual.

»Wo ist Hans?«, fragte Signe. Sie blickte zu dem leeren Hundekorb und ein Stich ging durch ihr Herz.

»Ich habe ihn heute Morgen in die Tierklinik gebracht. Hans konnte plötzlich nicht mehr laufen. Es sind seine Bandscheiben. Ein Freund hat mir geholfen«, sagte Nelly und Signe bemerkte die Träne, die über ihre Wange perlte. »Ich habe diesen Tag so gefürchtet. Ich kann mir gar nicht vorstellen, ohne Hans abends nach Hause zu fahren.«

»Was sagt denn der Tierarzt?«

»Er macht mir nicht viel Hoffnung«, meinte Nelly niedergeschlagen, doch mit einem Mal straffte sich ihr Oberkörper und sie drehte eine Pirouette mit ihrem Rollstuhl. »Aber genauso wie ich ist auch Hans ein Kämpfer. Mein Hund lässt sich nicht so leicht unterkriegen!«

»Hans schafft es auch diesmal, da bin ich mir sicher«, sprach Signe ihrer Kollegin Mut zu. »Komm, lass uns weitermachen, das lenkt dich etwas ab.«

Sie ging zu dem digitalen Flipchart und betrachtete die verschiedenen Fotos. Dann schrieb sie mit dem digitalen Stift ›Kolibri-Club‹ an den oberen Rand. Plötzlich vernahm sie lautes Motorengeräusch, warf einen Blick aus dem vergitterten Fenster und sah zwei Limousinen vor dem Gebäude halten.

»Oh, wir bekommen hohen Besuch«, meinte Nelly, die neben Signe gerollt war und ebenfalls aus dem Fenster blickte. »Der Polizeidirektor höchstpersönlich. Wem bist du denn auf die Füße getreten? Puh, ich dachte, hier geht es ein wenig ruhiger zu«, sagte Nelly und kehrte zurück an ihren Arbeitsplatz. »Aber wie ich sehe, haben wir mit unseren Ermittlungen in ein Wespennest gestochen.«

Kurz darauf schrillte die Türglocke und Signe öffnete das Eingangstor. Zwei Beamte in Uniform kamen herein und inspizierten den Raum, ohne von Signe und Nelly Notiz zu nehmen.

»Hej! Darf ich wissen, was ihr hier wollt?«, fragte Signe und konnte sich nur mühsam beherrschen. Sie wollte noch etwas sagen, doch dann betrat ein stattlicher Mann mit grau meliertem Haar das Büro. Es war Polizeidirektor Gunvald Lundqvist und hinter ihm tauchte auch Signes Chefin Estrid auf.

Ohne ein Wort der Begrüßung stellte sich Lundqvist breitbeinig vor Signe. »Es gibt eine Beschwerde aus dem Innenministerium gegen Sie. Was bilden Sie sich überhaupt ein? Sie haben eine Mitarbeiterin des Ministeriums an der Ausübung ihrer Pflicht gehindert und sie sogar bedroht.«

»Ich wollte nur …«, begann Signe, doch der Polizeidirektor hob die Hand.

»Interessiert mich nicht, was Sie wollten. Fakt ist, dass Sie im Karolinska-Institut nichts zu suchen hatten und ohne Genehmigung dort aufgetaucht sind. Das war Amtsanmaßung, denn der Fall Engström ist der Kriminalpolizei zugeordnet und Sie sind ausschließlich für Cold Cases zuständig. Und das Schlimmste ist, dass Sie ausgerechnet einen Journalisten dabeihatten. Ich habe Ihre Akte gelesen. In Malmö haben Sie mit Ihrer eigenmächtigen Art den Tod eines Kollegen verschuldet.«

»Das stimmt doch überhaupt nicht. Ich wurde vollständig rehabilitiert. Wer erzählt denn so eine …« Aus den Augenwinkeln sah Signe, wie Estrid unmerklich den Kopf schüttelte und ihr mit einer Handbewegung signalisierte, dass es besser wäre, sofort den Mund zu halten.

»Wollten Sie noch etwas sagen?«, schnaubte der Polizeidirektor.

»Nein«, erwiderte Signe leise und hätte sich am liebsten die Zunge abgebissen.

»Im Grunde müsste ich jetzt eine Dienstaufsichtsbeschwerde gegen Sie einreichen«, drohte Lundqvist. »Nur noch eine einzige Rüge und Sie sind suspendiert.«

»Alles klar, ich habe verstanden«, erwiderte Signe mit zerknirschter Miene.

»Das hoffe ich in Ihrem Interesse. Wie kommen Sie mit den Ermittlungen voran, gibt es bereits neue Erkenntnisse in dem Cold Case?«

»Wir haben ein paar neue Mosaiksteinchen entdeckt und ich bin zuversichtlich, was die Lösung des Falls betrifft«, antwortete Signe.

»Sehr gut, wir brauchen positive Ergebnisse bei unserer Polizeiarbeit, um die Budgets zu rechtfertigen. Halten Sie Estrid und mich auf dem Laufenden.« Dann gab der Polizeidirektor seinen beiden Beamten ein Zeichen und alle drei verließen grußlos das Büro.

Signe atmete tief durch und hätte im Moment am liebsten ihre Wut laut rausgeschrien. Aber sie beruhigte sich wieder und beobachtete ihre Chefin, die in der Halle aufgebracht hin und her ging. Als die Limousine mit dem Polizeidirektor wieder abgebraust war, fragte Estrid nach einer kurzen Schweigeminute: »Was hattest du im Karolinska zu suchen, Signe? Wieso hast du diese Aktion nicht vorab mit mir besprochen?«

›Weil ich im Moment niemandem trauen kann‹, dachte Signe, hütete sich aber, das laut auszusprechen. »Ich habe Tom Persson begleitet. Er war ja völlig aufgelöst wegen Ingrid Ullmans Selbstmordversuch.«

»Ja, ich habe davon gehört, eine tragische Geschichte«, meinte Estrid desinteressiert und ging zu der digitalen Pinnwand. »Wie ich sehe, seid ihr fleißig gewesen«, sagte ihre Chefin und betrachtete die verschiedenen Fotos. »Was ist das?« Estrid wies auf eine Vergrößerung von Malins Kolibri-Tattoo.

»Diese Tattoos hatte sowohl die verschwundene Malin als auch die tote Emma Holm. Und dazwischen liegen fünfzehn Jahre.«

»Das ist in der Tat eigenartig.« Estrid hob die Augenbrauen und legte eine Fingerspitze an ihre Lippen. »Welche neuen Erkenntnisse hast du noch?«, fragte sie. »Was hat es mit diesem Kolibri-Club auf sich?« Estrid zeigte auf den Namen, den Signe ganz oben auf die Tafel geschrieben hatte.

»Das ist ein mysteriöser Club, dessen Finanzgeschäfte der tote Banker Engström geleitet hat.«

»Was denkst du, wer hinter dem Kolibri-Club steckt?«, fragte Estrid, die Signe aufmerksam zugehört hatte.

»Es müssen einflussreiche Personen sein, die Beziehungen bis ins Innenministerium haben.«

»Du verrennst dich da in Verschwörungstheorien, Signe. Damit ist jetzt Schluss«, warnte Estrid eindringlich. »Kümmere dich ausschließlich um die Thalberg-Morde und lass diese anderen Spekulationen beiseite. Ihr seid nur die Cold-Case-Abteilung. Hast du mich verstanden?«

Estrid schritt zum Eingangstor, dann drehte sie sich nochmals kurz um und sagte: »Du möchtest doch, dass es deiner Tochter immer gut geht und sie ins Olympia-Team aufgenommen wird? Dann setze Prioritäten in deinem Leben und agiere vernünftig.»

KAPITEL NEUNUNDZWANZIG

Tom irrte verloren durch die langen Gänge des Nya-Karolinska-Krankenhauses, orientierte sich an den Bodenmarkierungen in den unterschiedlichen Farben und erreichte endlich die Neurologie. Doch dort versperrten ihm getönte Glastüren den Weg. Ratlos blickte Tom umher, entdeckte schließlich einen Tresen, hinter dem eine junge Krankenschwester mit Brille vor ihrem Computer saß.

»Ich suche Ingrid Ullman. Wo liegt sie?«, fragte er.

»Die Patientin ist hier. Aber sie hat noch nicht das Bewusstsein wiedererlangt und befindet sich leider weiterhin im Koma«, informierte ihn die Frau.

»Kann ich sie kurz sehen?« Tom stützte sich am Tresen auf und blickte sehnsüchtig auf die Milchglastüren, hinter denen die Schemen von Ärzten und Schwestern auszumachen waren.

»Das ist nur nahen Angehörigen gestattet«, hörte er die Stimme der Krankenschwester wie aus weiter Ferne.

»Ich bin Ingrids Lebensgefährte«, antwortete Tom. ›War das jetzt eine Lüge?‹ Er war Ingrid immer verbunden gewesen, auch nachdem er sich von ihr getrennt hatte. Vielleicht war sie ja so etwas wie ein Lebensmensch für ihn.

»In diesem Fall dürfen Sie die Patientin besuchen.« Die Frau schob ihre Brille zurecht und musterte Tom prüfend. »Ingrid liegt in Abteil eins.« Sie drückte auf einen roten Knopf auf ihrem Schreibtisch und zischend öffneten sich die milchigen Türen und die Schatten dahinter nahmen Gestalt an. In einem großen Saal, der mit flexiblen Paravents unterteilt war, gingen Ärzte und Schwestern geschäftig von einem Bett zum nächsten, überprüften den Zustand der Komapatienten. Tom blickte kurz suchend umher, entdeckte aber dann sofort Abteil eins, das sich direkt am Fenster befand. Ein blickdichter Paravent trennte es vom Nebenabteil ab und man konnte einen dünnen Vorhang zuziehen, um ein wenig Privatsphäre zu haben. Ingrid wurde künstlich beatmet und war mit einer Vielzahl von Kabeln an diverse Monitore angeschlossen.

»Es tut mir so leid, was mit dir geschehen ist«, sagte Tom leise und zog einen Stuhl an das Bett heran. Er setzte sich und griff nach Ingrids Hand, in der eine Kanüle steckte, durch die über einen dünnen Schlauch eine Nährlösung in ihren Körper tropfte. Ingrids Haut war eiskalt und Tom warf einen panischen Blick auf den Monitor, da er für einen kurzen Moment dachte, sie wäre bereits tot.

»Du musst wieder aufwachen und dann versuchen wir es noch mal miteinander. Bitte versprich mir das.« Er streichelte sanft ihre Hand und schaute auf das Gesicht seiner ehemaligen Freundin, das regungslos wie eine Maske wirkte. »Es war ziemlich schäbig von mir, wie ich mich am Ende unserer Beziehung verhalten habe. Und ich habe es später fast täglich bereut, das wollte ich dir schon immer sagen. Aber damals hatte ich noch mit meinen Dämonen zu kämpfen.« Tom holte tief Luft und erinnerte sich an jenen finsteren Tag.

Tom stand in seinem Loft in der offenen Küchenzeile am Herd und kochte asiatisches Gemüse im Wok. Aus dem Bose-Lautsprecher dröhnte laute Musik und er fühlte sich zum ersten Mal seit langer Zeit wieder frei, denn Ingrid war zu einem Kongress gefahren und würde erst abends wiederkommen. Vor einem halben Jahr war sie bei ihm eingezogen, seitdem wurde die Luft für ihn immer dünner und er konnte nur noch schwer atmen. In den Nächten träumte Tom von seinem kleinen Bruder, der auf der Straße lag, weinte und um Hilfe schrie. Aber er konnte ihm nicht helfen. Wie so oft wachte Tom dann schweißgebadet auf und die dunklen Bilder verblassten. Würde er jetzt Ingrid die Sicherheit geben können, die sie brauchte? Oder war es besser, frei und ohne Verantwortung zu leben? Eine Woche war Ingrid auf dem Kongress, und Tom hatte tief und traumlos geschlafen.

Heute sollte sie zurückkehren. Der Lastenaufzug setzte sich knarrend in Bewegung und kurze Zeit später wurde die Eisentür quietschend zur Seite geschoben. Tom spürte, wie sich sein Herz zusammenzog und ihm den Atem abschnürte.

»Hej, ich habe einen früheren Flug genommen«, hörte er im nächsten Moment Ingrids warme Stimme in seinem Rücken.

Mit einem Fingerschnippen erstarb die Musik und das Gefühl der Freiheit verpuffte wie ein Luftballon, in den man eine Nadel sticht. Regungslos blieb Tom am Herd stehen, sah zu, wie das Gemüse im Wok dunkler wurde. Dann spürte er, wie Ingrid ihre Arme fest um seine Hüften legte … und er keine Luft mehr bekam.

»Freust du dich, mich zu sehen?«

»Nein, überhaupt nicht«, erwiderte er mit einer Stimme kalt wie Eis und schob sie von sich weg, denn ihre Berührung bereitete ihm plötzlich körperliche Schmerzen.

»Tom, was ist denn los mit dir?« Ingrid griff nach seinem Arm und es war, als würde eine Feuerzange seine Haut versengen. In seinem Kopf rief eine Stimme: ›Du kannst für Ingrid nicht die Verantwortung übernehmen! Du hast schon einmal versagt bei deinem kleinen Bruder. Du wirst wieder scheitern.‹

»Hör auf!«, rief Tom, wollte die Zweifel zum Schweigen bringen. Er war doch in Ingrid verliebt und wollte mit ihr zusammenleben, aber seine Vergangenheit türmte sich wie eine unüberwindliche Mauer vor ihm auf.

»Geht es dir nicht gut? So sag doch etwas. Quält dich wieder deine Vergangenheit?«, vernahm er Ingrids leise Frage hinter dieser Mauer.

Die Luft zum Atmen wurde weniger, die Stimme in seinem Inneren lauter. »Ich will, dass du auf der Stelle verschwindest.« Jetzt hatte er die Worte laut ausgesprochen. Jetzt gab es kein Zurück mehr. ›Wirf sie hinaus, kipp ihre Klamotten aus dem Fenster, los, mach schon‹, drängte ihn sein innerer Dämon und Tom gehorchte. Er ging ins Schlafzimmer und seine Freundin folgte ihm mit entsetztem Blick.

»Ich meine das ernst«, sagte er zu Ingrid, schubste sie so fest zurück, dass sie auf das Bett fiel. Dann ging er zum Kleiderschrank und warf ihre hübschen bunten Röcke, die Doc Martens und die abgewetzte Lederjacke auf den Boden, packte alles mit beiden Händen, ging zur breiten Glasfront, kippte eines der gusseisernen Fenster auf und warf den ganzen Kleiderberg hinunter auf die Straße.

»Ich halte das nicht mehr aus mit dir!«, schrie Ingrid und streckte anklagend die Arme nach oben, so als wollte sie einer höheren Macht befehlen, einen Blitz auf Tom herabzuschleudern. »Warum gehst du nicht endlich zu einem Therapeuten und lässt dich wegen deiner Schuldgefühle für deinen Bruder behandeln?«

»Ich habe keine Gewissensbisse, sondern ich hasse dich. Und ich liebe dich nicht mehr, verschwinde einfach aus meinem Leben«, hörte er sich selbst reden. ›Warum nur habe ich Ingrid von meinem Bruder erzählt?‹

Dann fasste er Ingrid am Arm und zerrte sie zum Lastenaufzug. Tom zog die Eisentür hinter ihr zu, ging zurück ins Loft, drehte die Musik laut auf und bereute bereits in diesem Moment seine abscheuliche Aktion. Aber das Bedauern kam zu spät.

»Ich hätte niemals so gemein zu dir sein dürfen«, flüsterte Tom und vergrub sein Gesicht in der aseptisch riechenden Bettdecke. »Aber ich hatte Angst vor der Verantwortung. Du kannst das vielleicht schwer verstehen, aber ich musste immer auf meinen Bruder aufpassen. Und irgendwann konnte ich diese ganze Last der Verantwortung nicht mehr tragen, ich habe losgelassen und er ist mir entglitten.« Dann verschränkte Tom seine Finger fest mit denen von Ingrid, schwor sich, dass er es in Zukunft besser machen würde. »Wenn du aus dem Koma erwachen wirst, dann erkläre ich dir alles«, murmelte er. »Das nächste Mal bringe ich dir deine Lieblingsmusik mit.« Tom stand auf, küsste Ingrid auf die wachsbleiche Stirn, sah auf den Monitoren ihren gleichbleibenden Pulsschlag und verließ leise den Raum.

»Morgen komme ich wieder«, sagte er zu der Schwester am Tresen.

»Ihre Lebensgefährtin freut sich sicher, wenn Sie bald wieder hier auftauchen. Die Komapatienten spüren es sehr wohl, wenn ein geliebter Mensch bei ihnen ist«, sagte die Krankenschwester.

»Aber ich kann doch nicht lieben«, murmelte Tom, als er die Station verließ.

Wie in Trance fuhr er mit dem Taxi zur Redaktion und wurde unvermittelt in eine andere Welt geworfen. In dem hektischen Zeitungsalltag, der wie eine Welle über ihn hinwegschwappte, war kein Platz für Schwäche. Hier musste man stark sein, sonst ertrank man in diesem Haifischbecken.

»Ich muss sofort Gustav sprechen«, sagte Tom und schenkte Alva ein siegessicheres Lächeln.

Mit festen Schritten durchquerte Tom das Großraumbüro, hatte das Gefühl, dass er noch einmal die Kurve gekratzt und sein Leben mit Ingrid eine Zukunft hatte.

»Ich will eine Artikelserie über einen geheimen Club und über verschwundene minderjährige Mädchen schreiben«, sagte Tom zu Gustav, als er die gläserne Box des Chefredakteurs betrat.

»Zu diesem schrecklichen ungeklärten Familienmord auch noch eine Serie über verschwundene Mädchen? Das klingt gut«, sagte sein Chef überschwänglich und sprang vor Begeisterung auf. »Los, erzähl.«

In knappen Worten schilderte Tom dem Chefredakteur die bisherigen Zusammenhänge. Gustav rieb sich die Hände, seine Augen glitzerten, denn mit einer Enthüllungs-Serie würde sich die kleine Zeitung wieder ins Rampenlicht katapultieren.

»Okay, wenn du genügend Fakten hast, dann kannst du sofort loslegen.«

Euphorisch wie schon lange nicht mehr schritt Tom nach draußen in das Großraumbüro. Plötzlich bemerkte er Cilia an ihrem Schreibtisch sitzen und ging auf sie zu. Er griff in seine Jeanstasche und ließ den Knopf, den seine Kollegin im Kellerflur des Innenministeriums verloren hatte, zwischen seinen Fingerspitzen hin und her wandern.

»Hej, gehört dieser Knopf nicht dir?«, fragte er und legte ihn auf Cilias Schreibtisch.

»Danke, wo hast du ihn gefunden?«, sagte sie erfreut.

»Das weißt du ganz genau. Was geht denn im Innenministerium vor und was hast du dort zu suchen? Gibst du Informationen aus der Redaktion weiter? Bist du vielleicht eine Whistleblowerin?«

»Hör auf mit dem Blödsinn, Tom«, zischte Cilia und blickte nervös umher. Doch die anderen Redakteure waren in ihre Arbeit vertieft und nahmen keine Notiz von ihnen.

»Gehen wir in die Cafeteria.« Ohne Toms Antwort abzuwarten, stand Cilia hastig auf, steckte den Knopf in die Tasche ihrer Handtasche und ging zwischen den Schreibtischen zum Eingang.

Schweigend fuhren sie mit dem Aufzug in den kleinen Coffeeshop im Erdgeschoss.

»Also, weshalb bist du vor einigen Tagen so verdächtig schnell durch den Keller ins Innenministerium geflüchtet?«, fragte Tom inquisitorisch, und Cilia rückte immer weiter in die Ecke, schob sich mit einer fahrigen Handbewegung eine platinblonde Haarsträhne hinters Ohr. Auf Tom wirkte sie wie ein schönes Tier, gefangen in der Falle.

»Stopp, Tom!«, unterbrach ihn Cilia mit einem Mal. »Es stimmt, dass man mich mit einer bestimmten Person aus dem Ministerium nicht zusammen sehen darf. Aber es ist nicht so, wie du denkst.«

»Ach, wie ist es dann?«, fragte Tom angespannt.

»Was ich dir jetzt sage, muss vertraulich bleiben. Versprich mir das.« Cilia streckte Tom die Hand entgegen und er schlug mit einem zustimmenden Kopfnicken ein.

»Ich habe ein Verhältnis mit der Innenministerin, das darf keiner wissen, denn sie ist noch verheiratet«, erzählte Cilia und eine flammende Röte überzog ihr hübsches Gesicht.

»Ach, so ist das, dann bin ich ja beruhigt«, meinte Tom. Irgendwie war er erleichtert, Cilia nicht als Gegnerin zu haben. Vielleicht wurde sie sogar zu seiner Verbündeten? Er musste es riskieren. Deshalb beugte er sich vor und erzählte ihr von Ingrids blockierter DNA-Anfrage.

»Wer außer der Innenministerin hat die Kompetenzen, eine Anfrage der Rechtsmedizin zu blockieren?« Fragend blickte Tom Cilia an, die an ihrem Caffè Latte nippte.

»Ich habe eine Vermutung, denn die Innenministerin hat mir im Vertrauen erzählt, dass gegen einen ihrer Mitarbeiter bereits eine interne Untersuchung läuft«, erklärte Cilia, nachdem sie kurz nachgedacht hatte. »Es ist der Staatssekretär Johan Holmgren.«

KAPITEL DREISSIG

Signe war tief in ihre Arbeit versunken, als sie plötzlich von ihrem Schreibtisch hochschreckte und auf die Uhr blickte. »Verflixt, Christer veranstaltet ja heute eine Geburtstagsparty für Maria auf dem Landsitz seiner Familie. Und ich habe mich noch nicht umgezogen«, sagte sie. Hastig stand sie auf und eilte in den Waschraum. Obwohl sie selten Make-up trug, zog sie ihre Lippen nach und konturierte ihre hellen Augen mit einem blauen Eyeliner. Dann nahm sie die Bürste aus ihrer Tasche und strich sich kopfüber ein paar Mal durch die schulterlangen braunen Haare. Wie immer trug sie Jeans, ein Tanktop und ihre Lederjacke. Aber zum Glück hatte sie für solche Anlässe einen Blazer im Spind hängen, den sie hastig überzog. Signe griff nach ihrer Umhängetasche und wühlte darin herum. Endlich fand sie das Kuvert, nach dem sie gesucht hatte.

»Mein Geschenk für Maria«, sagte sie erleichtert zu ihrer Assistentin.

»Gut siehst du aus, viel Spaß«, meinte Nelly und betrachtete ihre Chefin mit einem wohlwollenden Blick.

»Viel Vergnügen im Haus meiner Ex-Schwiegermutter? Da kennst du Agnes aber schlecht.«

»Wo steigt denn diese Party?«, fragte Nelly interessiert.

»In Djursholm, dahin brauche ich mit dem Wagen ungefähr zwanzig Minuten. Da wohnt auch mein Ex-Mann. Ich muss mich sputen. Ach ja, ich fahre morgen früh mit Tom noch mal nach Värmdö, um mit dem Dorfpolizisten Birger Kohonen zu reden«, sagte sie zu Nelly und eilte hinaus.

Signe fuhr in nördlicher Richtung aus Stockholm über die E18. Bei der Mautstelle musste sie etwas warten und ihre Nervosität stieg. Sie warf einen Blick in den Rückspiegel. Zwei Fahrzeuge hinter ihr wartete ein schwarzer SUV mit getönten Scheiben und Signe bildete sich ein, dieses Fahrzeug bereits in der Nähe des Office parken gesehen zu haben. Doch SUVs mit getönten Scheiben gab es viele in Stockholm und Signe achtete nicht weiter darauf. Endlich erreichte sie Djursholm und das Herrenhaus der Familie De Geer tauchte vor ihr auf. Es war ein zweistöckiges lang gestrecktes Gebäude mit einer geschwungenen, von Stuckverzierungen eingefassten Front und einem mächtigen dunklen Dach. Die Fassade leuchtete in der Abendsonne, wirkte, als würde das Anwesen in Flammen stehen. Das schmiedeeiserne Tor mit dem Familienwappen der De Geers stand weit offen und sie bretterte mit dem Toyota die von Fackeln erhellte gekieste Auffahrt hinauf. Je näher Signe dem Herrenhaus kam, desto lauter hörte sie bereits die schwungvollen Töne einer Musikband aus dem Park, der sich hinter dem Haupthaus befand. Sie parkte ihren Pick-up zwischen blank polierten Luxuslimousinen und stieg aus.

Mit dem Kuvert in der Hand hastete Signe die geschwungene Freitreppe hinauf, wo ihr zwei devote Angestellte synchron die Flügeltüren öffneten. Sie durchquerte einen mit Brokatsofas und ausladenden goldverzierten Tischen möblierten Salon von den Ausmaßen einer Hotelhalle, während sie überdimensionierte Porträts der De-Geer-Dynastie mit grimmigem Blick anstarrten. Signe fühlte sich wieder wie die Außenseiterin, die sie in dieser alteingesessenen Familie immer gewesen war, wenn sie mit ihrem Ex-Mann und ihrer Tochter das Anwesen besucht hatte. Endlich gelangte sie aus dem düsteren Salon hinaus auf die großzügige Terrasse, wo sie von einer hageren Frau in einem langen grünen Abendkleid gestoppt wurde.

»Signe, wie immer zu spät«, begrüßte sie Agnes Dalia De Geer. »Die Feierlichkeiten für Maria haben schon begonnen«, sagte Christers Mutter und maß Signe von oben bis unten. »Ist das deine Festkleidung?«, fragte sie dann spitz. »Na ja, du warst immer schon ein wenig gewöhnlich.«

»Wo ist meine Tochter?«, fragte Signe, die beschlossen hatte, auf die Provokationen ihrer Ex-Schwiegermutter nicht mehr so wie früher zu reagieren.

»Christers Tochter befindet sich bereits beim Geschenketisch«, erwiderte Agnes und wies auf eine lange Tafel, die mit Paketen überhäuft war. »Ist das dein einziges Geschenk für Maria?«, meinte Agnes säuerlich mit einem Blick auf das verknickte Kuvert in Signes Hand.

»Ja, das ist eine Überraschung«, antwortete Signe kurz angebunden. Hastig schlängelte sie sich dann durch die vielen Gäste, die Smoking und Abendkleid trugen. Sie fühlte sich wie ein Alien in ihren Jeans und atmete erleichtert auf, als sie den Geschenketisch erreichte, an dem Maria in einem körperbetonten Lederkleid mit einer exzentrischen

Hochsteckfrisur stand. Für einen Augenblick war Signe überrascht, musste sich erst mit dem Gedanken anfreunden, dass ihr kleines Mädchen bereits fünfzehn Jahre alt wurde und bald eine junge Frau war.

»Mama, super, dass du hier bist!«, rief Maria und umarmte ihre Mutter. »Schau mal, was Natascha für mich gebacken hat!« Ihre Tochter deutete auf eine dreistöckige Torte, die über und über mit Zuckerwellen verziert war. »Natascha hat das selbst gemacht. Und sie hat mir auch die Haare ein bisschen punkig gestylt.«

Ehe Signe antworten konnte, trat eine junge Frau zu ihr und umarmte sie herzlich. »Hej, Signe«, begrüßte sie Christers junge Frau mit ihrer rauchigen Stimme und küsste sie auf die Wangen. »Du siehst super aus. Jetzt weiß ich, woher Maria dieses gute Aussehen hat. Und vor allem dein schönes braunes Haar.«

»Oh, danke«, erwiderte Signe, völlig überrumpelt von so viel Freundlichkeit. Verstohlen musterte sie Natascha, die früher ein erfolgreiches baltisches Model gewesen war. Obwohl sie bereits zwei eigene Kinder hatte, war Natascha noch immer gertenschlank und sah in dem mitternachtsblauen Kleid mit tiefem Rückenausschnitt umwerfend aus.

Nachdem sie ihre Nachfolgerin taxiert hatte, wandte sich Signe dann wieder an Maria. »Hier dein Geschenk, meine große Hübsche«, sagte sie mit stolzem Ton.

»Wow, wie cool!« Maria hatte das Kuvert geöffnet und umarmte ihre Mutter spontan. »Wir beide auf einem Tauchtrip beim Blue Hole in Dahab. Oh Mama, ich glaub's einfach nicht.«

»Doch. Ich habe beschlossen, wieder mit dem Tauchen zu beginnen«, sagte sie zu ihrer Tochter. Das war zwar eine

Lüge, denn bisher hatte Signe es keine zwei Meter tief ins Wasser geschafft, aber jetzt hatte sie wenigstens ein Ziel.

Signe drückte ihrer Tochter einen Kuss auf die Wange und griff nach einem Champagnerglas, obwohl sie lieber ein Bier gehabt hätte. Mit dem Glas in der Hand blickte sie in die Runde der Gäste. Einige von ihnen kannte sie noch aus ihrer Zeit mit Christer, aber die meisten waren ihr völlig fremd.

Plötzlich entdeckte Signe einen Mann im Smoking, der ihr irgendwie bekannt vorkam. Angestrengt durchforstete sie ihre Erinnerung und dann fiel es ihr wieder ein. Es war der Unbekannte aus der Schwimmhalle, der Maria vor ein paar Tagen beim Training beobachtet hatte. ›Was hat dieser Mann hier zu suchen?‹, dachte Signe, als sie sich dem Fremden näherte. »Wir kennen uns aus der Schwimmhalle in Kungsholmen«, sagte sie direkt.

»Sie haben ein gutes Gedächtnis.« Der Mann wirkte nicht im Geringsten überrascht, sondern lächelte sie freundlich an. »Ich bin Björn Estand und trainiere die schwedische Olympiamannschaft. Zurzeit bin ich noch auf der Suche nach ein paar zukünftigen Talenten. Deshalb habe ich auch Ihre Tochter beobachtet, um zu sehen, ob sie bereits für die Jugendolympiade infrage kommen könnte.«

»Das wäre ja toll! Hat Maria gute Chancen?«, fragte Signe aufgeregt und ihr Misstrauen legte sich.

»Das wird sich noch herausstellen«, meinte Björn, der sich nicht in die Karten blicken ließ.

Signe wollte noch weitere Fragen stellen, doch in diesem Augenblick tauchte ihr Ex-Mann auf und drückte ihr zwei Küsse auf die Wangen. Noch immer sah er aus wie ein Surfer-Typ aus Hawaii, obwohl sich die Fältchen um seine

Augen vertieft hatten. Er blieb vor Signe stehen und maß sie mit einem prüfenden Blick.

»Du hast dein langes Haar etwas geschnitten. Das steht dir aber sehr gut. So kommt dein hübsches Gesicht besser zur Geltung«, meinte Christer.

»Ist das ein Kompliment?«, fragte Signe ironisch.

»Natürlich, das ist die Wahrheit. Wenn du damals nicht so stur gewesen wärst, dann könntest du jetzt noch hier leben.« Christer wies mit der Hand auf sein Elternhaus, über dessen rote Fassade noch immer Sonnenstrahlen züngelten.

»Das hat doch eher mit dir zu tun gehabt«, konterte Signe. ›Mein Gott, Christer hat sich kein bisschen verändert. Noch immer definiert er sich über seine uralte Adelsfamilie‹, dachte Signe. »Wenn du nicht so ein Macho gewesen wärst und mich am liebsten am Herd gesehen hättest.«

»Dein anstrengender Job bei der Polizei ist einfach nichts für eine Mutter mit Kind«, ließ Christer nicht locker.

»Darf ich dich daran erinnern, dass ich nicht mehr undercover tätig bin, sondern seit zwei Jahren Cold-Case-Fälle bearbeite?«, schoss Signe lauter als beabsichtigt zurück.

»Na siehst du, jetzt bist du doch zur Besinnung gekommen«, meinte Christer selbstherrlich.

»Mama, darf ich dir Fahdi vorstellen?«

Zum Glück unterbrach Maria die Diskussion, denn Signe spürte bereits wieder eine aufgestaute Wut über Christers selbstgefällige Art in sich aufsteigen.

»Hej, Fahdi«, sagte sie und schüttelte dem jungen Mann die Hand. Der junge Mann war groß und hübsch mit einem Wust dunkler Locken. Er wirkte wie das Mitglied einer Boygroup. »Wo habt ihr euch denn kennengelernt?«, fragte Signe neugierig.

»Ziemlich langweilig, in der Schwimmhalle. Fahdi hat mich zu einem Wettkampf aufgefordert, aber er ist bei der Hälfte fast ertrunken«, lachte Maria und legte ihren Kopf an Fahdis Schulter.

»Maria sieht nicht nur toll aus, sondern sie wird sicher ein echter Schwimmstar«, meinte Fahdi zu Maria, die über dieses Kompliment glücklich lächelte.

»Woher stammst du, denn wie ein Schwede siehst du nicht gerade aus?«, fragte Signe augenzwinkernd, der jetzt wieder einfiel, dass sie unbedingt ihren ehemaligen Chef aus Malmö anrufen musste.

»Meine Familie kommt aus dem Libanon. Mein Vater arbeitet derzeit als Arzt hier in Stockholm.«

»Stell dir vor, was für ein Zufall, Mama«, unterbrach Maria ihren Freund. »Fahdi hat zuvor auch in Malmö gelebt. Dass ihr euch dort nicht über den Weg gelaufen seid?«

»Na ja, Malmö ist groß«, gab Signe zu bedenken und griff automatisch nach ihrem Handy. Die Worte Libanon und Malmö brannten wie Leuchtfeuer in ihrem Kopf und sie musste unbedingt wissen, was der Check von Fahdis Familie ergeben hatte. »Entschuldigt mich bitte einen kurzen Moment, ich muss dringend telefonieren.«

Die DJs mixten Marias Lieblingstitel und die Gäste tanzten ausgelassen zu den Beats. Signe schlenderte über den akkurat geschnittenen Rasen, lehnte sich an eine der Marmorskulpturen, die den Park bevölkerten, und wählte Eriks Nummer in Malmö.

»Ich bin's. Was ist mit dieser libanesischen Familie, deren Namen ich dir durchgegeben habe? Gibt es irgendeine Connection zu dem Al-Khali-Clan?«, fragte Signe, als sie Erik an der Strippe hatte.

»Du hast grünes Licht. Ich habe die Familie abgecheckt und konnte keine Verbindung feststellen. Deine Tochter ist also safe.«

»Danke.« Signe trennte die Verbindung. Sie kam gerade rechtzeitig zurück auf die Terrasse, als die Gäste »Happy Birthday« sangen und Maria sich verlegen auf der Bühne verbeugte.

Als Signe ihre hübsche Tochter in ihrem kurzen Lederkleid betrachtete, wurde sie sentimental. ›Wie lange wird Maria noch so ein unbeschwertes Leben führen?‹ Niemand konnte das garantieren. Dann mischte sie sich unter die Gäste und plauderte mit einigen Bekannten von früher. Die Zeit verging wie im Fluge und Signes Handywecker erinnerte sie an die letzte Fähre.

»Danke für das schöne Fest. Ich bin dann mal weg, sonst verpasse ich noch die Fähre«, sagte Signe und umarmte ihre Tochter.

»Warte, ich begleite dich hinaus.« Maria hakte sich bei ihrer Mutter unter und beide spazierten im sanften Licht der Fackeln den gekiesten Weg entlang. »Wann wohnst du wieder bei mir?«, fragte Signe, als sie zu ihrem Pick-up gingen.

»Lass mir Zeit, Mama. Hier gefällt es mir auch gut, vor allem mit meinen kleinen Stiefschwestern ist immer was los«, antwortete Maria mit einem Mal kühler und trat einen Schritt zurück.

Signe wollte etwas erwidern, doch dann sah sie plötzlich aus den Augenwinkeln den schwarzen SUV direkt hinter ihrem Toyota stehen. Die Türen öffneten sich und zwei Männer stiegen aus und kamen auf sie zu.

»Happy Birthday«, sagte der Jüngere der beiden und

streckte Maria einen Holzstab entgegen, auf dem ein bunter Vogel saß, der sich im Wind drehte.

»Oh, wie süß, ein Kolibri. Wer sind Sie?«, fragte Maria überrascht.

»Wir sind Freunde deiner Mutter.«

In diesem Moment hörte für Signe die Welt auf, sich zu drehen. »Geh sofort ins Haus, Maria«, zischte sie.

»Wieso?«

»Tu, was ich sage!«, herrschte sie ihre Tochter an. Sie griff automatisch unter das Jackett, erinnerte sich aber, dass sie die Pistole nicht mitgenommen hatte.

»Was wollen Sie? Wer ist Ihr Auftraggeber? Lassen Sie meine Tochter in Ruhe, sonst kann ich für nichts garantieren.«

»Wir haben nur Geburtstagsgrüße vorbeigebracht. Noch einen schönen Abend, Signe«, erwiderten die Männer freundlich, stiegen wieder in den SUV, wendeten und brausten durch das Tor davon.

Wie durch eine Wattemauer hörte sie die anklagende Stimme ihrer Tochter, die zwischen den Fackeln stand. »Spinnst du, Mama? Die zwei Typen wollten mir doch nur zum Geburtstag gratulieren. Warum warst du so unfreundlich, manchmal bist du echt komisch!«

»Maria, ich dachte, die Männer wollten dir etwas tun«, rechtfertigte sich Signe, denn sie konnte ihr natürlich nicht die Wahrheit sagen. Doch ihre Tochter war längst wieder in das hell erleuchtete Herrenhaus hochgelaufen und Signes Worte verhallten ungehört in der Dämmerung.

KAPITEL EINUNDDREISSIG

Am frühen Morgen schrillte Toms Handy und schlaftrunken nahm er den Anruf entgegen.

»Bist du noch im Bett? Ich warte bereits unten auf dich«, hörte er Signes Stimme, vermischt mit der eines Nachrichtensprechers aus dem Radio.

»Okay, gib mir fünf Minuten.« Hastig stieg Tom aus dem Bett, griff nach seinen schwarzen Klamotten, schlüpfte in die Boots und blickte sehnsüchtig auf die Kaffeemaschine, doch für einen Energieschub war keine Zeit mehr. Seufzend griff er nach der Wasserflasche und packte sie in seine Umhängetasche, dann fuhr er mit dem Aufzug nach unten. Beinahe hätte er vergessen, dass sie heute nach Värmdö fahren wollten, um nochmals mit dem Dorfpolizisten Birger Kohonen zu reden. Er eilte nach draußen, wo Signe in ihrem Pick-up bereits ungeduldig wartete.

»Hej!«, begrüßte Tom sie, doch Signe nickte bloß und fuhr mit aufheulendem Motor los.

»Ich habe übrigens Neuigkeiten. Meine Kollegin Cilia

hat etwas Interessantes erwähnt …« Tom wollte weiterreden, doch Signe bedeutete ihm mit einer Handbewegung zu schweigen. Die ganze Fahrt über fummelte Signe am Autoradio herum und erstickte jeden von Toms Versuchen, ein Gespräch zu beginnen, mit lauter Rockmusik im Keim. In Gustavsberg hielt sie den Pick-up plötzlich an, sprang aus dem Wagen, verschwand in einem Laden und kam kurz darauf mit zwei Pappbechern zurück.

»Kaffee für uns beide.«

Das waren die ersten freundlichen Worte, die Tom zu dieser Morgenstunde aus Signes Mund hörte.

»Ehe wir zu dem Polizisten fahren, möchte ich auch einmal die Thalberg-Villa besuchen, um die Atmosphäre zu spüren«, schlug Tom vor.

»Ich dachte, du bist ein Mann der Fakten und machst dir nichts aus Intuition?«, fragte Signe.

»Ich habe mich eben von dir eines Besseren belehren lassen«, erwiderte Tom lächelnd.

»Okay, wenn du meinst.« Zu seiner Überraschung nickte Signe zustimmend.

Jetzt saßen sie auf dem Bootssteg unterhalb der Thalberg-Villa und tranken ihren Kaffee.

»Was ist denn heute los mit dir?«, fragte Tom, dem Signes schlechte Laune langsam auf die Nerven ging. Da war definitiv eine dunkle Wolke, die über ihnen hing. »Du redest kaum und machst den Eindruck, als wäre dir etwas Schlimmes passiert.«

»Ach, es ist nichts«, blockte Signe einsilbig ab und versteckte mit einer nachlässigen Handbewegung ihr hübsches Gesicht hinter einem Wust aus dunkelbraunen Haaren.

»Hör mir mal zu, wenn wir zusammenarbeiten, dann

erwarte ich ein gewisses Maß an Vertrauen. Ich habe dir meine Geschichte mit Ingrid erzählt, aber du verschließt dich gerade wie eine Auster«, platzte es aus ihm heraus. Irgendwie wurde er nicht schlau aus Signe. Sie inszenierte sich als toughe Polizistin, reagierte jedoch äußerst sensibel, wenn man sie auf ihr Privatleben anredete. Und darüber wusste er so gut wie nichts. Außer, dass sie geschieden war, eine Tochter hatte und in Malmö bei der Polizei als Undercover gearbeitet hatte. ›Im Grunde ist Signe so wie ich‹, musste er sich allerdings ehrlicherweise eingestehen.

»Also gut. Gestern war ich bei meinem Ex-Mann auf der Geburtstagsfeier meiner Tochter eingeladen«, begann Signe plötzlich und trank einen großen Schluck Kaffee.

»Und wie ist es gelaufen?«, fragte Tom nach.

»Es ist etwas Eigenartiges passiert«, druckste Signe herum. Dann räusperte sie sich und erzählte Tom von den beiden Männern mit dem Kolibri-Windrad aus Holz.

»Vielleicht war das nur ein blöder Zufall und die beiden Typen wollten Maria wirklich bloß etwas zum Geburtstag schenken?«, wandte Tom ein.

»Unsinn, und das weißt du genau. Sie schenken Maria zufällig ein Windrad mit einem hölzernen Kolibri.« Signe betonte das Wort ›zufällig‹ übertrieben laut und stampfte mit dem Fuß so heftig auf die Holzbohlen, dass der Kaffee überschwappte und die braune Flüssigkeit zwischen den Ritzen hinunter ins Wasser tropfte. »Diese Männer wollten mich einschüchtern und wussten genau, wo sie den Hebel ansetzen mussten. Ich habe eine Verantwortung für Maria, darf sie nicht in meine Arbeit hineinziehen. Und genau das ist gestern geschehen.« Hastig berichtete Signe von ihrer Überreaktion und wie betroffen Maria vom Verhalten ihrer Mutter gewesen war.

»Glaubst du wirklich, dass diese Leute deiner Tochter etwas antun würden?«, fragte Tom.

»Wie naiv bist du eigentlich? Wir haben mit unseren Ermittlungen ein paar einflussreiche Personen aufgeschreckt und jetzt wird es für uns unangenehm.« Signe schüttelte ungläubig den Kopf. »Ich habe das damals schon in Malmö erlebt.«

»Was ist denn in Malmö passiert?«, fragte Tom behutsam nach. Er hatte den Eindruck, als würde der Eispanzer, der Signes Inneres gegen Schicksalsschläge immun gemacht hatte, langsam schmelzen.

»Mein Ex-Mann ist einer der erfolgreichsten Anwälte Schwedens und stammt aus einer alteingesessenen Familie. Er hat mich nach der Scheidung komplett über den Tisch gezogen und ich habe das Sorgerecht für Maria verloren. Ich war völlig durch den Wind und habe mich zu einer Undercover-Einheit gemeldet, um als verdeckte Ermittlerin zu arbeiten. Damals wollte ich einfach in eine andere Identität schlüpfen, in einer anderen Umgebung leben, um nicht mehr in meine leere Wohnung zurückkehren zu müssen und um meine verlorene Familie zu trauern. Ich habe etwas gemacht, das man als verdeckte Ermittlerin nie machen darf: Ich habe mich in den Gegner verliebt und bin dadurch angreifbar geworden.« Dann straffte Signe ihren Rücken und Tom spürte, dass sie sich wieder hinter ihrem Schutzwall versteckte. »Okay, aber jetzt genug von diesen privaten Dingen. Du hast vorhin während unserer Autofahrt kurz deine Kollegin erwähnt. Was ist mit ihr?«

»Cilia hat mir gegenüber angedeutet, dass Staatssekretär Johan Holmgren für die blockierte Anfrage aus dem Innenministerium verantwortlich sein könnte«, sagte Tom, der ebenfalls wieder in den Businessmodus umgeschaltet hatte.

»Dann sollten wir diesem Holmgren auch einmal auf den Zahn fühlen?«, antwortete Signe.

»Das ist gar nicht so einfach.« Tom erzählte von seinem vergeblichen Versuch, Cilia im Innenministerium zu verfolgen.

»Warum rufen wir Holmgren nicht an und vereinbaren ein Treffen? Wir bluffen einfach und konfrontieren ihn dann mit Fakten«, schlug Signe vor. »Wir müssen aber vorsichtig vorgehen, denn ich bin gestern vom Polizeidirektor höchstpersönlich ermahnt worden. Es gab eine Beschwerde aus dem Innenministerium.«

»Das ist doch noch ein Zeichen, dass jemand im Ministerium unruhig geworden ist, wenn der Polizeidirektor persönlich bei dir im Office erscheint«, meinte Tom und dachte kurz nach. »Aber wie sollen wir an Holmgrens Handynummer kommen? Der Staatsekretär hat sicher eine Geheimnummer.«

»Das kann Nelly für uns erledigen. Sie ist ein richtiger IT-Nerd.« Signe griff zu ihrem Handy und erklärte ihrer Kollegin den Sachverhalt.

Tom stand auf, streckte seine Arme in die Luft und sagte: »Jetzt würde ich mir gerne die Thalberg-Villa ansehen, in der diese schrecklichen Morde passiert sind.«

KAPITEL ZWEIUNDDREISSIG

Die Sonne spiegelte sich in den großen Glasflächen der Villa, als Tom und Signe den Bohlensteg entlanggingen. Sie kamen zu einer weitläufigen Terrasse, die über die ganze Breitseite des Anwesens reichte.

»Sehr beeindruckend«, meinte Tom. »Als Architekt muss Thalberg wirklich ein Genie gewesen sein, so wie er dieses Zusammenspiel von Natur und Wohnen geschaffen hat. Weißt du, was mich wundert? Die Villa sieht gar nicht sonderlich verwahrlost aus, obwohl das Gebäude seit fünfzehn Jahren leer steht.«

»Die Gemeinde kümmert sich darum«, erklärte Signe. »Nach dem schrecklichen Familienmord wollte niemand von den Verwandten darin wohnen. Also hat die Gemeinde die Villa von den Erben gekauft, wollte ein Jugendzentrum daraus machen, aber der Stadtsenat hat das aus moralischen Gründen abgelehnt. Tja, und jetzt steht das Anwesen eben leer.«

Sie gingen um die Villa herum und Signe schloss die Eingangstür auf.

»Schau dich in Ruhe um, ich möchte noch mal in Lukas' Kinderzimmer gehen«, sagte Signe und lief den breiten Flur entlang.

»Wonach suchst du eigentlich?«, rief ihr Tom hinterher, während er in einen gigantischen Wohnraum mit Blick auf die Ostsee trat.

»Der Psychiater Nyberg hat mir erzählt, dass der kleine Lukas Thalberg ein begabter Zeichner gewesen ist. Deshalb suche ich seinen Zeichenblock«, erklang Signes Stimme aus einem der hinteren Zimmer.

Tom verließ die riesige Wohnhalle und gelangte in einen breiten Flur, von dem verschiedene Räume abgingen. In einem davon stand gerade Signe. ›Das muss Lukas' Zimmer gewesen sein‹, dachte Tom, als er den gemalten Sternenhimmel an der Decke sah. Sein Blick verharrte auf dem abgezogenen Bett, wo sich auf der Matratze in Kopfhöhe ein dunkler Fleck abzeichnete. Er erinnerte sich, dass Lukas durch einen Kopfschuss getötet worden war, und musste unwillkürlich schlucken.

»Hier in der Kiste liegen ein paar Blöcke!« Signe griff hinein, schwenkte dann triumphierend einen Zeichenblock in der Hand und riss Tom aus seiner Erstarrung. »Ich sehe nur noch rasch in Malins Zimmer nach, ob der kleine Vogel etwas zu fressen hat«, sagte Signe und verschwand.

»Was für ein Vogel?«, wunderte sich Tom, doch die Polizistin war bereits im Nebenzimmer verschwunden.

»Oh nein!«, hörte er ihre erstickte Stimme und folgte ihr nach nebenan.

Signe stand vor einem hölzernen Vogelkäfig, dessen Silhouette an ein Herrenhaus erinnerte. Zwischen den dünnen Stäben sah Tom einen kleinen bunten Vogel steif auf dem Rücken liegen. Man musste kein Hellseher sein, um festzustellen, dass der Vogel tot war.

»Wie traurig. Der Vogel ist verhungert oder verdurstet«, meinte Signe betrübt.

»Sieht so aus.« Tom wies auf die leeren Futter- und Wasserschalen.

»Ich habe dir doch von der jungen Frau erzählt, die ich bei meinem ersten Besuch hier im Garten angetroffen habe. Sie ist wahrscheinlich immer durch die kaputte Terrassentür in Malins Zimmer eingestiegen und hat sich um den Vogel gekümmert. Vielleicht bekam sie dann Angst und hat den Vogel nicht mehr gefüttert.« Signe griff mit der Hand in den Käfig und holte den toten Vogel behutsam heraus. »Begraben wir ihn am Waldrand.«

»Diese mysteriöse junge Frau«, wiederholte Tom, während er mit Signe nach draußen ging. »Warum hat sie sich in der Nähe der Thalberg-Villa herumgetrieben? Kannte sie vielleicht Malin?« Er blieb stehen und blickte Signe fragend an.

»Das könnte durchaus möglich gewesen sein.« Signe schritt von der Terrasse hinaus auf die Wiese und weiter bis zur Grundstücksgrenze, wo das kultivierte Gelände in den dunklen Wald überging. Die Polizistin kniete sich auf den Boden und grub mit den Händen ein Loch in die Erde, in das sie dann den toten Vogel legte. Dann nahm sie ein paar Blätter und deckte den Vogel damit zu. Der Wind spielte mit Signes braunen Haaren und ihre Gesichtszüge wurden weich. Für einen kurzen Augenblick musste Tom an eine Szene mit seinem Bruder denken, der seine innig geliebte Hausratte Nils auf ähnliche Weise begraben hatte.

Als sie wieder zurück im Haus waren, ging Signe zielgerichtet nochmals ins Wohnzimmer. Die sanfte Aura, die sie noch vor Kurzem umgeben hatte, verflog, als sie systematisch die hölzerne Bücherwand nach etwas durchsuchte.

»Ich habe damals keine Zeit mehr gehabt, nach Fotoalben der Familie zu forschen«, meinte Signe.

»Diese Unterlagen wurden doch damals sicher von der Polizei mitgenommen?«, erwiderte Tom. »Aber du hast auch erwähnt, dass die Ermittlungen äußerst lax geführt wurden.«

Signe antwortete nicht, sondern durchstöberte weiter das Regal. Plötzlich entdeckte sie hinter einigen Architekturbänden ein dünnes Fotobuch.

»Tom, sieh dir das an!«, rief Signe und zog das Album heraus. Hastig blätterte sie durch die Seiten, es waren Fotos von einem Segeltörn. Unschwer waren Morton Thalberg und einige andere Männer darauf zu erkennen.

»Sieh mal einer an, die ganze Truppe ist hier versammelt: der Anwalt Sorensen, der Banker Engström, der Arzt Rosberg und da ist ja auch Holmgren, unser Staatssekretär. Oh, da wurden aber einige Seiten rausgerissen«, meinte Tom und wies auf winzige Papierfetzen zwischen den einzelnen Blättern.

»Stimmt«, murmelte Signe enttäuscht.

»Hier ist noch eine Aufnahme von Holmgren.« Tom tippte auf ein Foto. »Der Mann ist also mit Morton Thalberg besser bekannt gewesen.«

»Und er war nicht nur ein flüchtiger Bekannter, sondern ein engerer Freund, sonst hätte der Architekt ihn nicht zu dem Segeltörn eingeladen. Aber es fehlt leider die Hälfte des Fotos.« Tom zeigte auf eine zerrissene Aufnahme, auf der Holmgren lässig an der Kajütenwand lehnte. Doch der Teil des Fotos mit der Person, die ihren Arm um seine Schulter gelegt hatte, war nicht mehr da. »Wer könnte das wohl sein?«, überlegte Tom.

»Keine Ahnung.« Signe zuckte mit den Schultern. »Aber es muss jemand gewesen sein, der großen Wert darauf gelegt hat, nicht erkannt zu werden.«

Nachdenklich ging Tom hinaus in den breiten Flur. »Weißt du eigentlich, wo sich der Technikraum mit dem Sicherheitssystem befindet? In den meisten Zimmern sind die Kameras an der Decke installiert«, meinte er und deutete nach oben. »Das Überwachungssystem ist doch in der Mordnacht ausgefallen?«, fragte er Signe.

»Richtig, weil die Anlage defekt war. Die Technik befindet sich hinter dem Wirtschaftsraum.«

»Okay, ich sehe mir das einmal an.« Tom ging am Küchentresen vorbei, wo auf dem Boden noch immer die verblichenen Kreideumrisse der ermordeten Vera zu erkennen waren, und hastig wandte er den Blick ab.

Im Technikraum gab es mehrere Bildschirme und einen VHS-Rekorder für die Aufzeichnung. Tom schaltete den Strom ein und aktivierte die Bildschirme. Er drückte den Befehl Split-Screens und das Bild teilte sich in zwölf kleine Rechtecke, auf denen sowohl das Haus als auch die Außenanlage inklusive Steg und Straße zu sehen waren.

»Das ist ja merkwürdig«, sagte Tom und winkte Signe zu sich. »Geh bitte nochmals ins Wohnzimmer. Ich will überprüfen, ob die Kameras auch tatsächlich aufzeichnen.«

»Okay!« Signe lief zurück in den Wohnraum und blickte von dort direkt in die Kamera, die sich in einer Ecke befand. Auf dem Bildschirm war Signes ebenmäßiges Gesicht mit dem Muttermal zwischen den Augenbrauen deutlich zu erkennen. »Das Aufnahmegerät funktioniert einwandfrei«, sagte Tom, als Signe wieder in den Technikraum zurückkehrte. Er wies auf den VHS-Rekorder, an dem ein rotes Lämpchen aufleuchtete.

»Und was bedeutet das?«, fragte Signe gespannt.

»Na ja, die Anlage war nicht defekt, sondern jemand hat einfach das Videoband aus dem Rekorder genommen und durch eine leere Kassette ersetzt«, erklärte Tom.

»Moment mal.« Signe legte die Fingerspitzen an die Schläfen und überlegte konzentriert. »Das heißt, die Morde an der Familie Thalberg wurden aufgezeichnet, aber jemand hat das Band entfernt.«

KAPITEL DREIUNDDREISSIG

Birger Kohonen wohnte etwas außerhalb von Gustavsberg in einem imposanten schwedischen Haus. Es war ein lang gestreckter Bau aus dunkelrot lackiertem Holz mit zwei Giebeln und einem großen halbrunden Wintergarten, der sich zu einer weitläufigen Terrasse öffnete, von der aus man einen Panoramablick über das Meer hatte.

Bereits auf den ersten Blick war es für Signe eindeutig, dass er sich als junger Polizist damals dieses feudale Anwesen niemals von seinem Gehalt hatte leisten können.

»So sieht also eine typische Polizistenbehausung aus?«, meinte Tom ironisch, als sie auf das Haus zufuhren, vor dem ein knallroter Mini Cooper parkte.

»Wenn es mit rechten Dingen zugegangen ist, dann konnte sich Birger dieses großzügige Haus vor fünfzehn Jahren nur mit einem Kredit finanzieren.« Signe griff zum Handy und wählte Nellys Nummer.

»Hej, IT-Genie«, begrüßte sie ihre junge Kollegin.

»Überprüfe bitte, ob Birger Kohonens Haus mit irgendwelchen Hypotheken belastet ist.«

»In Ordnung, ich simse dir gleich das Ergebnis.«

Signe trennte die Verbindung und drehte sich zu Tom. »Bei Birgers Befragung brauchen wir eine klare Rollenverteilung. Ich leite das Gespräch und du klinkst dich bezüglich Fragen über seine Hausfinanzierung ein, okay?«

»Geht klar.« Tom tippte mit der Hand an seine Schläfe und öffnete dann mit Schwung die schwere Beifahrertür des Pick-up.

Während sie auf das Haus zugingen, bewunderte Signe die akkurat geschnittenen Sträucher, die wie ein Spalier links und rechts den Eingang säumten. Man merkte, dass hier ein Heim mit viel Liebe und Engagement von einer Frau gestaltet worden war.

Bereits nach dem ersten Klingeln wurde die breite Eingangstür geöffnet und eine sehr weibliche Frau mit blondem Pagenkopf öffnete.

»Ja bitte?«, fragte die Frau und ihre blauen Augen blinzelten freundlich.

»Polizei Stockholm.« Signe zückte ihren Ausweis, während Tom sich im Hintergrund hielt. »Ich bearbeite die ungelösten Thalberg-Morde und würde gerne mit Birger Kohonen noch ein paar Informationen austauschen. Und Sie sind?«, fragte Signe.

»Ich bin Lisbeth, Birgers Ehefrau«, erwiderte die Frau und lächelte breit. »Es tut mir leid, aber mein Mann ist noch auf dem Revier. Haben Sie ihn dort nicht erreicht?«, fragte sie erstaunt.

»Wie dumm, wir dachten, er hätte heute frei«, meinte Signe entschuldigend. Natürlich wusste Signe von Nelly, die ihr Birgers aktuellen Dienstplan gemailt hatte, dass der Polizist noch auf dem Posten war. Aber sie wollte unbedingt sein Haus vorab besichtigen und mit seiner Frau ein paar Worte sprechen. Deshalb nahm sie zu dieser Notlüge Zuflucht.

»Ich verstehe, aber Sie können gern hier auf meinen Mann warten, sein Dienst ist bald zu Ende.« Lisbeth machte einen Schritt zur Seite und ließ die beiden eintreten. »Möchten Sie Kaffee?«

»Ja, das wäre wirklich sehr nett von Ihnen.« Tom schenkte der Frau ein charmantes Lächeln.

»Schön haben Sie es hier«, meinte Signe anerkennend und blickte umher. Den großen Wohnraum dominierte ein ausladendes cremefarbenes Sofa, auf dem mehrere bestickte Kissen lagen. Ein flauschiger Teppich verstärkte die gemütliche Atmosphäre. Die Wände waren mit bunten Aquarellen geschmückt, die eine unberührte Schärenlandschaft darstellten.

»Hübsche Bilder«, ließ sich jetzt auch Tom vernehmen und wies auf ein Gemälde, das den kleinen Hafen von Värmdö zeigte. »Hat die ein ortsansässiger Künstler gemalt?«

»Nein, die sind nicht von einem Profi. Diese Aquarelle habe ich gemacht«, antwortete Lisbeth verlegen, die gerade mit einem Tablett mit Kaffeetassen aus der Küche zurückkam und dabei rot wurde. »Ich bin Zeichenlehrerin hier an der örtlichen Schule.«

»Warum so bescheiden? Sie sind eine richtige Künstlerin. Die Bilder sind wirklich toll«, sagte Signe und betrat den halbrunden Wintergarten. »Und dieser Blick auf die Ostsee ist phänomenal. Das Anwesen in dieser Lage muss ja eine Menge Geld gekostet haben.«

»Das stimmt. Aber Birger hatte damals im Lotto gewonnen, das war wirklich großes Glück. Es war das erste Mal, dass er gespielt hatte, und dann gleich so ein großer Gewinn. Von dem Geld haben wir das Haus gebaut.«

»Nicht schlecht, das muss ja ein riesiger Lottotreffer gewesen sein«, warf Tom ein. »Darüber muss sicher etwas in der Zeitung gestanden haben.«

»Nein, Birger wollte das nicht. Es gibt ja so viele Neider«, meinte Lisbeth.

»Das stimmt. Wie lange unterrichten Sie eigentlich hier im Ort schon als Lehrerin?«, fragte Signe weiter.

»Seit ungefähr zwanzig Jahren«, erwiderte Lisbeth nach kurzem Nachdenken.

»Dann hatten Sie ja sicher die Thalberg-Kinder Malin und Lukas als Schüler?«, mutmaßte Signe.

»Ja, ich muss noch immer an Malins tragisches Schicksal denken. Das arme Mädchen ist damals wie vom Erdboden verschwunden und nie wieder aufgetaucht. Die Kleine war ja die Wochen vorher schon ziemlich verstört im Unterricht, aber wer hätte denn ahnen können, dass sich diese Tragödie ereignen würde?«

»Moment, Sie habe gerade erwähnt, dass sich Malins Verhalten vor der schrecklichen Tat verändert hatte«, hakte Signe nach. Das deckte sich mit den Aussagen des Psychiaters Nyberg.

»Ja, Malin wurde immer aggressiver. Eine Woche vor der Tragödie bin ich nach dem Unterricht ins Klassenzimmer gegangen, weil ich etwas vergessen hatte. Alle Kinder bis auf Malin hatten bereits den Raum verlassen. Das Mädchen stand alleine an der Tafel und hatte ihren Pulli völlig mit Kreide verschmiert. Malin hat mich nicht bemerkt, so vertieft war sie darin, etwas an die Tafel zu schreiben.«

»Was war das?«, fragte Tom angespannt.

»Dutzende Male schrieb sie die Wörter ›Ich hasse Fred‹

an die Tafel. Immer wieder ›Ich hasse Fred‹. ›Wer ist dieser Fred?‹, habe ich sie gefragt, doch Malin hat nur wütend geschnaubt und verbissen weitergeschrieben. Dann hat sich mit einem Mal die Tür geöffnet und Malins Mutter Vera ist in den Raum gestürzt. ›Was machst du da? Was ist denn bloß mit dir los, Malin?‹, hat sie verzweifelt gefragt. Dann hat sie Malin umarmt, doch das Mädchen stieß sie weg.«

»Warum haben Sie das damals nicht der Polizei erzählt«, fragte Signe, die aufmerksam zugehört hatte. Sie hatte in den Protokollen keinen Vermerk darüber gelesen.

»Mein Mann hat gesagt, ich soll mich nicht einmischen. Das würde nur die Aufmerksamkeit der Öffentlichkeit auf uns lenken und die Presse würde uns belagern«, erklärte Lisbeth.

Signe wollte noch eine weitere Frage stellen, als plötzlich die Eingangstür geöffnet wurde.

»Schatz, ich bin zu Hause!«, hörte sie Birgers Stimme und kurz darauf kam der Polizist in voller Uniform ins Wohnzimmer. »Was wollt ihr denn schon wieder?«, fragte Birger erstaunt und sein Polarwolfgesicht verzerrte sich. »Ich habe euch doch bereits alles gesagt.«

»Wir waren in der Nähe, wollten uns dein tolles Haus mal ansehen und haben nur eine kleine Frage«, beruhigte Signe den Polizisten.

»Ach so.« Birger entspannte sich ein wenig und drehte seine Uniformmütze zwischen den Händen.

»In deinem Protokoll stand, dass das Aufnahmegerät in der Villa an jenem Abend defekt war«, schaltete sich jetzt Tom in die Befragung ein.

»Ja, genau so war es«, antwortete Birger und musterte Tom mit einem argwöhnischen Blick. »Bist du auch von der Kriminalpolizei?«

»Die Aufnahme funktioniert aber einwandfrei, das haben wir heute im Technikraum überprüft«, erwiderte Tom und ignorierte dabei bewusst Birgers Frage.

»Vielleicht hat jemand das Kamerasystem in der Zwischenzeit repariert?« Der Polizist reckte nervös den Hals, so als würde er keine Luft mehr bekommen, und öffnete den obersten Knopf seiner Uniform.

»Willst du uns nicht die Wahrheit erzählen? Was ist damals in der Villa wirklich geschehen?« Signe ließ Birger nicht aus den Augen und achtete auf dessen Reaktion. Es war eine Taktik von Signe, nach einer unverbindlichen Einleitungsphrase ihre Gesprächspartner sofort direkt und scharf zu befragen.

»Birger, wovon reden diese Polizisten?« Lisbeth starrte mit offenem Mund auf ihren Mann. »Hast du etwas mit den Thalberg-Morden zu tun gehabt?«

»Wie kommst du darauf, Schatz? Natürlich nicht.« Hilfesuchend griff Birger nach der Hand seiner Frau, doch diese zuckte zusammen und zog ihren Arm rasch weg.

»Hat dich vielleicht der Mörder beauftragt, die VHS-Kassette zu entfernen?«, schob Signe die nächste Frage nach. »Hast du sie durch ein leeres Band ersetzt?«

»Äh, nein, das stimmt nicht«, stotterte Birger nervös.

»Das glaube ich dir nicht. Wie war das mit dem verwischten Fußabdruck, von dem auch im Protokoll nichts zu lesen gewesen ist? Hast du diesen Fußabdruck unkenntlich gemacht?«, ließ Signe nicht locker, um Birger keine Atempause zu gönnen.

»Woher hattest du eigentlich so viel Geld für den Hausbau?«, fragte jetzt auch Tom.

»Das habe ich doch bereits erzählt«, warf Lisbeth mit

einem panischen Unterton in der Stimme ein. »Birger hat im Lotto gewonnen.«

»Ist das wirklich die Wahrheit?« Signe blickte den Mann fragend an.

Birgers rundes Gesicht war aschfahl geworden und er blickte betreten zu Boden.

»Weißt du, was ich glaube, Birger? Der Mörder hat dir das Geld für den Hausbau gegeben, dafür musstest du den Tatort manipulieren.« Signe beugte sich vor und fixierte ihn. »Du kennst den Mörder der Familie Thalberg. Nenne uns seinen Namen. Das kann sich strafmindernd für dich auswirken.«

»Stimmt das, Birger? Was hast du getan?«, kreischte Lisbeth und wich entsetzt vor ihrem Mann zurück. »Hast du jahrelang einen Mörder gedeckt! Ist das wahr? Ist das wahr?«, wiederholte seine Frau und schlug die Hände vors Gesicht.

»Schatz, ich habe die Thalbergs nicht ermordet. Ich habe nur etwas nach der Tat verschwinden lassen.« Birger versuchte, seine Frau zu umarmen, doch diese stieß ihn von sich.

»Rühr mich nicht an!«

»Birger Kohonen, ich nehme dich wegen Strafvereitelung und Behinderung einer Mordermittlung fest«, sagte Signe in amtlichem Tonfall. »Gib mir bitte deine Waffe.« Sie streckte den Arm aus.

»Ich habe das damals nicht gewollt«, keuchte Birger. Seine Augen quollen aus den Höhlen und sein Blick irrte panisch umher.

Signe hielt noch immer den Arm nach Birgers Waffe ausgestreckt, als plötzlich ein weißes Licht vor ihrem inneren Auge auftauchte. Für den Bruchteil einer Sekunde sah sie Birger in einer Blutlache auf dem Boden liegen. Doch ehe sie diese Vision rational erfassen konnte, war sie auch schon wieder vorüber.

»Ich geh nicht ins Gefängnis!« Plötzlich zog Birger seine Pistole und zielte damit auf Signe.

»Tu das nicht!«, rief Signe und fuhr gleichzeitig mit der Hand zu ihrer Waffe. »Du machst die Situation nur noch schlimmer.«

»Birger, mach keinen Blödsinn!« Lisbeth warf sich mit einem Mal auf ihren Mann, versuchte, ihm die Pistole zu entwenden. Sie klammerte sich an den Lauf der Waffe, drehte die Mündung von Signe weg hin zu Birger. Plötzlich löste sich ein Schuss, das Echo hallte von den Wänden wider und Signes Ohren klingelten. Mit einem erstaunten Gesichtsausdruck sackte Birger zusammen, presste die Hand auf seinen Bauch, wo zwischen seinen Fingern dunkles Blut hervorquoll.

»Oh mein Gott!«, schrie Lisbeth entsetzt auf, als sie das viele Blut sah.

»Kommen Sie.« Geistesgegenwärtig fasste Tom Lisbeth am Arm und zog sie von ihrem am Boden liegenden Mann weg.

»Birger, heißt der Mörder Johan Holmgren?« Signe kniete neben dem Polizisten, wählte den Notruf und lauschte gleichzeitig auf die gehauchten Worte des verletzten Mannes.

»Ich habe doch nur getan, was er wollte. Er hat mir befohlen, die Aufzeichnungen der Überwachungskameras verschwinden zu lassen«, keuchte Birger mit letzter Anstrengung.

»Wem hast du so bedingungslos gehorcht, ohne an die

Konsequenzen zu denken?«, fragte Signe und beugte sich über Birger.

Ganz langsam hob er seine blutverschmierte Hand, öffnete den Mund, stieß unartikulierte Laute aus. Mit seinen hellen Polaraugen blickte er Signe verzweifelt an, klammerte sich noch an das bisschen Leben, das in ihm steckte. Doch dann sackte sein Kopf zur Seite und er war tot.

KAPITEL VIERUNDDREISSIG

Die Warnlichter der Polizeifahrzeuge tauchten das schmucke Holzhaus in gespenstisches Blau. Ein dunkler Volvo hielt vor der Einfahrt und ein Mann mit Vollbart stieg aus. Er redete kurz mit einem Polizisten und blickte dann finster zum Haus.

Signe hatte diese Szene vom Fenster der Küche aus beobachtet und wartete, bis sich die Eingangstür öffnete und Kommissar Knudsen eintrat.

»Immer wieder treffe ich in letzter Zeit auf euch beide«, sagte Knudsen mit verkniffener Miene. »Was hat der Journalist hier am Tatort zu suchen?« Er wies auf Tom, der an der Wand lehnte und noch immer ziemlich betroffen wirkte.

»Wie ich bereits erwähnt habe, unterstützt mich Tom Persson bei den Ermittlungen zu den Thalberg-Morden«, erklärte Signe und schilderte Knudsen kurz, wie sich der tragische Vorfall zugetragen hatte. Dann erläuterte sie ihren Verdacht, dass Birger möglicherweise vor fünfzehn Jahren

Hinweise auf den Mörder der Familie Thalberg hatte verschwinden lassen.

»Du glaubst also, dass ein Polizist damals in die Thalberg-Morde involviert war?«, brummte Knudsen.

»Aber das liegt doch eindeutig auf der Hand«, erwiderte Signe. »Birger hat kurz vor seinem Tod noch gestanden, dass er die Aufnahmen zur Tatzeit entfernt hat. Und dafür hat er von dem Mörder Schweigegeld erhalten, denn wie konnte sich Birger damals mit seinem geringen Gehalt dieses stattliche Haus leisten?«

»Da ist tatsächlich was dran.« Knudsen strich sich über den Bart, während er kurz nachdachte. »Und hast du eine Vermutung, wer der Mörder der Thalbergs gewesen sein könnte? Hat Birger noch einen Namen genannt?«

»Nein, leider nicht«, antwortete Signe ausweichend. Noch immer hatte sie ein latentes Misstrauen diesem Polizisten gegenüber. Deshalb erwähnte sie auch nichts von ihrem Verdacht, dass vielleicht der Staatssekretär des Innenministeriums in diesen Fall verwickelt war. Signe wollte mit allen Mitteln verhindern, dass irgendjemand Johan Holmgren vorher warnen könnte.

»Vielleicht war Birger ja selbst dieser geheimnisvolle Täter? Dann wäre der Fall gelöst. Was hältst du von dieser Theorie?«, fragte Knudsen.

»Nein, das glaube ich nicht. Birger war überhaupt nicht der Typ für solch kaltblütige Morde«, widersprach Signe. »Birger war nur der Handlanger, der den Tatort manipuliert hat.«

»Da bin ich mir nicht so sicher.« Knudsen runzelte die Stirn. »Was sagt denn Birgers Frau zu dieser Geschichte?«

»Lisbeth ist im Moment leider nicht ansprechbar«,

schaltete sich jetzt auch Tom in das Gespräch ein. »Die Frau steht noch unter Schock.«

»Gut, dann inspiziere ich zunächst einmal den Unfallort.« Knudsen wandte sich an Signe und Tom. »Für eure schriftlichen Aussagen haltet euch beide zu meiner Verfügung.«

»Alles klar«, erwiderte Signe und gab Tom dann ein Zeichen. Beide verließen das Haus und gingen zum Wagen. Als sie auf der Straße Richtung Gustavsberg unterwegs waren, drehte sich der Journalist zu Signe.

»Warum hast du Knudsen nichts von deinem Verdacht gegen Staatssekretär Holmgren erzählt?«, fragte Tom.

»Ich traue Knudsen nicht ganz über den Weg.«

In einiger Entfernung entdeckte Signe das Schild einer Tankstelle, das ihr bekannt vorkam.

»Wer ist bloß dieser mysteriöse Fred, den Malin so gehasst hat? War er der Mörder? Kann vielleicht Holmgren dieser ominöse Fred gewesen sein?«, sinnierte sie.

»Das ist durchaus möglich«, pflichtete ihr Tom bei. »Holmgren hat sich bei meinem Gespräch im Wirtschaftsclub auffällig für die beiden Fälle interessiert. Und laut meiner Kollegin Cilia läuft bereits eine interne Untersuchung gegen ihn.«

Sie fuhren an der Tankstelle vorbei, als Signe den Pick-up plötzlich hart abbremste. »Jetzt erinnere ich mich wieder: Das ist die Tankstelle, an der ich vor ein paar Tagen diese eigenartige junge Frau aussteigen ließ.« Signe wendete den Toyota und fuhr zu der Tankstelle zurück. »Warte hier kurz auf mich«, sagte sie zu Tom und öffnete die Wagentür. Aus den Augenwinkeln sah sie eine flüchtige Bewegung an der Tür des Shops. Eine zierliche Person in einem Hoodie bog um die Ecke und verschwand. Signe eilte in den Shop, wo ein älterer Mann hinter dem Tresen saß und auf einem iPad einen Bollywood-Film ansah.

»Kripo Stockholm«, sagte Signe und der Mann zuckte zusammen. »Kennen Sie diese junge Frau?« Sie schob ihr Handy über den Tresen, damit der Mann das gezeichnete Porträt auf dem Display besser betrachten konnte.

»Ja, die Frau war gerade hier. Sie ist wie immer auf dem kleinen Pfad in den Wald verschwunden.« Der Mann deutete mit der Hand gezielt in eine Richtung. »Hat sie etwas ausgefressen?«, rief er Signe hinterher, doch sie war schon aus dem Shop gerannt, sprintete um die Ecke und betrat den Waldweg. Mit einem Mal verschwand die grelle Helligkeit und ein düsteres Zwielicht umgab sie. Sie folgte einem schmalen Trampelpfad, der immer tiefer in den Wald führte. Als sie ein lautes Knacken hörte, blieb sie kurz stehen und lauschte, aber da war niemand. Im Wind raschelten die Blätter und vereinzelte Sonnenstrahlen tauchten die Büsche in ein leuchtendes Gold. An einer Wegkreuzung verharrte sie und blickte sich um.

»Welche Richtung hast du bloß genommen?«, murmelte sie und bückte sich, um Spuren auf dem Boden zu entdecken. Plötzlich entdeckte sie einen abgeknickten Ast und am Wegrand frisch niedergedrückte Gräser. Signe bog nach rechts ab und lief den Pfad entlang, der sich immer mehr verengte. Tief hängende Äste peitschten ihr ins Gesicht, Dornenbüsche zerrten an ihrer Kleidung und dann erreichte sie eine kleine Lichtung, auf der ein niedriges Zelt mit Camouflagemuster stand. Vorsichtig näherte sich Signe dem Zelt, denn sie wollte das Mädchen auf keinen Fall verschrecken. Dann rief sie mit verhaltener Stimme: »Hej, ich bin Signe Nord. Wir kennen uns, ich habe dich vor einigen Tagen mit dem Auto mitgenommen, erinnerst du dich? Keine Angst, ich will nur kurz mit dir reden.« Signe wartete auf eine Antwort, doch außer dem Zwitschern der Vögel und dem Rauschen der Blätter war nichts zu hören. Langsam schritt sie auf das Zelt zu, hob die Plane an.

»Verflixt!« Enttäuscht ging Signe in die Knie. Das Zelt war leer. Vorsichtig kroch sie ins Innere, um sich ein wenig umzusehen. Auf dem Boden war eine Trekkingmatte ausgebreitet und darauf ein Schlafsack. Aus dem Rucksack ragte ein Buchumschlag. Signe griff danach, es war ein zerlesenes Exemplar von ›Der Begriff Angst‹ von Kierkegaard. Verwundert schlug Signe das Buch auf. Die junge Frau hatte nicht den Eindruck gemacht, als würde sie sich mit dem Werk des dänischen Philosophen auseinandersetzen. Ein vergilbter Zeitungsartikel segelte auf den Schlafsack. Es war

ein Bericht über die Thalberg-Morde mit einem Porträtfoto von den drei Toten. Daneben lag ein handgeschriebener Zettel mit den Kernaussagen des Buches: ›Angst mach unfrei, Angst als Möglichkeit der Freiheit und schließlich: Man muss lernen, sich zu ängstigen.‹ Signe fotografierte den Zeitungsartikel und die Notizen und legte ihre Visitenkarte mit ihrer privaten Handynummer dazu. »Melde dich bei mir!«, schrieb sie auf die Rückseite. Der Zeitungsausschnitt mit dem Foto der Toten gab ihr zu denken. ›Ob die junge Frau vielleicht doch Malin ist?‹

Grübelnd verließ sie die Lichtung, kehrte zurück zur Tankstelle, wo Tom bereits auf sie wartete. »Wo bist du nur geblieben?«, fragte der Journalist.

»Ich habe diese junge Frau, die ich in der Thalberg-Villa gesehen habe, verfolgt, aber sie ist mir leider entwischt. Aber ich habe ihre Unterkunft im Wald entdeckt.« Signe zeigte Tom die Fotos auf ihrem Handy.

»Scheint eine interessante Frau zu sein. Aber warum lebt

sie alleine im Wald und liest solche Bücher?«, meinte Tom, als er die handschriftlichen Notizen las.

»Weil sie vor etwas Angst hat und sich versteckt.« Sie setzten sich wieder in den Toyota, als Signes Handy klingelte. Es war Nelly.

»Ich habe Johan Holmgrens private Handynummer aufgespürt«, sagte ihre Assistentin voller Stolz. »War nicht leicht, aber ich habe es geschafft.«

»Du bist einfach genial, Nelly«, lobte Signe ihre Kollegin.

»Und was machen wir jetzt mit dieser Handynummer?«, fragte Tom, als Signe die Verbindung getrennt hatte und den Motor startete.

»Wir rufen Johan Holmgren an und vereinbaren ein Treffen«, schlug Signe vor. Ehe Tom etwas erwidern konnte, wählte sie bereits und wartete. Das regelmäßig ertönende Freizeichen erfüllte das Innere des Wagens, und Signe wollte gerade auflegen, als sich eine gediegene Männerstimme meldete.

»Ja bitte?«

»Hej, hier ist Signe Nord, Kripo Stockholm. Spreche ich mit Johan Holmgren.«

»Äh, ja«, antwortete Holmgren überrascht.

»Ich hätte da ein paar Fragen, die Sie mir vielleicht beantworten können.«

»Worum geht es denn? Ich bin gerade sehr beschäftigt«, blockte Holmgren sofort ab.

»Warum haben Sie die Anfrage der Rechtsmedizinerin Ingrid Ullman in der zentralen DNA-Datenbank des Innenministeriums blockiert?«, schoss Signe sofort die erste Frage ab.

»Woher wissen Sie das?«, erwiderte Holmgren überrumpelt, ohne zu überlegen.

»Das tut nichts zur Sache. Wir wissen noch viel mehr«, bluffte Signe. »Zum Beispiel, was Ihre Rolle bei den Thalberg-Morden angeht.«

Holmgren schwieg einen Moment, und Signe dachte schon, dass er die Verbindung getrennt hatte. Doch dann hörte sie ein leises Atmen und der Staatssekretär meldete sich zurück.

»Kommen Sie in einer Stunde in mein Haus. Dann erkläre ich Ihnen alles.«

KAPITEL FÜNFUNDDREISSIG

Die Lokale entlang der Küstenstraße von Smädslätten waren hell erleuchtet und an den Stränden bereits die riesigen Scheiterhaufen für die Mittsommerfeuer aufgestapelt. Tom blickte aus dem Beifahrerfenster und sah die Ostsee wie Silber glitzern. Er musste wie so oft in den letzten Stunden an seine Ex-Freundin in der Klinik denken.

»Genau hier werden wir Ingrids Genesung feiern«, murmelte er.

»Was hast du gesagt?«, fragte Signe, die der Route zu Holmgrens Haus folgte, die Nelly ihr geschickt hatte.

»Nichts, ich habe gerade an Ingrid gedacht«, erwiderte Tom einsilbig. »Glaubst du wirklich, dass Holmgren hinter den Thalberg-Morden steckt?«, wechselte er dann rasch das Thema.

»Holmgren hat doch indirekt zugegeben, dass er die Anfrage blockiert hat«, meinte Signe bestimmt. »Das heißt, der Mann hat zumindest etwas mit der toten Emma aus

Engströms Wagen zu tun. Das Mädchen hatte an der Innenseite des Handgelenks das gleiche Kolibri-Tattoo wie Malin. Es gibt also eine Verbindung zu den Morden vor fünfzehn Jahren.«

Nach einer kurzen Fahrt hatten sie ihr Ziel erreicht. Signe bog in eine von hohen Hecken gesäumte Straße ein, hinter denen sich große Villen verbargen.

»Ich bin gespannt, was uns Holmgren darüber erzählen wird«, überlegte Tom.

»Der Staatssekretär wird lügen und versuchen, seine Haut zu retten«, antwortete Signe.

Sie parkte den Pick-up am Straßenrand und beide stiegen aus. Auf der gegenüberliegenden Straßenseite startete gerade ein dunkler SUV und fuhr los.

Wie die anderen Häuser in der Straße war auch Holmgrens Villa von einer hohen Hecke umgeben. Tom drückte gegen das Gartentor, das zu seiner Überraschung aufschwang, sodass sie ungehindert eintreten konnten. Eine schwedische Flagge knatterte im Wind und ein Hund bellte in der Ferne. Das Anwesen war ein einstöckiger Bau aus hell gestrichenem Holz, das in der beginnenden weißen Nacht leuchtete. An den Fenstern waren Blumenkästen angebracht, aus denen sich violette Blumen emporrankten. An der Vorderseite des Hauses befand sich ein Erker, der mit seinem spitzen Dach wie ein Turm wirkte. »Es gibt kein Außenlicht und die Strahler im Garten sind nicht an«, wunderte sich Tom und wies auf das Securityschild an der Hauswand. Aus den Augenwinkeln bemerkte er, dass Signe ihre Waffe gezogen hatte und gebückt nach vorne eilte.

»Bleib hinter mir«, befahl ihm die Polizistin und lief zur Haustür.

Mit der Hand drückte Signe die Klinke und auch hier

schwang die unverschlossene Tür auf. Geschmeidig wie eine Raubkatze schlüpfte Signe in die Villa und Sekunden später vernahm Tom bereits ihre verhaltene Stimme. »Du kannst nachkommen.«

Als Tom in den breiten dunklen Flur trat, spürte er eine beklemmende Stille. Nur die Bodenbretter knarrten leise unter seinen Schritten.

»Hier scheint niemand zu sein«, flüsterte Tom, doch Signe bedeutete ihm zu schweigen. Noch immer hatte die Polizistin ihre Pistole in der Hand und lauschte angestrengt.

»Irgendetwas stimmt hier nicht.« Signe ging auf eine Tür zu, die vom Wohnraum abging, und öffnete diese vorsichtig. Sie betraten einen großen Raum, dessen Wände bis zur Decke mit Bücherregalen verdeckt waren, vor einem bodentiefen Fenster stand ein massiver Schreibtisch. Dahinter befand sich ein schwerer Bürostuhl und darin saß eine Person mit dem Rücken zu ihnen. Ein Computerbildschirm warf ein bleiches Licht auf die Schreibtischplatte.

»Staatssekretär Holmgren?«, fragte Signe und steckte ihre Waffe wieder zurück in den Holster. »Signe Nord, Kripo Stockholm, wir sind verabredet.«

Doch der Mann rührte sich nicht.

»Herr Holmgren?«, fragte jetzt auch Tom. »Wir kennen uns aus dem Wirtschaftsclub. Die Polizei ist hier, um Ihnen ein paar Fragen zu stellen.« Er trat nach vorne und drehte den Stuhl um. Die Person im Stuhl war zweifelsohne Holmgren. Doch das Gesicht des Staatssekretärs war verzerrt, und er hatte eine klaffende Wunde an der Schläfe.

»Verdammt, wir sind zu spät!«, fluchte Signe überrascht und griff in die Tasche ihres Parkas. Sie holte ein Paar Latexhandschuhe hervor und streifte sie über. »Berühre bitte nichts«, instruierte sie Tom. Vorsichtig fühlte Signe Holmgrens Puls. »Er ist tot«, konstatierte sie.

»Hat er sich erschossen?«, fragte Tom mit einem Blick auf die Schusswunde in der Schläfe des Staatssekretärs. »Es sieht aus wie ein Schuldeingeständnis«, schlussfolgerte er und wies auf die Polaroid-Fotos, die auf dem Schoß des Toten lagen.

»Das könnte auch eine gute Inszenierung sein und Holmgren wurde dazu gezwungen, sich zu töten, so ähnlich wie bei Engström«, mutmaßte Signe. Mit ihren behandschuhten Fingern griff sie nach einem der Polaroids. »Sieh dir das einmal an!« Signe zeigte Tom das Foto. Darauf war ein nacktes Mädchen von vielleicht zwölf Jahren zu sehen, das mit Schnüren wie ein Paket gefesselt war. An seinem Handgelenk war deutlich das Kolibri-Tattoo erkennbar.

»So ein perverses Schwein«, konnte Tom sich nicht zurückhalten und drehte sich angeekelt weg. »Die Sache scheint wohl eindeutig zu sein.«

»Hier liegt auch die Pistole, mit der sich Holmgren wahrscheinlich erschossen hat.« Signe kniete sich auf den Boden, wo eine Waffe lag. Währenddessen ging Tom zum Rechner, wollte gerade auf die Tasten tippen, als Signe ihn zurückhielt.

»Stopp. Du willst doch nicht, dass überall deine Fingerabdrücke zu finden sind. Lass mich das machen.« Signe weckte mit ihrem Handschuhfinger den Bildschirm auf und ein Dokument erschien.

»Mea culpa, meine Schuld«, las Signe. »Holmgren hat einen Abschiedsbrief hinterlassen.«

Tom beugte sich vor, um das Schreiben besser lesen zu können:

»Mea culpa. Ich bin schuldig. Jahrelang habe ich versucht,

meinen Drang und meine Sucht nach jungen Mädchen zu unterdrücken. Ich war in ärztlicher Behandlung. Einige Zeit haben die Tabletten geholfen, aber die Krankheit ist immer wieder ausgebrochen. Dafür trage ich jetzt die Konsequenzen. Johan Holmgren.«

»Was machst du da?«, fragte Tom, als Signe sich bückte und einen kleinen Schmutzklumpen antippte.

»Das ist braune Erde«, stellte Signe nach einer raschen Überprüfung fest.

»Ja und?«

»Warte.« Behutsam hob Signe ein Bein von Holmgren in die Höhe und untersuchte seine Schuhe. »Holmgrens Schuhsohlen sind nicht schmutzig. Und die Erde auf dem Teppich ist frisch. Ich vermute, er hatte erst vor Kurzem Besuch.«

Von draußen drang entfernt Sirenengeheul in den Raum und verscheuchte die lähmende Stille.

»Komm, lass uns verschwinden, ehe die Kollegen von der Kripo auftauchen.«

Hastig eilten sie aus dem Haus und fuhren an den Villen vorbei zur Schnellstraße. Nachdenklich tippte Signe einen Rhythmus auf das Lenkrad. »Wieso hat sich Holmgren mit mir verabredet und bringt sich dann vorher um? Das leuchtet mir überhaupt nicht ein. Wer wusste von diesem Treffen?«

KAPITEL SECHSUNDDREISSIG

Im Rückspiegel war der Horizont von dem rotierenden Licht der Einsatzfahrzeuge stahlblau gefärbt, als Signe und Tom mit Vollgas die Straße entlangfuhren. Gerade noch rechtzeitig vor dem Erscheinen ihrer Kollegen waren sie auf die Schnellstraße eingebogen und unauffällig in dem dichten Verkehr untergetaucht. Wahrscheinlich hatte ein Nachbar die Polizei alarmiert, da es in Holmgrens Haus merkwürdige Lichtstreifen zu sehen gab.

Beide schwiegen einen kurzen Moment und mussten das Erlebte erst verarbeiten.

»Holmgren war sicher auch Mitglied in diesem geheimnisvollen Kolibri-Club«, brach Signe die Stille. »Dort treffen sich die einflussreichsten Männer des Landes. Ich denke, da gibt es nicht nur Mädchenprostitution, sondern es werden auch Schwarzgeld gewaschen und andere illegale Geschäfte getätigt. Und Holmgren muss einer unbekannten Person von unserem Kommen erzählt haben.«

»Und dieser jemand hat Holmgren als Risiko gesehen und ihn erschossen«, schlussfolgerte Tom.

»Oder er hat einen Killer geschickt, der das erledigt«, überlegte Signe.

»Vielleicht war es Viggos SUV, den wir bei unserer Ankunft haben wegfahren sehen?«, sagte Tom.

»Ja, und ich habe das ungute Gefühl, dass Viggo bei diesem Club auch der Mann fürs Grobe ist«, kombinierte Signe. »Mit Engströms Sturz von Dach hat alles begonnen. Ich vermute auch, dass der schreckliche Überfall auf Ingrid auf sein Konto gegangen ist. Und jetzt Holmgren. In allen drei Fällen sollte es wie Selbstmord aussehen.« Sie dachte kurz nach. »Vielleicht gebe ich Knudsen einen Tipp, denn diese Fälle sind nicht mehr meine Ermittlung.«

»Ich hoffe, dass wir bald das Geheimnis dieses Kolibri-Clubs aufdecken und ich mit meiner Serie starten kann. Bringst du mich bitte ins Krankenhaus, ich möchte Ingrid noch kurz besuchen.« Tom strich sich die Haare zurück und blickte aus dem Fenster in die helle Nacht.

Plötzlich schrillte Toms Handy und er zuckte zusammen. »Ja, hallo? Die Verbindung ist schlecht«, sagte er und drückte die Freisprechtaste. »Jetzt funktioniert es besser. Wer spricht denn?«

»Ich bin Arzt im Karolinska. Sind Sie Tom Persson?«

»Ja, das bin ich«, antwortete Tom gepresst. Signe warf einen kurzen Blick auf ihn und bemerkte, dass sein Gesicht ganz blass geworden war.

»Ich muss Ihnen leider mitteilen, dass Ingrid Ullmann soeben verstorben ist. Sie hat einen Schlaganfall erlitten.«

»Oh nein, wie entsetzlich«, flüsterte Signe und lenkte den Wagen an den Straßenrand.

»Hallo, sind Sie noch dran?«, hörte sie die Stimme des

Arztes und sah, dass Tom wie abwesend das Handy hob, um zu antworten.

»Verdammt, ich wollte gerade zu ihr fahren. Hat Ingrid noch etwas gesagt, ehe sie …?«, fragte er mit heiserer Stimme und brachte es einfach nicht fertig, den Satz zu Ende zu bringen.

»Ja, Ingrid war ganz kurz bei Bewusstsein und hat ein paar Mal einen Namen gemurmelt«, informierte ihn der Arzt.

»Einen Namen? Und welchen?«, wunderte sich Tom und konnte nur mühsam die Tränen zurückhalten.

»Tom.«

Das Wort schwebte gleichsam durch den Pick-up, und Signe glaubte, ersticken zu müssen. Sie öffnete das Seitenfenster, um frische Luft zu schnappen. ›Ich muss Tom jetzt beistehen‹, dachte sie und drehte sich zu ihm. Signe umfasste seinen Nacken und zog seinen Kopf zu sich. »Es tut mir so leid«, flüsterte sie.

»Schon gut.« Tom richtete sich wieder auf und räusperte sich. »Fahr mich bitte ins Krankenhaus, ich muss mich von Ingrid verabschieden«, sagte er mit rauer Stimme.

»Klar doch.« Signe startete den Pick-up und schweigend fuhren sie zur Klinik. Als Signe vor dem Eingangsbereich anhielt, stieg Tom aus und lief die Stufen hinauf.

»Ich warte hier auf dich!«, rief ihm Signe hinterher. Sie lehnte den Kopf an die Nackenstütze und ließ noch einmal die Ereignisse der letzten Nacht Revue passieren. Ihre Ermittlungen waren wie ein tückischer Strudel, der immer mehr Personen in den Abgrund riss. Vielleicht sollten sie rechtzeitig die Reißleine ziehen und die Nachforschungen stoppen, um noch mehr sinnlose Morde zu verhindern. Aber auf der anderen Seite war Signe mit vollem Einsatz Polizistin, und Malins Verschwinden und der Tod des Mädchens im Kofferraum mussten aufgeklärt werden. Sie fummelte am Schaltknopf des Radios herum, da sie die Stille plötzlich nicht mehr ertragen konnte, erwischte eine Nachrichtensendung, die eine Eilmeldung über den überraschenden Tod des Staatssekretärs Johan Holmgren brachte. »Wie uns die Pressestelle der Polizei gerade mitteilte, ist Staatssekretär Holmgren freiwillig aus dem Leben geschieden.« Es folgte eine kurze Würdigung von Holmgrens Verdiensten für Schweden.

»Wenn die nur die Wahrheit wüssten«, murmelte Signe und schaltete angewidert das Radio wieder aus.

Plötzlich öffnete sich die Beifahrertür und Tom stieg ein. »Das ist alles, was mir von Ingrid geblieben ist«, sagte Tom und zeigte ihr die dünne Halskette mit der halben Münze in Form eines Halbmonds. »Die andere Hälfte war für mich bestimmt, aber ich habe sie nie getragen. Ich hatte Angst davor.« Er nahm die Kette und zog sie über seinen Kopf. Dann blickte Tom verzweifelt aus dem Fenster und seine Kiefermuskeln zuckten.

»Du kannst heute nicht alleine bleiben, Tom«, sagte Signe spontan. »Komm mit mir auf die Insel. Keine Widerrede.«

Der Journalist nickte und blickte sie dabei mit leeren Augen an.

Zum Glück erreichten sie noch rechtzeitig die letzte Fähre und waren zwanzig Minuten später auf Signes Insel Stora Fjäderholmen. Das rote Holzhaus strahlte magisch im Licht der Autoscheinwerfer, als Signe darauf zufuhr. Das war ihr Zufluchtsort, hier kam sie immer zur Ruhe und konnte neue Kraft schöpfen. Vielleicht konnte dieser magische Ort jetzt auch Tom ein wenig in dieser schweren Stunde helfen.

»Lass uns hinunter zum Steg gehen«, schlug Signe vor, als sie ausstiegen. »Ich hole uns zwei Bier, dann können wir reden.« Sie legte die Plastiktüte mit Lukas' Zeichenblock und dem Fotoalbum aus der Thalberg-Villa auf die Bohlen, ging langsam den Weg entlang und verschwand im Inneren des Hauses. Kurz darauf erschien sie mit zwei eisgekühlten Bierflaschen wieder draußen und ging zu Tom, der regungslos auf dem Steg saß und auf die stille Ostsee starrte.

»Hier, dein Bier.«

Schweigend griff Tom nach der Flasche und prostete Signe zu.

»Danke, aber ich habe seit drei Jahren keinen Tropfen Alkohol mehr getrunken«, sagte er und leerte den Inhalt der Bierflasche ins Wasser. »Ingrid hätte nicht gewollt, dass ich wieder damit anfange.« Gedankenverloren spielte Tom mit der leeren Flasche und ließ sie über den Boden rotieren.

Signe wusste, dass jetzt nicht der richtige Zeitpunkt war, um Tom zu fragen, ob er früher zu viel getrunken hatte. Deshalb fragte sie: »Wie hast du Ingrid eigentlich kennengelernt?«

»Ich habe sie eines Tages in der Bar auf der Fähre nach Slussen getroffen. Sie hat dort oft gefrühstückt. Schon zeitig in der Früh hatte diese wunderbare Frau ein Lächeln auf den Lippen. Zunächst haben wir uns einmal in der Woche zum Frühstück auf der Fähre verabredet, dann hat sie mich spontan eines Morgens in meinem Loft besucht. Alles andere hat sich ergeben, bis ich aus Feigheit den Schlussstrich unter unsere Beziehung gesetzt habe. Das hat Ingrid damals sehr wehgetan. Sie hat mich sehr geliebt und ich sie natürlich auch, wie ich zu spät festgestellt habe.« Wieder machte Tom eine Pause und drehte die Flasche, sodass sie mit dem Hals zu Signe zeigte. »Was ist mit dir und deinem Leben passiert? Jetzt bist du an der Reihe«, sagte Tom. »Du bist doch so tough, warum hat man dich zu den Cold Cases abgeschoben?«

»Oh nein, heute Abend musst du reden. Es ist deine Katharsis«, widersprach Signe. Vor ihrem geistigen Auge sah sie das Drama am Containerhafen von Malmö, sah ihren toten Kollegen und hörte den Fluch, mit dem der Clan-Chef sie belegt hatte. Auf keinen Fall wollte sie an diesem Abend darüber sprechen. »Diese Nacht gehört dem Andenken an Ingrid«, sagte sie leise.

»Na gut, vielleicht hast du recht. Verliebt habe ich mich in Ingrid, als sie mich damals spontan besucht und ausgelassen zu Joy Division getanzt hat. Sie war so voller Lebenslust, dass sie sogar die depressiven Klänge dieser Band in fröhliche Songs verwandeln konnte. Es gab auch Reibungspunkte in unserer Beziehung. Ingrid war zehn Jahre jünger und wollte unbedingt Kinder bekommen, aber ich schob dieses Thema immer wieder hinaus. Ich wollte einfach keine Verantwortung übernehmen.«

»Hattest du Angst, dass es zu eng wird?«, fragte Signe.

»Ja, vielleicht, aber es ist etwas kompliziert. So wie das meiste in meinem Leben«, erwiderte Tom kurz angebunden.

»Alles klar, das verstehe ich«, meinte Signe. »Ingrid hat dich aber bis zum Ende geliebt. Sie hat ja deinen Namen gesagt.« ›Ob es für mich auch einen Menschen geben wird, der mich trotz allem so bedingungslos liebt?‹, dachte Signe und blickte in den violett gefärbten Himmel. Die Wellen der Ostsee schlugen leise an die Planken des Bootsstegs und das rote Führungsseil kreiste wie eine Schlange in einem Strudel. ›Ist jetzt der richtige Zeitpunkt für das Entblößen der Seelen?‹ Doch Signe konnte nicht über ihren Schatten springen und verschloss ihr Herz wieder.

»Was ist eigentlich damals vor fünfzehn Jahren passiert, als deine Journalistenkarriere so jäh unterbrochen wurde?«, fragte sie stattdessen leise. Signe griff nach ihrer Bierflasche und trank sie leer. Tom setzte sich aufrecht und verschränkte die Beine ineinander. An seinem Gesichtsausdruck erkannte Signe, dass ihm dieser Themenwechsel recht war, so musste er nicht weiter über Ingrid sprechen.

»Von einem Insider erfuhr ich, dass Morton Thalberg mit seiner Architekturfirma und einem Baukonsortium Fördermittel unterschlagen hatte. Für ein Kongresszentrum in einem Problemviertel erhielten sie EU-Gelder. Gebaut wurde mit billigen Materialien, mit den EU-Zuständigen wurden aber hochwertige Baustoffe abgerechnet und der Großteil des Geldes verschwand nach Zypern.«

»Woher hattest du diese ganzen Informationen?«, fragte Signe, die interessiert zugehört hatte.

»Das hat mir ein Bauleiter erzählt, der über die Umstände bei diesem Projekt nicht mehr schweigen wollte. Er war der Hauptbelastungszeuge, denn mit seiner Aussage wären alle Beteiligten in den Knast gewandert. Aber es kam nicht einmal zu einem Prozess.«

»Was ist denn schiefgegangen?«, wunderte sich Signe.

»Tja, der Bauleiter ist leider bei einem angeblichen Unfall von einem Gerüst gestürzt und im Krankenhaus verstorben. Das Konsortium verklagte mich und ich verlor den Prozess, musste eine saftige Geldstrafe zahlen, die mich finanziell fast ruiniert hatte. Auch die Zeitung, bei der ich angestellt war, ließ mich fallen, und später stellte ich fest, dass der Chefredakteur an einer Firma von Thalberg beteiligt gewesen war. Ich begann zu trinken und brachte nichts mehr auf die Reihe. Bis ich in einer Bar den ehemaligen Wirtschaftsprüfer Bert Hofmann getroffen habe. Bert hat mich dann unter seine Fittiche genommen und mir einen PR-Job für die kleinen Shops besorgt, die er steuerlich berät.«

»Hm, wir zwei haben anscheinend eine steinige Vergangenheit. Gott sei Dank habe ich wieder einen Weg zu meiner Tochter gefunden«, stellte Signe fest.

»Du musst aufpassen, dass es dir nicht so geht wie mir. Dass du das Liebste verlierst. Deshalb musst du deine Tochter beschützen, denn sie ist das Wertvollste, was es gibt. Du musst für sie in der Zukunft leben, lass die Vergangenheit ruhen.« Nach diesen Worten stand Tom auf und streckte sich. »So, ich bin hundemüde und lege mich aufs Sofa. Was für ein beschissener Tag.«

»Warte, ich habe ein Gästezimmer«, sagte Signe und erhob sich ebenfalls. »Komm mit.« Sie betraten das kleine Haus und Signe überlegte, wann zum letzten Mal ein Mann in diesen Räumen gewesen war. Sie konnte sich nicht mehr erinnern, es musste schon Ewigkeiten her sein. Sie öffnete eine Tür und schaltete das Licht ein. Es war ein schmuckloser Raum mit einem Bett, einem Schrank und einer Kommode. Im weichen Licht der Lampe wirkte das Zimmer wie eine Klosterzelle. »Ist ein bisschen einfach«, entschuldigte sich Signe.

»Aber nein, es ist wunderbar, mit dem Rauschen der Wellen einzuschlafen«, widersprach Tom. »Bei mir daheim braust nur der Verkehrslärm.«

»Okay. Wenn du etwas brauchst, ich bin draußen.« Signe drehte sich um, umarmte Tom und er drückte sie fest an sich. Die Umarmung war einen Tick zu lang und brachte ihr Blut in Wallung. Hastig löste sie sich von ihm und schloss die Tür hinter sich. ›Ich darf nicht denselben Fehler begehen wie damals‹, dachte sie und holte sich noch ein Bier aus dem Kühlschrank.

Sie ging wieder hinunter zum Bootssteg und griff nach der Plastiktüte, die auf den Bohlen lag. Erneut blätterte sie durch das Fotoalbum, betrachtete die zerrissenen Fotos und überlegte, wer wohl ein Interesse daran hatte, unsichtbar zu bleiben. In Gedanken spielte sie mögliche Szenarien durch, immer wieder geisterten die Namen Viggo und Knudsen durch ihre Gedanken. Knudsen hatte Zugriff auf sämtliche Polizeiprotokolle, er kannte die Arbeitspläne und hatte sicher auch die Möglichkeit, ihr Telefon im Polizeinetzwerk abzuhören. Dann fiel ihr auch wieder das eigenartige Verhalten ihrer Chefin Estrid vor ein paar Tagen in ihrem Büro ein. Aber das waren im Moment nur vereinzelte Gedankenspiele, denn für konkrete Anschuldigungen fehlten ihr die Beweise. Seufzend griff Signe nach Lukas' Zeichenblock und schaute ihn rasch durch. Der Psychiater Nyberg hatte es richtig erkannt, der Kleine war ein begabter Zeichner gewesen, seine Aquarelle mit den Tieren und Blumen waren sehr detailreich und naturalistisch. Lange betrachtete Signe eine Zeichnung, die einen Wald darstellte, mit einem hohen Baum im Zentrum, in dem sich ein nuanciert gezeichnetes Vogelnest befand. Aus diesem Bild wurde Signe nicht so richtig schlau, auch nicht aus der Bildunterschrift ›Malins Nest‹, die darunterstand. Was hatte dieser Baum bloß mit Malin Thalberg zu tun? Sie hatte keine Ahnung. Enttäuscht legte Signe den Zeichenblock zurück auf den Steg. Im mystischen Licht der skandinavischen Sonne blickte Signe die Küste entlang, die wild und unberechenbar war wie sie.

KAPITEL SIEBENUNDDREISSIG

Als Signe am nächsten Morgen erwachte, hatte sie noch immer Toms Worte im Ohr: ›Du musst in der Zukunft leben und nicht in der Vergangenheit.‹ Sie schwang sich aus dem Bett und öffnete den Schrank. Ganz hinten unter einem Wust an alten T-Shirts zog sie den Badeanzug hervor, den sie seit Jahren nicht mehr getragen hatte. Mit klopfendem Herzen schlüpfte sie in den dünnen roten Lycra-Stoff, der sich wie eine zweite Haut an ihren Körper schmiegte. Dann schlich sie auf leisen Sohlen hinunter ins Wohnzimmer, um ihren Gast nicht zu wecken. Sie zog die Vorhänge zur Seite, öffnete die Tür und trat optimistisch hinaus in den neuen Tag. Aus dem Schuppen neben dem Haus holte sie ein paar Wettkampfflossen, die noch immer wie neu aussahen. ›Ist das wirklich vernünftig, was ich vorhabe?‹, ging es ihr durch den Kopf. Die Sonne war noch hinter einem dünnen Wolkenschleier verborgen und eine frische Windbrise wehte von der Küste her, doch die Ostsee war ruhig und schien nur auf sie zu warten.

Signe setzte sich an den Rand des Bootstegs, schlüpfte in die langen Flossen und spielte gedankenverloren mit dem roten Seil.

Vor vielen Jahren hatten ihr Vater Carl und Signe täglich trainiert, um sich auf einen Freitauchwettbewerb im ›Blue Hole‹ in Dahab vorzubereiten. Es war ein anspruchsvoller Wettbewerb, denn das ›Blue Hole‹ hatte eine Tiefe von 110 Metern und einen Durchmesser von 150 Metern, die man ohne Sauerstoffflasche durchtauchen musste.

Beim Training trugen sie Gürtel mit einem Karabiner, den sie am Sicherungsseil befestigten. So konnten sie nicht von der Strömung abgetrieben werden. Beide tauchten schon einige Meter tief, und Signes Lunge war noch immer mit Luft gefüllt. Die Stille unter Wasser war so überwältigend, dass sie sich wie in Trance fühlte. Vor ihr tauchte Carl, doch etwas an seinen Bewegungen irritierte Signe. Sie schwamm zu ihm und sah, dass er ohnmächtig am Sicherungsseil hing. Hastig versuchte sie, den Karabiner zu öffnen, doch der Verschluss hatte sich in dem Sicherungsseil verhakt. Ihr Herz schlug in wilder Panik und die Stille gellte in ihren Ohren. Der Karabiner klemmte und Signe spürte, wie die Luft langsam knapp wurde. Fieberhaft riss sie an dem Haken, doch dieser saß fest und sie konnte ihren Vater nicht am Sicherheitsseil entlang nach oben ziehen. Dann probierte sie, den Gurt zu öffnen, doch ihre Hände zitterten zu sehr. Immer wieder wurde ihr schwarz vor Augen und sie war am Rande eines Blackouts. Sie wusste, dass sie durch ihre Hektik kostbare Luft vergeudete, aber ihr Herz raste und sie bekam ihren Körper nicht mehr unter Kontrolle. Der Druck in ihrem Kopf nahm zu und ihre Lungen schienen zu bersten. Kurz bevor sie ohnmächtig wurde, schnellte sie nach oben und zog sich mühsam auf den Steg. So rasch sie konnte, lief sie zur Bootshütte und suchte nach einem Messer. Dann packte sie die Sauerstoffflaschen und sprang erneut in die Tiefe. Das Gewicht der Tauchflaschen riss sie viel zu schnell nach unten und es rauschte dumpf in ihren Ohren. Carls Umrisse tauchten in dem schwarzen Wasser auf. Wie ein einsamer Tänzer drehte er sich um das Sicherungsseil. Seine Arme und Beine hingen leblos an seinem Körper, so als würden sie nicht mehr zu ihm gehören. Sein Gesicht war bleich und seine Augen starrten Signe anklagend an. Verzweifelt schob Signe ihrem Vater das Mundstück des Atemreglers zwischen die Lippen, doch es erfolgte keine Reaktion mehr. Sie säbelte mit dem Messer den Gurt durch, packte Carl und schwamm mit dem leblosen Körper an die Oberfläche. Doch Signes Vater war bereits tot, als sie ihn auf den Steg zog. Der Notarzt stellte später fest, dass Carl einen Sekundentod erlitten hatte und jede Hilfe zu spät gekommen wäre. Dennoch gab sich Signe die Schuld daran und war seitdem nie wieder getaucht.

»Ich hätte nicht in Panik geraten dürfen, Papa«, flüsterte sie, während sie ihren Gurt am Sicherungsseil befestigte. »Dann hätte ich noch genug Luft gehabt, um den Gurt zu öffnen und dich nach oben zu ziehen. Dann wärst du noch am Leben.«

Sie schloss die Augen und verdrängte die düsteren Gedanken. Die Wellen umspielten ihre Beine und leckten an ihren Kniekehlen, schienen sie aufzufordern: »Los, überwinde deine Blockade, tauche hinab in die Tiefe.« Signe zögerte nicht länger, holte noch einmal tief Luft, dann stieß sie sich von der Kante ab und zog sich an dem Seil nach unten.

›Wie habe ich diese Ruhe vermisst‹, dachte Signe, als sie die ersten Meter mit gleichmäßigem Flossenschlag nach unten glitt. Je tiefer sie hinabtauchte, desto größer wurde die Stille, die sie umgab. Vereinzelte Sonnenstrahlen leuchteten in die Tiefe, wurden zu goldenen Pfeilen, die ihr den Weg wiesen. Elegant wie früher passierte sie die Zehn-Meter-Marke, dann die fünfzehn und erreichte zwanzig Meter, ohne Probleme zu bekommen. ›Wie konnte ich die letzten Jahre nur auf dieses Gefühl verzichten?‹ Plötzlich tauchte schemenhaft das Gesicht ihres Vaters aus der Tiefe auf und seine Augen betrachteten sie liebevoll: »Du hast damals alles versucht. Es war mein Herz, das nicht mehr wollte. Lass endlich los, Signe.«

Die Küste und das kleine Holzhaus waren ihr Ruhepol, hier konnte sie ihre Batterien aufladen. Plötzlich erinnerte sie sich an die Worte ihres Vaters, als sie immer weiter in die monumentale Stille hinabtauchte: »Du kannst jederzeit hierher zurückkehren, wenn dir etwas passiert. Dieses Haus ist dein kleines Nest, das dich vor der bösen Welt beschützt.«

Signe stutzte und vernahm erneut das Echo von Carls Stimme in ihrem Kopf. »Dieses Haus ist dein kleines Nest, das dich vor der bösen Welt beschützt.«

Sie stoppte ihren Tauchgang, griff nach dem Führungsseil und begann mit langsamen Flossenschlägen wieder aufzutauchen. Dabei scrollte sie sich gedanklich durch die Blätter von Lukas' Zeichenblock, verharrte vor dem Bild des riesigen Baums mit dem Vogelnest, sah vor ihrem geistigen Auge den Satz »Malins Nest«. Und plötzlich wusste sie, was diese Zeichnung darstellen sollte, erkannte die Bedeutung.

Mit einem letzten Flossenschlag erreichte sie die Oberfläche und zog sich am Bootssteg hoch. Hastig streifte sie die Flossen ab und lief zurück ins Haus. Tom stand bereits in seinen schwarzen Klamotten in der Küche und hatte eine Kaffeetasse in der Hand.

»Hej«, sagte er und ein zaghaftes Lächeln zog über sein kantiges Gesicht. »Solltest du dir nicht etwas Trockenes anziehen?«, meinte Tom und wies auf die Pfütze, die Signe auf dem Küchenboden hinterließ. »Ich habe Kaffee …«

Tom wollte weiterreden, doch Signe würgte ihn ab. »Ich weiß jetzt vielleicht, wo sich Malin nach dem Mord an ihrer Familie versteckt hat«, sagte sie atemlos. »Wir müssen noch mal zur Thalberg-Villa fahren und im angrenzenden Wald danach suchen. Ich ziehe mich rasch an.«

Sie hastete die Treppe hoch und warf ihren nassen Badeanzug in das Waschbecken. Hastig rubbelte sie sich trocken, schlüpfte in Jeans und T-Shirt, drehte ihre nassen Haare zu einem kleinen Knoten.

»Komm«, spornte sie Tom zur Eile an und eilte nach draußen.

Kurz darauf saßen sie in Signes Toyota und fuhren zum Fähranleger. Die kurze Fahrt auf der Schnellstraße nach Värmdö erschien Signe unglaublich lang, und ein Stau zehrte an ihren Nerven.

»Erklärst du mir jetzt endlich, was wir überhaupt suchen?«, fragte Tom, der ihre Nervosität mitbekommen hatte, als sie endlich die Insel erreichten und durch Gustavsberg fuhren.

»Lukas hat auf einer Zeichnung einen Baum mit einem Vogelnest gemalt und darunter ›Malins Nest‹ geschrieben. Ich wusste zunächst nicht, was diese dunkle Krone in den Ästen zu bedeuten hat, aber während des Tauchens ist es mir in den Sinn gekommen. Es ist ein Nest aus Zweigen und Blättern, das sich Malin vielleicht als ihren kleinen Rückzugsort gebaut und wo sie sich damals vor dem Mörder versteckt hat. Die Suchmannschaften haben nur den Boden durchforstet, aber niemand hat in den Himmel geblickt.«

KAPITEL ACHTUNDDREISSIG

Vor der Thalberg-Villa parkte Signe den Pick-up und sprang hinaus. In der Hand hielt sie Lukas' Zeichnung.

»Glaubst du, dass wir den richtigen Baum finden werden?«, fragte Tom skeptisch und deutete auf den dichten Wald, der an das Grundstück grenzte.

»Lukas hat sehr naturalistisch gezeichnet und in dem Baum ist auch eine Markierung.« Signe zeigte Tom ein wackeliges ›M‹, das Lukas in den Stamm gemalt hatte.

Hastig umrundeten sie die Villa, schritten über den vertrockneten Rasen und tauchten ein in die Wildnis des düsteren Waldes.

»Wir halten uns an den schmalen Weg, Malin ist sicher nicht mitten durch das Unterholz geflüchtet«, überlegte Signe. Langsam gingen sie den Trampelpfad entlang, blieben oft stehen, überprüften Baumstämme, um nichts zu übersehen. Immer wieder stoppte Signe mitten auf dem Weg, legte den Kopf in den Nacken und starrte in den dichten Blätterhimmel. Dann beugte sie sich über Lukas' Zeichnung, verglich das Bild mit den verschiedenen Baumkronen.

»Zoom diese Baumkrone näher heran«, gab sie Tom Anweisungen, der mit seiner Handykamera Äste und Blätter aufnahm und vergrößerte. Auf diese Weise kamen sie jedoch nur schleppend voran, und es wurde immer heißer.

»Es ist schon zu lange her und der Wald viel zu sehr verwildert, die Suche ist aussichtslos. Vielleicht gibt es das Nest gar nicht mehr«, meinte Tom nach einer Weile schwer atmend und wischte sich den Schweiß von der Stirn.

»Doch, das Nest existiert noch, das sagt mir meine Intuition. Solange auch nur ein Fünkchen Hoffnung besteht, suchen wir weiter. Diesen verflixten Baum muss es geben, er sieht auf der Zeichnung so charakteristisch aus«, blieb Signe stur. Sie nahm ihre Wasserflasche trank einen Schluck. »Aber wenn du zu erschöpft bist, dann warte bei der Villa auf mich. Ich suche weiter.«

»Ich gebe bloß zu bedenken, dass vielleicht ein Sturm das Nest zerstört hat.«

»Nein, es ist kompakt und hält Wind und Wetter stand«, antwortete Signe. ›Woher nur habe ich diese Gewissheit?‹, fragte sie sich unwillkürlich, wusste darauf aber keine Antwort.

»Vielleicht hast du ja recht. Deine Eingebung war doch in der Vergangenheit immer richtig«, lenkte Tom ein. »Dort vorne mündet der Pfad in eine Lichtung, dann ist der Weg zu Ende.« Der Journalist schaute auf einen sonnenbeschienenen Fleck in einiger Entfernung.

»Moment.« Signe holte die zerknitterte Zeichnung erneut hervor und verglich sie mit dem, was sie vor sich sahen. »Der Baum steht doch auf einer Lichtung, oder was meinst du?« Sie reichte Tom das Blatt.

»Ja, aber auf dem Bild ist die freie Fläche viel größer«, warf Tom ein.

»Es sind doch inzwischen fünfzehn Jahre vergangen«, überlegte Signe. Mit dem Blatt in der Hand lief sie auf die Lichtung zu und entdeckte tatsächlich einen Baum, der jenem auf der Zeichnung ähnelte. Sie beugte sich vor und suchte nach dem Zeichen, konnte es aber an dem Stamm nicht finden. Enttäuscht wollte sie schon aufgeben, da fiel ihr Blick auf eine verwitterte Einkerbung ein Stück höher. Vorsichtig wischte sie mit den Fingerspitzen Moos und lockere Rinde weg, es war ein ›M‹. Das Zeichen hatte zwar mit den Jahren seine Form ein wenig verloren, war aber immer noch zu erkennen. Mit der Schuhspitze stieß sie an einen Gegenstand, der unter Laub und Gestrüpp halb verborgen war. Es war ein Inhalator, wie man ihn benutzte, wenn man Asthma hatte.

»Hier liegt Malins Inhalator. Das ist der Baum!«, rief Signe euphorisch und wurde vor Aufregung ganz hibbelig. Konzentriert umrundeten Tom und sie den Baumstamm, entdeckten brüchige Kerben, die in den Stamm geschlagen worden waren.

»Ich kann bis jetzt nichts erkennen.« Tom zoomte mit seinem Handy die Baumkrone heran. »Halt, da ist etwas, es sieht aus wie ein großes Nest aus Brettern und Zweigen.« Er hielt Signe sein Handy mit der Vergrößerung entgegen.

»Das muss Malins Nest sein«, war sich Signe sicher. »Ich klettere hoch und sehe mir das an.« Sie warf ihre Lederjacke auf den Boden und setzte einen Fuß auf den ersten Einschnitt, der unter ihrem Gewicht bedenklich knackte.

»Pass auf, das ist gefährlich«, warnte Tom.

»Keine Sorge, ich bin vorsichtig.« Signe trat auf die nächste Vertiefung, dann erreichte sie noch eine. Sie war jetzt ungefähr bei der Hälfte des Stamms und die ersten Äste behinderten ihren weiteren Aufstieg. Jetzt fehlten auch die Kerben und Signe kletterte an den Ästen höher. Vorsichtig hangelte sie sich von Ast zu Ast, warf einen Blick nach unten. Tom stand am Fuße des Baumstamms und beobachtete sie mit angespannter Miene.

»Was ist?«, rief er.

»Nichts, alles okay«, antwortete Signe und wischte sich den Schweiß von der Stirn. Sie legte den Kopf in den Nacken, starrte nach oben. ›Wo ist nur dieses Nest?‹, dachte sie. Plötzlich knickte ein morscher Ast mit einem hässlichen Geräusch unter ihren Füßen weg. Geistesgegenwärtig packte Signe einen dicken Zweig über ihr mit beiden Händen und hing kurz in der Luft, ehe sie wieder sicheren Halt fand.

Endlich erreichte sie die Baumkrone und sah das Nest. Es bestand aus vielen Zweigen, die um einen stabilen Bretterboden wie zu einem Weidenkorb geflochten waren. Sie bildeten einen vertrockneten Kokon aus Blättern, Zweigen und Stroh. Aus der Nähe wirkte das Gebilde wie ein überdimensioniertes Ei mit einer kreisrunden Öffnung in der Mitte.

Vorsichtig balancierte Signe auf einem Ast entlang, tastete sich Zentimeter um Zentimeter weiter und erreichte die Öffnung. Mit den Händen befreite sie den Eingang von dem Pfropfen aus Ranken und trockenen Blättern, der sich die Jahre über gebildet hatte und eine natürliche Schranke darstellte. Endlich hatte Signe den Durchlass so weit geöffnet, dass sie ins Innere kriechen konnte. Ein Geruch nach Staub, Moos und Fäulnis umhüllte sie. Die trostlose Dunkelheit wurde nur kurz zerrissen, wenn ein verirrter

Sonnenstrahl sekundenweise ins Innere drang. Signe zog das Handy aus der Tasche ihrer Jeans und schaltete die Lampe ein, um sich einen Überblick zu verschaffen. Sie sah eine vermoderte Decke, Papierfetzen und ein zerschlissenes Sweatshirt. Vorsichtig kroch Signe näher, griff nach einem Stück Holz und hob die Decke an. Entsetzt zuckte sie zurück und ließ das Handy sinken. Der Lichtstrahl zuckte über den Bretterboden, beleuchtete die Papierfetzen. Es war ein Ort unendlicher Traurigkeit. Der Modergeruch wurde stärker und Signe rang pfeifend nach Atem. Sie presste die Lippen zusammen und leuchtete erneut unter die Decke. Der Lichtkegel geisterte über Stroh, erhellte einen weißen Knochen, eine skelettierte Hand. Das Licht glitt höher, spinnwebartige Haarfragmente warfen bizarre Schatten, aus einem verrotteten T-Shirt ragte ein weiterer Knochen. Signe zog mit dem Holz das T-Shirt ein wenig zurück, sah ein verschimmeltes Etikett mit einem verblichenen Namen. Das Gesicht von Malin geisterte durch Signes Gedanken. Sie sah ein in Todesangst fliehendes Mädchen, das sich aus Furcht vor einem grausamen Mörder hier in einem scheinbar sicheren Versteck verkrochen hatte. Doch diese Sicherheit war trügerisch. Die ganze Tragik dieses grausigen Fundes manifestierte sich in der erschütternden Erkenntnis, die Signe in Worte fasste: »Mein Gott, es ist Malin.«

KAPITEL NEUNUNDDREISSIG

Der Wind hatte sich gelegt, das Rauschen der Blätter war verstummt und die Vögel hatten aufgehört zu zwitschern. Die Hitze legte sich bleiern über die Landschaft, und Tom hatte den Eindruck, als hätte sich mit einem Mal eine bedrückende Stille über den Wald ausgebreitet. Die Natur verharrte für einen kurzen Moment in stiller Trauer um die tote Malin.

Tom hielt Signe die Wasserflasche hin, die sie in einem Zug leerte. Seit die Polizistin das kokonartige Nest verlassen hatte und mühsam nach unten gestiegen war, saß sie unter dem riesigen Baum und starrte ins Leere.

»Was haben wir nur für einen Scheißjob«, murmelte Signe. »Dort oben in den Bäumen liegt in einem Nest das Skelett eines zwölfjährigen Mädchens und ausgerechnet ich musste es finden.«

»Noch ist es nicht sicher, dass es Malins sterbliche Überreste sind«, versuchte Tom zu relativieren.

»Wer soll es denn sonst sein?« Signe blickte hoch und

schob sich verschwitzte Haarsträhnen aus dem Gesicht. Die Gesichtsfarbe der Polizistin war blass und ihre hellen Augen blickten unstet umher. »Lukas hat das Versteck doch gezeichnet, sogar der Buchstabe im Baumstamm passt. Ob wir jemals erfahren werden, was sich dort oben in dem Nest zugetragen hat? Mein Vater hat gesagt, in einem Nest würde man sicher sein, aber das glaube ich jetzt nicht mehr.«

Beunruhigt betrachtete Tom Signe. Der Fund der Leiche hatte die Polizistin ziemlich mitgenommen und er hatte das Gefühl, als würde Signe nur noch auf einem schmalen Grat balancieren und könnte jederzeit das Gleichgewicht verlieren, um in eine tiefe Depression zu stürzen. Innerhalb kürzester Zeit waren sie mit drei Todesfällen konfrontiert worden und das zehrte auch an seinen Nerven. Er wusste, dass ihn die grausamen Bilder von Ingrid in der Badewanne voller Blut in seinen Träumen verfolgen würden, genauso wie Signe Malins Skelett in den dunklen Stunden zwischen Mitternacht und Morgen heimsuchen würde.

»Okay, lass uns zurück zum Haus gehen und die Kollegen informieren. Es muss so rasch wie möglich ein DNA-Abgleich gemacht werden, damit wir Gewissheit erlangen, ob das Skelett wirklich Malin ist.« Signes Worte rissen ihn aus seinen trüben Gedanken. Bedrückt gingen die beiden den schmalen Pfad durch den Wald zurück zur Villa. Als sie die verdorrte Wiese des Grundstücks erreichten, sah Tom eine Bewegung zwischen den hohen Büschen, die rings um das Anwesen wucherten.

»Achtung«, flüsterte er Signe zu. »Bei dem Haus ist jemand.«

Er bemerkte, wie sich Signes Körper sofort straffte und ihre Niedergeschlagenheit einer konzentrierten Aufmerksamkeit wich. Die Polizistin zog ihre Waffe und schob Tom hinter sich.

»Ich checke das«, sagte Signe leise und lief mit der Pistole im Anschlag geduckt auf das Gebüsch zu. In diesem Moment sprang eine Gestalt hoch und rannte an der Terrasse entlang. Für einen kurzen Moment drehte die Person den Kopf in Toms Richtung und zu seiner Verblüffung erkannte er die Frau: Es war das Waldmädchen, von deren Gesicht er ein Phantombild gesehen hatte.

»Bleib sofort stehen!«, hörte er Signe rufen und sah, wie sie der jungen Frau hinterhersprintete. Tom zögerte nicht lange, sondern nahm ebenfalls die Verfolgung auf. Das Mädchen versuchte, wieder in den Wald zu gelangen, um in dem schützenden Dickicht unterzutauchen. Tom wollte ihr den Weg abschneiden und rannte quer über den Rasen. Er versteckte sich hinter den formlosen Ziersträuchern am Grundstücksrand und seine Vermutung war richtig, denn die junge Frau lief direkt auf ihn zu. Als sie auf gleicher Höhe mit Tom war, sprang er aus seinem Versteck.

»Stopp!«, rief Tom und stellte sich ihr mit ausgebreiteten Armen in den Weg.

»Keine Angst, wir tun dir nichts«, keuchte Signe, die jetzt auch dazukam und das Mädchen am Arm festhielt. »Wir wollen nur mit dir reden.« Signes Stimme klang beruhigend und Tom bemerkte, wie sich die junge Frau langsam entspannte. Sie war schlank und durchtrainiert. Das blonde Haar hing ihr strähnig über die Schultern und an ihrer gebräunten Haut erkannte man, dass sie viel im Freien unterwegs war.

»Du hast mich neulich mit deinem Wagen mitgenommen. Bist du Signe Nord?«, fragte die Frau schüchtern.

»Ja«, erwiderte Signe und strich der jungen Frau sanft über die Haare.

»Und wie heißt du?«, fragte Tom vorsichtig, um sie nicht zu verstören.

»Nuri«, murmelte sie und senkte den Kopf.

»Was für ein schöner Name. Nuri, verrate uns, warum du dich immer in der Nähe der Villa herumtreibst«, übernahm Signe jetzt die Befragung. »Du stellst Wiesenblumen an den Gedenkstein und hast eine Zeit lang den Vogel gefüttert. Warum tust du das?«

»Ich war früher Malins Freundin«, hauchte Nuri fast unhörbar. »Ich komme immer hierher in den Wald zu Malins Baum, um ihre Stimme zu hören.« Nuri tippte sich mit dem Zeigefinger an die Schläfe. »In meinem Kopf ist sie das fröhliche Mädchen, das ich gekannt habe. Nicht das traurige leblose Etwas in dem Nest.« Während sie redete, begann Nuri zu zittern, und umklammerte Signes Hand. »Malin muss begraben werden«, flüsterte sie mit wirrem Blick. »Sie kommt sonst nie zur Ruhe.«

Tom runzelte die Stirn und musterte verstohlen die junge Frau. Er schätzte Nuri auf Mitte zwanzig und auf ihn machte sie einen zerrütteten Eindruck.

»Erzähle uns einfach, was du damals erlebt hast. Wie hast du Malin kennengelernt?« Signe nahm Nuri an der Hand und führte sie zur Terrasse der Villa, wo sich die beiden auf den Boden setzten.

»Ich habe Malin zu Beginn immer nur im Auto gesehen. Sie saß ganz hinten in dem Wagen und hat mit großen Augen nach draußen geblickt und gewartet. Dabei hat sie die Mädchen beobachtet, die nacheinander in dem Haus verschwunden sind.«

»Moment«, hakte Signe nach. »Hast du Malin hier in einem Auto gesehen?«

»Nein, das war bei dem Gutshof auf dem Land.« Nuri schloss die Augen und schien sich die Szenerie erneut ins Gedächtnis zu rufen. Ihre Kinnmuskeln zuckten und ihre Augenlider flatterten. Tom befürchtete, sie würde gleich in Ohnmacht fallen.

»Beschreibe uns den Gutshof«, forderte Signe Nuri auf.

»Es gab eine Zufahrt durch eine lange Allee, und der Gutshof ist einstöckig und hat ein geschwungenes Dach mit kleinen Fenstern.«

»Du meinst ein Walmdach mit Gauben?«, ergänzte Tom, der aufmerksam zuhörte.

»Und es gab viele Zimmer. Mehr weiß ich nicht. Ich wurde immer gleich nach unten geführt. Dort war es meistens dunkel und schrecklich.« Nuri schwieg und ihr Zittern verstärkte sich ein wenig.

»Es ist gut.« Signe streichelte Nuris Schultern. »Wem hat das Auto gehört, in dem Malin saß?«

»Ich weiß es nicht.«

»Und woher bist du gekommen?«, fragte jetzt Tom so behutsam wie möglich.

»Aus dem Sozialheim ›Bla duva‹, Blaue Taube. Von dort hat er mich immer abgeholt«, antwortete Nuri und starrte dabei fortwährend nur auf Signe, so als hätte sie Angst, einen Mann anzusehen.

»Würdest du den Typen wiedererkennen, der dich abgeholt hat?« Signe zog ihr Handy hervor und scrollte sich durch die Bilder. Eines davon hielt sie Nuri vor das Gesicht. »War es dieser Mann?«

Nuris Gesicht wurde bleich und sie nickte heftig. Signe drehte das Display zu Tom und das harte Gesicht mit dem dunkelhaarigen Pferdeschwanz war nicht zu verkennen: Es war der Clubbesitzer Viggo Stefansson. Dieser Typ hatte also minderjährige Mädchen aus dem Sozialheim in einen abgelegenen Gutshof gebracht. Tom konnte sich unschwer ausmalen, was dort vor sich ging. Das musste der geheimnisvolle Kolibri-Club sein, von dem Bert gesprochen hatte.

»Eines Tages ist Viggo zu dem Auto gegangen und hat Malin aussteigen lassen. Dann ist ein Mann mit Maske erschienen und hat Malin mitgenommen. Zu mir hat Viggo gesagt, jetzt wird Malin endlich Fred kennenlernen«, berichtete Nuri weiter.

»Wer ist Fred?«, fragte Tom dazwischen.

Nuri warf ihm einen ängstlichen Blick zu, doch Signe beruhigte sie. »Tom ist auf unserer Seite. Also, wer ist Fred? Würdest du ihn wiedererkennen?«

»Nein, ich weiß nicht, wer er ist. Er trug immer eine Maske, genauso wie all die anderen Männer in den Räumen.«

»Ist dir sonst etwas an diesem Fred aufgefallen?«

»Fred hat immer eine Melodie gesummt, es klang wie die Lieder in der Schule.«

»Kannst du dich an die Melodie erinnern?« Signe bemühte sich, so ruhig wie möglich zu fragen, obwohl ihre Anspannung von Sekunde zu Sekunde wuchs.

Nuri summte das einfache Lied und stoppte plötzlich. »Ich kann nicht, jetzt ist alles wieder da«, murmelte sie und schlug sich mit der flachen Hand auf die Stirn.

»Was ist denn in dem Gutshof passiert?«, fragte Signe sanft.

»Das hier!« Nuri zog ihr T-Shirt in die Höhe und Tom sah Schnitte und Narben, die den schlanken Körper der jungen Frau übersäten. Eine unbändige Wut kochte in ihm hoch und er wünschte sich, jeden einzelnen dieser Männer zur Verantwortung ziehen zu können. Mit seinen Artikeln würde er sie bloßstellen, ihre Stellung in der schwedischen Gesellschaft ein für alle Mal zunichtemachen. »Irgendwann bin ich aus dem Heim abgehauen. Ich wusste ja, wo Malin wohnt, und bin per Autostopp auf die Insel. Ich habe mich im Wald versteckt und mich mit Malin getroffen. Ich habe ihr geraten, ihren Eltern zu beichten, was in dem Gutshof vor sich geht. Aber Malin war zu verstört und wollte nicht mehr daran erinnert werden. Zu mir hat sie gesagt, dass sie sich den Arm mit dem Tattoo gerne abhacken würde. Wir haben dann beide beschlossen zu flüchten und uns in Stockholm zu verstecken. Ich wollte sie eine Woche später bei ihrem Baum im Wald treffen.«

»Aber in der Zwischenzeit wurden Malins Eltern und ihr Bruder ermordet«, ergänzte Signe mit düsterer Stimme.

»Ja, und ich habe sofort gewusst, wo Malin sich verkrochen hat. Ich bin zu dem Baum gerannt, hochgeklettert und fand Malin tot in ihrem Nest.« Nuri verbarg ihren Kopf zwischen den Knien und ihre Stimme klang dumpf. »Ich glaube, dass Malin erstickt ist, weil sie ihren Atemspray nicht dabeihatte. Der Inhalator hat auf dem Boden beim Baum gelegen.«

»Du meinst ihren Asthmaspray?«, fragte Signe nach. »Malins Psychiater hat mir erzählt, dass sie Anfälle bekam, wenn der Stress zu groß für sie wurde. Hat sie dir davon erzählt?«

»Ich habe es selbst miterlebt. In dem Moment, als Viggo ihr das Tattoo gestochen hat, begann sie zu zittern, wurde kreidebleich. Sie hat dann ihren Spray benutzt, den sie immer mit sich trug. Anstatt ihr zu helfen, hat Viggo ungerührt weiter mit der Nadel ihre Haut bearbeitet, bis das blöde Kolibri-Tattoo fertig war.«

»Du musst uns zu dem Gutshof führen, versuche dich zu erinnern«, insistierte Signe.

»Ich weiß nicht mehr, wo es ist. Ich hatte meistens die Augen verbunden. Wir fuhren zuerst auf der Autobahn, dann eine gewundene Straße entlang. Einmal habe ich die Binde ein wenig angehoben, als wir dort waren, und den Gutshof gesehen. Drinnen in dem Anwesen gab es einen Saal mit einem Podest, wo die Mädchen vorgeführt wurden. Und oben dann die Zimmer, wo wir ...« Nuri schwieg und atmete heftig aus und ein.

»Hast du den kleinen Vogel in der Thalberg-Villa gefüttert?«, wechselte Signe geschickt das Thema, da Nuri von ihren dunklen Erinnerungen überrollt wurde.

»Ja, der Vogel lag verletzt auf der Terrasse, und ich habe ihn gesund gepflegt und ihn dann in den Käfig gesetzt. Das hat Malin auch immer mit den kleinen Vögeln gemacht, nur die letzten Tage habe ich mich nicht mehr in die Villa getraut«, sagte Nuri und räusperte sich heftig.

»Wo hast du dich eigentlich die ganzen Jahre über versteckt? Es sind ja immerhin fünfzehn Jahren seit Malins Tod vergangen. Hat dir jemand geholfen?«, fragte Tom und versuchte dabei, Nuri nicht ins Gesicht zu blicken.

»Ich habe mich meistens im Wald versteckt. Chem, der Besitzer der Raststätte, hat mich im Winter in seinem Lager schlafen lassen. Er hat mir auch mit Nahrung und Bekleidung geholfen, dafür habe ich seinen Laden gereinigt. Er war Philosophieprofessor in Damaskus und hat mir auch das Buch über die Angst geborgt.« Nuri schwieg eine Weile und blickte sehnsüchtig zum Waldrand. »Was passiert jetzt mit mir? Kann ich wieder zurück in mein Zelt?«

»Das ist keine gute Idee«, meinte Tom. »Du solltest dich erst einmal erholen und dann alles niederschreiben, was dir sonst noch einfällt.«

»Mit deiner schriftlichen Aussage kriegen wir die Männer, die dir das und den anderen Mädchen angetan haben«, ergänzte Signe. Sie nahm ihr Handy und rief Knudsen an. Hastig erzählte sie ihm von dem Leichenfund und dem Inhalator, den sie in einer Plastiktüte an dem Baum befestigt hatte. Zum Schluss schickte sie ihm noch die Koordinaten von Malins Nest.

»Aber wo soll ich bloß hin? Ich habe doch kein Zuhause«, seufzte Nuri und lehnte ihren Kopf an Signes Schulter, als diese das Gespräch beendet hatte.

Tom und Signe blickten sich an. In Signes Haus war sie nicht sicher, denn wenn die Männer aus dem Kolibri-Club herausfanden, dass es eine lebende Zeugin gab, würden sie Nuri aufspüren. Wohin sollten sie die junge Frau also in Sicherheit bringen? Doch plötzlich hatte Tom eine Idee. Niemand würde auf die Idee kommen, Nuri bei seinem Freund Bert zu suchen.

KAPITEL VIERZIG

Das zerfallende Strindberg-Haus und Bert Hofmanns üppig dekorierte Wohnung waren für Nuri eine andere Welt. Die junge Frau hatte fast immer im Wald gelebt, und diese vielen visuellen Reize brachen wie eine Lawine über sie herein. Wie ein Kind lief sie mit großen Augen umher, berührte vorsichtig Berts Sammlung historischer Spazierstöcke und stand ehrfürchtig vor einer Munch-Lithografie.

»Hier bist du zunächst in Sicherheit«, sagte Signe und drückte die junge Frau fest an sich.

»Kümmere dich um Nuri«, beschwor Tom Bert, ehe er mit Signe die Wohnung verließ.

Während der Fahrt zurück in ihr Büro war Signe in ständigem Telefonkontakt mit Knudsen und der Spurensicherung, die gerade dabei waren, Malins Skelett zu bergen.

»Wir brauchen schnellstens eine DNA-Analyse, damit wir sicher wissen, dass es sich bei den sterblichen Überresten um Malin Thalberg handelt«, sagte Signe zu Knudsen.

»Warum hast du im Wald nicht auf mich gewartet?«, fragte Knudsen argwöhnisch. »Du hast einfach einen Fundort unbeaufsichtigt gelassen.«

»Sorry, aber ich wollte so rasch wie möglich zurück ins Büro, um Malins damalige Kleidung mit der des Skeletts abzugleichen.«

»Das hätte auch deine Assistentin online checken können«, brummte Knudsen misstrauisch. »Aber wie auch immer, du hast den richtigen Riecher gehabt. Das muss ich neidlos anerkennen«, machte der Kommissar ihr dann doch ein Kompliment. »Bis dann, ich halte dich auf dem Laufenden.«

»Warum hast du kein Wort über Nuri verloren?«, fragte Tom.

»Besser, Knudsen weiß noch nicht, dass es eine Zeugin gibt, die in diesem mysteriösen Kolibri-Club gewesen ist.«

»Meinst du, dass Knudsen der Maulwurf in der Polizei ist?«, fragte Tom.

»Der Dorfpolizist Birger Kohonen war korrupt, warum sollte ein Kriminalkommissar immun dagegen sein?«, entgegnete Signe pessimistisch. »Es ist immer Knudsen, der am Tatort erscheint, fällt dir das nicht auf?«

»Ist doch irgendwie logisch, denn die Thalberg-Morde waren Knudsens Fall«, wandte Tom ein.

»Trotzdem bin ich lieber vorsichtig.«

Signe setzte den Blinker und fuhr in das Industriegebiet Slaghuset zum Cold-Case-Büro.

»Ich rufe mir ein Taxi und fahre in die Redaktion«, sagte Tom, als sie aus dem Pick-up stiegen. »Es gibt ja eine Menge vorzubereiten.«

»Warte noch, du kannst uns sicher bei der Analyse der Fakten helfen«, erwiderte Signe spontan.

»Hej, Nelly!«, begrüßte sie ihre Kollegin, als sie und Tom eintraten. »Was ist denn das?« Signe deutete auf ein spinnenartiges Gebilde, das auf der Tischtennisplatte lag.

»Warte ab, dieses coole Ding habe ich von unseren IT-Leuten zum Testen bekommen. Ich steuere es über mein iPad«, sagte Nelly mit glänzenden Augen. Sie bediente das iPad auf ihrem Schoß und das Gefährt erhob sich surrend in die Luft.

»Ach, das ist eine Drohne. Und wofür brauchen wir die?«, fragte Signe.

»Vielleicht müssen wir einmal jemanden ausspionieren. Dafür ist die Drohne sehr nützlich.« Nelly lächelte und rollte zu der digitalen Pinnwand. »Und jetzt erzählt mal, was es bei unserem Fall Neues gibt.«

Signe berichtete in aller Kürze, wie sie das Skelett gefunden und welche Informationen sie von Nuri erhalten hatten. »Wir warten jetzt auf den DNA-Abgleich, damit wir Malin sicher identifizieren können. Hoffentlich kann die Rechtsmedizin nach so langer Zeit feststellen, ob Malin eines natürlichen Todes gestorben ist.« Sie ging zu der Pinnwand und schaute sich die Fotos an. Nelly hatte bereits eine Aufnahme des Totenschädels neben Malins Foto platziert und Signe fühlte einen leichten Schauer, als sie beide betrachtete. Leben und Tod lagen so nahe beisammen.

»Wer hat Malin immer zu diesem geheimnisvollen Gutshof gefahren?«, rätselte Signe und riss sich vom Anblick der Fotos los. »Es muss doch jemand gewesen sein, zu dem das Mädchen und die Familie Vertrauen gehabt hatten.« Signe blickte fragend zu Tom.

»Dieser Viggo muss Bescheid wissen. Er holt doch immer wieder Mädchen aus dem Sozialheim ›Bla duva‹ ab. Ihr solltet ihn vorladen und in die Mangel nehmen.«

»Ich habe ein wenig recherchiert.« Nelly rollte zu ihrem Computer und schickte die Fotos einiger junger Mädchen auf die digitale Wand. »Diese Mädchen wurden in den letzten Jahren als abgängig gemeldet. Sie haben in dem Sozialheim gelebt und stammten aus zerrütteten Verhältnissen. Die Vermisstenanzeigen wurden bei der Polizei abgelegt und vergessen. Niemand hat sich um die verschwundenen Mädchen gekümmert.«

»Also eine leichte Beute für die Männer des Kolibri-Clubs?«, warf Signe ein. »Aber wie hat dann Malin in dieses Bild gepasst? Sie stammte doch aus einer ziemlich prominenten Familie.«

»Vielleicht war dieses Mädchen so etwas wie eine Trophäe für unseren mysteriösen Fred?«, überlegte Tom. »Eine Minderjährige aus gutem Haus hat ihm den speziellen Kick gegeben.«

»Das werden wir erst erfahren, wenn wir wissen, wer dieser Fred ist, und nachdem wir den Gutshof gefunden haben.« Signe drehte sich zu Nelly. »Ich habe dir doch Nuris Beschreibung des Gutshofs durchgegeben. Hast du damit etwas anfangen können?«

»Rund eine Stunde von Stockholm entfernt gibt es circa dreißig Herrenhäuser oder Gutshöfe, auf die Nuris Beschreibung mehr oder weniger passt.« Nelly warf eine Karte von Stockholm und Umgebung auf die Digitalwand, fügte einen Radius hinzu und setzte Pins, die auf entsprechende Gebäude hinwiesen. »Laut Nuri gibt es eine Allee, ein zentrales Entree mit einem Giebel und zwei Türmchen links und rechts. Der Gutshof ist einstöckig, weiß und hat ein Walmdach mit Gauben.«

»So sehen hier eine ganze Menge Anwesen aus«, seufzte Signe. »Wir können unmöglich alle inspizieren.«

Toms Handy klingelte. Er warf einen Blick auf das Display.

»Das ist Frida Karlsson, die Heimleiterin von ›Bla duva‹«, sagte der Journalist überrascht. »Ich schalte auf Lautsprecher.«

»Hej! Ich hatte heute einen heftigen Streit mit Jördis. Ihr wisst schon, das Mädchen, das immer vor der Tür Wache schiebt«, begann Frida atemlos. »Sie wollte auf eigene Faust Emmas Mörder aufspüren. Ich habe ihr noch gesagt, wie gefährlich das für sie ist, aber Jördis hat nicht auf mich gehört.«

»Wo ist sie jetzt?«, schaltete sich Signe in das Gespräch ein. »Wir können sie beschützen.«

»Deswegen rufe ich ja an. Jördis ist zu dem Typen mit dem langen dunklen Zopf ins Auto gestiegen.«

»Sie meinen Viggo, den Mann, der immer die Mädchen abholt?«, fragte Signe angespannt.

»Ich weiß nicht, wie der Typ heißt, aber ich mache mir große Sorgen um Jördis. Ich will sie nicht auch noch als Leiche in einem Kofferraum wiedersehen.«

»Wir kümmern uns darum«, beruhigte Tom die aufgebrachte Heimleiterin. »Hast du vielleicht die Autonummer notiert?«

»Natürlich habe ich mir die gemerkt.« Frida gab das Kennzeichen durch, das Nelly sofort in eine Suchmaske auf ihrem Computer eintippte.

»Okay, wir versuchen, das Fahrzeug zu lokalisieren, dann wissen wir, wohin dieser Viggo mit Jördis unterwegs ist«, informierte Signe Frida.

»Bringt die Kleine bitte zurück. Jördis hat so ein Schicksal nicht verdient.« Zum ersten Mal zeigte die Heimleiterin Gefühle und Signe spürte ihre ehrliche

Betroffenheit. »Sie hat doch noch ihr ganzes Leben vor sich.«

KAPITEL EINUNDVIERZIG

Nach dem Telefonat mit der Heimleiterin ging Signe zu Nelly, die gerade die Aufnahmen der Überwachungskameras rund um das Sozialheim durchsah. »Und, hast du den Wagen schon entdeckt?«

»Nein, leider haben die Überwachungskameras in Rinkeby eine Störung, aber ich versuche, das Fahrzeug über das Kennzeichen zu orten.« Nelly zog einen mit Stickern beklebten Laptop aus ihrer Schreibtischlade. »Ist eine reine Vorsichtsmaßnahme, damit das Programm nicht auf dem Polizeicomputer erscheint. Die Software ist nicht ganz legal«, erklärte sie mit unschuldigem Augenaufschlag. Konzentriert tippte sie Befehle in die Tastatur und mehrere Fenster poppten auf. »Der Wagen fährt gerade auf der Schnellstraße Richtung Süden. Hier habe ich ihn.« Nelly klickte auf ein Fenster, das sich formatfüllend auf den Bildschirm des Rechners legte.

»Das ist eine elektronische Mautstelle. Der SUV hat

diesen Punkt vor ungefähr zehn Minuten passiert«, sagte Tom, der sich zum Bildschirm beugte.

»Kein Zweifel, es ist Viggo«, meinte Signe, nachdem sie das vergrößerte Foto betrachtet hatte. »Können wir den Wagen weiterverfolgen? Vielleicht fährt er zu diesem Gutshof.«

»Das funktioniert nur, wenn auf der Strecke überall Kameras installiert sind«, erklärte Nelly angespannt. »Dann kann ich das Fahrzeug über die Autonummer lokalisieren.«

»Was können wir sonst machen?« Nervös klopfte Signe auf die Tischplatte. Vor ihrem geistigen Auge tauchten Jördis' feine Gesichtszüge auf, die schön geschwungenen Augenbrauen und die goldenen Haare. Wie hatte Tom gemeint? In einem anderen Leben würde sie mit ihren Freundinnen den Pferdehof besuchen und nicht im Kolibri-Club ihre Unschuld verlieren. Das durfte nicht geschehen und plötzlich hatte Signe eine Idee.

»Was ist mit deiner Drohne?«, fragte sie Nelly und wies auf das Spinnenmonster. »Damit können wir Viggos Auto doch sicher orten.«

»Ich kann die Drohne leider nur in einem Kilometerradius steuern«, sagte Nelly bedauernd.

»Dann müssen wir bis auf einen Kilometer an den Wagen herankommen«, entschied Signe. So einfach wollte sie sich nicht geschlagen geben. Vielleicht könnte eine Polizeistreife den SUV stoppen, aber dann wäre Viggo gewarnt und würde sicher nicht zu dem geheimen Club fahren.

»Wohin führt denn eigentlich diese Schnellstraße?«

»Ich vermute, Viggo fährt Richtung Trosa.« Signe ging zu der Karte, auf die Nelly einen Kartenausschnitt projiziert hatte. »Ganz in der Nähe von Trosa ist ein dichtes Waldgebiet und dort gibt es auch ein Herrenhaus.« Sie deutete auf die Markierung, die Nelly gesetzt hatte.

»Okay, jetzt wissen wir doch ungefähr, wohin sie unterwegs sind«, sagte Tom.

»Das stimmt. Dann nichts wie los. Wir dürfen keine Zeit verlieren.« Signe sprang auf und sah, dass Nelly an ihren Schreibtisch zurückrollte. »Was machst du, Nelly? Du musst die Drohne von meinem Wagen aus steuern.«

»Was, ich soll mitfahren?«, fragte Nelly überrascht.

»Natürlich, jeder hat seinen Part, wenn wir bei dem Gutshof sind«, sagte Signe.

»Warte, ich helfe dir.« Tom schob Nellys Rollstuhl hinaus auf die Rampe, hob die junge Frau heraus und platzierte sie auf den Rücksitz des Pick-ups.

»Wow, ich wollte schon immer von Männern auf Händen getragen werden.« Im Wagen griff Nelly sofort nach ihrem iPad und überprüfte schnell die Funktionsfähigkeit der Drohne.

Während sie auf der Schnellstraße Richtung Trosa fuhren, überlegte Signe, ob sie ihrer Chefin von dieser Aktion berichten sollte. Estrid war gegen ihr eigenmächtiges Ermitteln gewesen. Trotzdem hatte sie weitergemacht und riskierte damit ihren Job. Aber es ging um Jördis und andere Mädchen, da konnte sie nicht einfach aufhören. Signe war schon zu weit gegangen und jetzt gab es kein Zurück mehr.

Kurz vor Pershagen wurde der Verkehr auf der Straße immer dichter und sie kamen nur noch im Schritttempo vorwärts. Nach ungefähr einem Kilometer standen sie endgültig im Stau. Ein Campingwagen hatte sich auf der Schnellstraße quer gestellt und blockierte beide Fahrspuren.

»Ist das da nicht Viggos SUV?« Tom wies auf einen dunklen Geländewagen am vorderen Ende des Staus.

»Gut möglich.« Signe kramte einen Feldstecher aus dem Ablagefach und blickte hindurch. »Was für ein Glück. Es ist Viggos Wagen.«

Plötzlich ließ der Clubbesitzer den Motor aufheulen, lenkte den Wagen auf den Pannenstreifen und holperte dann über das gekieste Bankett. Der SUV ruckelte und schwankte, schaffte es aber, an dem Campingwagen vorbeizukommen.

»Verflixt, der Typ entwischt uns.« Signe legte das Fernglas zurück in die Ablage und trommelte wütend mit den Fingern auf das Lenkrad.

»Aber jetzt können wir die Drohne einsetzen.« Nelly öffnete das Fenster und startete die Drohne. Mit einem leisen Surren flog die stählerne Spinne an der Kolonne vorbei, kreiste über dem schwarzen SUV und auf dem Display des iPads war der Wagen deutlich zu sehen.

»Dann nichts wie hinterher.« Kurz entschlossen scherte auch Signe aus der Kolonne aus und rumpelte über den Randstreifen. Sie beschleunigte und der Pick-up folgte dem SUV in einiger Entfernung. Kurz vor Trosa verloren sie Viggos Fahrzeug wieder aus den Augen, aber die Drohne lieferte noch immer ein undeutliches Bild des Wagens. Plötzlich bog Viggo nach rechts ab und fuhr auf einem schmalen Forstweg in den dichten Wald hinein. Nach einer kurzen Fahrt stoppte er vor einem massiven Tor, das sich automatisch öffnete. Der dunkle SUV rollte durch eine breite Allee und in der Ferne tauchte ein weißer Gutshof auf, der genauso aussah, wie Nuri ihn beschrieben hatte. Mehrere Luxusautos parkten vor dem Gebäude und der Clubbesitzer hielt direkt vor dem Eingang mit dem geschwungenen Giebel.

Auf dem Display des iPads war zu erkennen, dass Viggo

Jördis am Arm aus dem Wagen zerrte. Sie wehrte sich aus Leibeskräften, und Viggo hatte seine Mühe, das Mädchen zu bändigen. Plötzlich eilten zwei Männer mit Masken aus dem Gebäude, packten das Mädchen und schleiften es ins Innere. Viggo blickte ihnen hinterher, dann lehnte er sich an die Kühlerhaube seines Geländewagens und rauchte eine Zigarette.

Signe betrachtete die Szene und ballte vor Wut die Fäuste.

KAPITEL ZWEIUNDVIERZIG

Noch immer leuchtete die Sonne und verlieh dem Himmel ein faszinierendes Farbenspiel aus Orange und Gold. Tom blickte aus dem Wagen und überlegte, wie sie unauffällig auf das Gelände des Anwesens gelangen konnten. Auf dem Kamerabild auf Nellys iPad erkannte er, dass das gesamte Grundstück von einer hohen Mauer mit Stacheldrahtkronen umzäunt war. »Wir müssen den Wachposten ablenken«, sagte er zu Signe. »Nur so haben wir eine Chance, unbemerkt auf das Gelände zu kommen.«

»Okay, und wie stellst du dir das vor?«, fragte Signe und Tom erklärte ihr sein Vorhaben in kurzen Worten.

Die Polizistin hörte aufmerksam zu, öffnete dann das Handschuhfach des Pick-ups und nahm einen Elektroschocker heraus. »Damit setze ich den Wachmann außer Gefecht«, sagte Signe und steckte das Gerät in einen Rucksack.

Tom wollte schon aussteigen, doch Nelly hielt ihn zurück.

»Warte, ich habe ein Headset für dich, damit bist du in ständigem Kontakt mit uns«, sagte die Assistentin und gab Tom einen Minisender, den er sich ins Ohr steckte.

Tom atmete noch einmal tief durch, ging den Waldweg entlang und bog um eine Kurve. Dann erblickte er das massive Tor mit zwei Steinsäulen links und rechts, auf denen steinerne Raubvögel hockten, die Wappenschilder in ihren Krallen hielten. Hinter der Mauer war das Dach eines Pförtnerhäuschens zu erkennen und als Tom näher trat, drehten sich lautlos zwei Überwachungskameras in seine Richtung.

»Hallo!«, rief Tom, als er sich dem Tor näherte.

»Was willst du hier?«, fragte ein Wachmann überrascht, der aus dem Pförtnerhäuschen kam.

»Mein Wagen ist vorne an der Straße liegen geblieben. Da bin ich auf gut Glück den Weg entlanggelaufen und habe hier Licht gesehen«, erwiderte Tom und bemühte sich, so harmlos wie möglich zu wirken.

»Ich kann dir nicht helfen«, sagte der Wachposten. »Verschwinde von hier. Das ist ein Privatbesitz.«

»Lass mich doch bitte nur einmal kurz telefonieren, mein Akku ist leer«, insistierte Tom und schwenkte sein Handy hin und her.

»Du nervst, Mann.« Der Wachposten blickte ihn kurz an und schien zu überlegen.

»Ich bin auch sofort wieder weg«, ließ Tom nicht locker.

»Na gut, ein Telefonat und dann ziehst du wieder ab.« Der Wachposten drückte auf einen Knopf und das Tor schwang langsam auf.

Tom ging rasch hindurch und steuerte direkt auf das

Wärterhäuschen zu. »Das ist echt cool von dir. Wo ist das Telefon?«

»Dort drinnen«, erwiderte der Wachmann kurz angebunden. Als Tom den mit Monitoren bestückten Raum betrat, bemerkte er aus den Augenwinkeln einen Schatten, der plötzlich hinter dem Wachposten auftauchte. Sekunden später ertönte ein leises Knistern und der Mann sank bewusstlos zu Boden.

»Der erste Teil wäre geschafft.« Signe nickte Tom zu und steckte den Elektroschocker wieder in ihren Rucksack.

»Komm, fass mit an.« Gemeinsam zogen sie den Wachposten in das Pförtnerhaus.

»Wir haben Glück, hier befindet sich das Kontrollzentrum des Gutshofs.« Signe deutete auf die verschiedenen Monitore, auf denen ein Großteil des Geländes und auch einige der Innenräume zu sehen waren. »Von hier aus kann Nelly beobachten, was in dem Anwesen passiert, und uns informieren.«

»Aber zunächst müssen wir dem Typ den Overall ausziehen«, sagte Tom. Beide schälten den bewusstlosen Mann aus seiner Uniform, die Tom hastig überstreifte. Zum Schluss setzte er sich die Kappe auf und zog den Schirm tief ins Gesicht. Währenddessen nahm Signe Handschellen aus ihren Jeans und fesselte den Mann damit an einen Heizkörper in der Toilette. Dann liefen beide zurück zum Wagen, wo Nelly mit ihrem iPad saß.

»Nelly, du musst dort in dem Kontrollraum warten und die Überwachung übernehmen.«

Tom hob Nellys Rollstuhl von der Ladefläche des Pickups und klappte ihn auf. Geschickt setzte sich Nelly hinein und rollte durch das Tor in das Pförtnerhäuschen.

»Das ist ja eine tolle Anlage«, meinte sie anerkennend, als sie die vielen Bildschirme sah.

»Du gibst uns Bescheid, wenn Gefahr droht«, sagte Signe und verschwand nach draußen.

»Ihr könnt euch auf mich verlassen.« Nellys Augen strahlten, als sie sich mit dem System vertraut machte.

Tom folgte Signe und blickte in den goldenen Himmel. Mit einem Mal dachte er an Ingrid. ›Werde ich hier auf ihren Mörder treffen?‹

Gebückt schlich er gemeinsam mit Signe durch den Wald, der bis an das Anwesen heranreichte. Als sie den Gutshof erreichten, legten sie sich flach auf den Bauch und verschanzten sich im Unterholz, um das Gebäude zu beobachten. Die blank polierten Luxuslimousinen vor dem Entree glitzerten im rötlichen Sonnenlicht, und es herrschte eine gespenstische Stille.

»Nelly, kannst du mit der Drohne einen Hintereingang in das Gebäude ausmachen?«, flüsterte Tom in sein Mikro.

»Auf der rechten Seite gibt es einen Dienstboteneingang«, hörte er kurz darauf Nellys Stimme. »Der Wachposten ist gerade um die Ecke gebogen, du kannst rein.«

»Dann nichts wie los.« Tom erhob sich lautlos und blickte prüfend umher. Noch immer war niemand vor dem Gutshof zu sehen.

»Pass auf dich auf«, sagte Signe.

Tom streckte den Daumen in die Höhe und eilte geduckt über ein Stück Rasen, erreichte die Seitentür, drückte die Klinke und gelangte in einen langen Korridor.

»Ich bin drinnen«, sagte er leise in sein Mikro.

Langsam ging er den Flur entlang. Ein breiter Durchgang führte in die Küche, wo geschäftiges Treiben herrschte. Tom zog seine Kappe noch tiefer in die Stirn, doch niemand nahm Notiz von ihm, als er daran vorbeieilte. Er passierte einen Sanitärraum und am Ende des Gangs gelangte er zu einer Doppeltür, die einen Spalt weit offen stand. Vorsichtig lugte er durch die schmale Öffnung und erblickte einen holzgetäfelten Saal mit einem Podest in der Mitte, um das Männer in schwarzen Anzügen mit Augenmasken standen. Auf dem Podest saß ein blondes Mädchen in einem weißen Seidenumhang, der mit goldenen Vögeln bedruckt war. Das war zweifellos Jördis. Das Mädchen hatte den rechten Arm auf einen kleinen Tisch gelegt. Ein Typ mit einem dunklen Pferdeschwanz beugte sich mit einer surrenden Nadel über den Arm des Mädchens, und trotz der Maske erkannte Tom diesen Mann: Es war Viggo. Jetzt wischte der Clubbesitzer mit einem sterilen Tuch über das Handgelenk und die Tätowiernadel senkte sich erneut in die Haut.

»Viggo tätowiert gerade Jördis«, sagte Tom leise ins Mikro. Kurz darauf hörte er Nellys warnende Stimme. »Achtung, verschwinde, es kommt jemand.«

Tom trat rasch zur Seite und ging den Korridor zurück. Plötzlich hörte er, wie in seinem Rücken eine Tür geöffnet wurde.

»Wieso bist du nicht auf deinem Posten?«, fragte eine fremde Stimme in einem barschen Ton.

»Ich wollte nur rasch in den Waschraum«, entschuldigte sich Tom. Er wartete, bis die Luft wieder rein war, und kehrte dann hastig auf seinen Beobachtungsplatz zurück.

Jördis wankte auf ihrem Stuhl hin und her, das frische Tattoo auf ihrem Handgelenk hob sich deutlich von ihrer weißen Haut ab und ihre traurigen Augen blickten ausdruckslos in die Ferne. Tom merkte sofort, dass sie unter Drogen stand. Im Hintergrund standen zwei andere Mädchen, die schneeweiße Ballettkleidchen trugen. Die

Männer drängten sich näher heran und begafften die Mädchen von allen Seiten. Plötzlich trat ein Mann mit schwarzer Maske auf das Podium. Mit einer routinierten Handbewegung zog der Unbekannte den weißen Umhang von Jördis' Körper und ließ ihn zu Boden fallen. Nach einem Fingerschnippen wurde der nackte Körper des Mädchens in ein rotes Licht getaucht und sanfte Geigenmusik setzte ein. Der Mann packte Jördis an den Schultern und drehte sie auf dem Podium herum. Auf Tom wirkte das Mädchen wie eine hübsche seelenlose Puppe, die diese perversen Spielereien willenlos mit sich geschehen ließ. Im Luftzug einer Windmaschine wehten ihre goldblonden Haare, als sie sich auf Zehenspitzen wie eine Ballettelevin anmutig im Kreis drehte. Plötzlich blieb sie mitten in der Bewegung stehen und senkte den Kopf, wie ein heller Vorhang fiel ihr Haar über eine Seite ihres Gesichts. Erschrocken starrte das Mädchen auf das blutverkrustete Kolibri-Tattoo an ihrem Handgelenk und ihr ganzer Körper begann zu zittern. Auf Tom wirkte es, als wäre Jördis aus einer Trance erwacht. Der Mann mit der Maske reagierte schnell, packte mit der Hand Jördis Kinn, drückte ihren Kopf nach oben und schob ihr die Haare aus dem Gesicht.

»Ich ersuche um Ihre Gebote«, sprach der Maskierte dann mit fein modulierter Stimme. Dieser Tonfall kam Tom bekannt vor, erst kürzlich hatte er diese präzise Aussprache gehört. Aber Tom hatte keine Zeit, länger darüber nachzugrübeln, denn jetzt kam Bewegung in die Zuschauermenge. Die Musik schwoll an und im nächsten Augenblick hielten ein paar der Gaffer Tafeln mit Zahlen in die Höhe.

»Ein Tête-à-Tête mit diesem Kolibrimädchen muss Ihnen doch wohl einiges mehr wert sein, meine Herren«, flötete der Maskierte und schob Jördis nach vorne an den

Rand der Bühne. Wieder zückten die Zuschauer ihre Tafeln, überboten sich gegenseitig, während Jördis ihren traurigen Tanz erneut aufnahm, sich anmutig nach vorne beugte, die blonde Mähne wie einen Schleier schwingen ließ, um dann erschöpft auf das Podium zu sinken. Die zarte Geigenmusik perlte über ihren nackten Körper, als ein Mann mit silberner Maske den Zuschlag erhielt. Elegant sprang er auf das Podest, fasste die nackte Jördis an den Hüften, hob sie leicht wie eine Feder hoch und präsentierte sie wie eine Trophäe unter dem Beifall der anderen. Dann drehte der Mann sich um und trug Jördis zur Treppe, verschwand mit ihr nach oben. Das gleiche Zeremoniell vollzog sich auch mit den beiden anderen Mädchen.

Trotz der ästhetischen Darbietung war es nichts weiter als eine ekelerregende, menschenverachtende Versteigerung. Eine unbändige Wut packte Tom. Nur mühsam konnte er sich zurückhalten, um nicht einfach Jördis an der Hand zu nehmen und sie vor diesen grässlichen Männern zu beschützen.

»Kannst du etwas erkennen?«, riss ihn Signes Stimme aus seinen finsteren Gedanken.

»Jördis ist soeben versteigert worden und zwei andere Mädchen ebenfalls«, zischte Tom zwischen zusammengebissenen Zähnen. »Das war so widerlich, dass ich gleich kotzen muss.«

»Du kannst jetzt unauffällig verschwinden. Ich denke, wir haben genügend Beweise. Ich informiere die Einsatztruppe«, sagte Signe. »Jördis und die anderen Mädchen werden in dem Gutshof gefangen gehalten, das reicht. Jetzt können wir diese Schweine festnehmen.«

Tom wollte noch etwas sagen, doch in diesem Moment wurde die Tür aufgeschoben und der Auktionator vom

Podium trat in den Korridor. Mit einem zufriedenen Seufzer nahm sich der Mann die Maske vom Gesicht. Blitzschnell drehte Tom sich um und wollte durch die Seitentür entwischen. Doch zwei Wachposten stellten sich ihm in den Weg. Sie fassten Tom unter den Armen und hielten ihn fest. Im diffusen Licht der Korridorbeleuchtung sah Tom plötzlich das Gesicht des Mannes und ein kalter Schauer überlief ihn. Er kannte die Person, denn er hatte mit ihr gesprochen. Wie naiv war er bloß gewesen, dass er gedacht hatte, dieser Mann wäre ein Verbündeter, der ihn mit Informationen versorgen würde? Das Gegenteil war der Fall gewesen. Er hatte versucht, Tom auf eine falsche Spur zu lenken. »Tom Persson. Sie müssen Ihre Nase auch immer in Dinge stecken, die Sie nichts angehen.« Der Anwalt Oliver Sorensen musterte Tom mit kalten Augen und verzog den Mund zu einem süffisanten Lächeln: »Willkommen im Kolibri-Club.«

KAPITEL DREIUNDVIERZIG

Dumpfes Rauschen drang an Signes Ohren und die Verbindung zu Tom war mit einem Mal abgerissen.

»Nelly, was ist mit Tom los? Ich habe keinen Kontakt mehr zu ihm«, flüsterte sie in ihr Mikro. Noch immer verschanzte sie sich im Dickicht und beobachtete angespannt den Seiteneingang des Gutshofs.

»So ein Mist! Tom ist aufgeflogen. Man hat ihn erwischt und bringt ihn jetzt in den Keller«, hörte sie Nellys hektische Stimme.

»Okay, ich kann nicht auf die Einsatztruppe warten. Ich hole Tom da raus«, entschied sie kurz entschlossen.

Während Signe noch überlegte, wie sie unbemerkt in den Gutshof gelangen könnte, öffnete sich die Tür zum Seiteneingang und eine junge Frau trat nach draußen. Die Angestellte trug einen weißen Kittel und eine Plastikhaube. Aus der Tasche ihres Mantels zog sie eine Zigarettenpackung und zündete sich eine Kippe an. Mit hastigen Zügen rauchte sie, lehnte dabei an der Wand und blickte in die Ferne. Signe schlich über den Rasen und versteckte sich hinter einem Mauervorsprung. Die Frau hatte ihr den Rücken zugedreht und drückte gerade ihre Kippe mit der Schuhspitze am Boden aus. Lautlos huschte Signe nach vorne, umfasste den Hals der Frau und hielt ihr mit der Hand den Mund zu.

»Keine Angst, ich tu dir nichts«, flüsterte sie und lockerte den Griff etwas.

»Wer bist du?«, keuchte die Frau, die vor Schreck zitterte. »Lass mich sofort los, sonst schreie ich.«

»Hör mir zu und verrate mich nicht. Ich suche meine Tochter, sie ist in der Gewalt dieser Typen.« Die Küchengehilfin schnappte nach Luft und drehte sich langsam um.

»Oh mein Gott«, sagte die Frau mitfühlend. »Ich weiß überhaupt nicht, was da in den Räumen abgeht. Ich arbeite erst seit Kurzem hier und bin die meiste Zeit hinten in der Küche.« Nervös blickte sie umher, dann gab sie Signe ein Zeichen. »Los, beeile dich.«

Hastig huschte Signe ins Innere. »Wo finde ich die Kellerräume?«, fragte sie die Frau.

»Dort vorne geht eine Treppe nach unten. Ich muss wieder in die Küche. Viel Glück.« Die Frau drehte sich hastig um und öffnete eine Schiebetür, die zur Küche führte.

Signe zog ihre Waffe und schlich geduckt den Korridor entlang. Vorsichtig öffnete sie die Tür und eine süßliche Parfümwolke schlug ihr entgegen. Rote Wandlichter strahlten auf gerahmte Fotos von jungen Mädchen in Fantasiekostümen, auf dem Boden lagen dicke Teppiche. Aus versteckten Lautsprechern klang sanft klassische Musik. Es war eine unwirkliche Atmosphäre, in die Signe eintauchte, als sie die Treppe nach unten schlich und in ein weites Gewölbe gelangte.

»Was geht hier vor?«, murmelte Signe und blickte sich verwirrt um. Musik und Vogelgezwitscher erfüllte den Raum, die süßliche Parfümwolke wurde intensiver, raubte Signe die Luft zum Atmen. Sie fühlte sich wie in einer grotesken Märchenwelt, einem Horrorkabinett menschlicher Perversion. An den Längswänden des Gewölbes befanden sich kleine Zellen, die mit goldfarbenen Gittern verschlossen waren. An jeder dieser Gittertüren gab es eine Messingplakette, auf der ein Name stand. Signe trat näher zu einer Zelle, um die Inschrift lesen zu können. ›Kolibri 7‹ las sie auf einem Schild und darunter war ein Kolibri in das Messing geprägt, der von der Inschrift ›Tu amica mea‹ eingefasst war. »Du meine Geliebte«, flüsterte Signe, die ihre rudimentären Lateinkenntnisse hervorkramte. »Jetzt ist auch das Rätsel der drei Buchstaben T.A.M. auf dem Kolibri-Tattoo gelöst.«

Signe ließ den Blick schweifen, um diese bizarre Welt auf sich wirken zu lassen. In jedem dieser Käfige gab es einen goldenen Schminktisch mit einem reich verzierten Barockspiegel. Auf dem Tisch stand ein kleiner Messingkäfig und darin befand sich ein mechanischer Vogel, der sich ständig im Kreis drehte und monoton zwitscherte. Der Boden dieser Käfige war mit einem himmelblauen Flauschteppich bedeckt, und eine goldene Wandleuchte warf ihren gedämpften Schein auf ein zartes Himmelbett mit weißer Damastwäsche.

Signe trat zu einem der Käfige. Es war die Zelle von ›Kolibri 5‹. Auf dem Bett hockte ein junges Mädchen in einem weißen Tüllkleid, das ein Diadem auf dem Kopf trug. Die geschminkten Lippen des Mädchens leuchteten rot, und rot war auch der Nagellack an ihren Fingern.

Signe ließ ihre Waffe sinken und starrte fassungslos in den Käfig, der wie ein kitschiges Mädchenzimmer ausstaffiert war. ›Welcher kranke Geist denkt sich so etwas aus?‹, ging es ihr durch den Kopf.

»Ich hole dich hier raus«, flüsterte Signe dem Mädchen zu, das hochschreckte und Signe mit großen Augen anstarrte.

»Los, komm zu mir«, winkte sie das Mädchen zu sich.

Mit kleinen Trippelschritten näherte sich das Mädchen dem Gitter und blickte durch Signe hindurch auf einen imaginären Punkt an der gegenüberliegenden Wand.

»Ich bin von der Polizei. Verstehst du, was ich sage?« Signe schnippte mit den Fingern und endlich fokussierte sich der drogenumflorte Blick des Mädchens.

»Hilf mir«, tönte es fast lautlos aus ihrem rot bemalten Mund.

»Keine Angst. Es dauert nicht mehr lange, dann wirst du gerettet«, sagte Signe und drückte auf ihr Mikro, versuchte Kontakt zu Nelly herzustellen. ›Wo bleibt nur das Einsatzkommando?‹, dachte sie. »Nelly, melde dich!« Doch in dem steinernen Gewölbe hatte sie keine Verbindung nach draußen. »Verdammt!« Signe steckte die Pistole wieder in ihr Halfter und rüttelte wütend an der Gittertür, doch diese war verschlossen. Der Lärm übertönte die allgegenwärtige Barockmusik und ein Mädchen aus einem anderen Käfig streckte ihre Hand zwischen den Gitterstäben nach draußen. »Rette mich!«

Hastig drehte sich Signe um. Ein junges Mädchen in einem rosa Prinzessinnenkleid stand am Gitter. Es hatte zwei Zöpfe mit rosa Schleifen und trug eine goldene Krone.

Deutlich konnte Signe das Kolibri-Tattoo an ihrem Handgelenk erkennen. Signes Blick glitt höher und sie entdeckte Brandwunden und Hämatome an den nackten Armen des Mädchens.

»Was hat man mit dir gemacht?«, fragte Signe beklommen, als sie die Verletzungen sah.

»Ich war ungezogen und wurde deshalb bestraft«, flüsterte die Gefangene. »Aber wenigstens lebe ich noch. Dieses Glück hatten nicht alle.«

»Das ist jetzt vorbei.« Signe versuchte, optimistisch zu klingen. »Meine Kollegen von der Polizei sind gleich da.«

»Ich glaube dir nicht!«, kreischte das Mädchen mit schreckgeweiteten Augen. »Niemand kann uns befreien. Diese Männer mit den Masken sind viel mächtiger als du.« Mit einem irren Lachen stieß sie sich von den Gitterstäben ab, eilte auf filigranen Spangenschuhen zurück zu ihrem Himmelbett. Der Tüllrock bauschte sich und knisterte, als sie sich auf das Bett warf. Schniefend zog sie die Damastdecke schützend vor ihre Brust. »Du lügst. Niemand kommt hier lebend raus.«

Signe musste schlucken, als sie diese Worte hörte. ›Wie viele dieser grotesken Schlafzimmer gibt es in diesem Gewölbe?‹ Es mussten mindestens zehn sein. Zehn Mädchen, die in goldene Käfige eingesperrt waren wie Vögel. Man hatte sie ihrer Persönlichkeit beraubt, entmenschlicht, damit mächtige Männer ihre kranken Fantasien an ihnen ausleben konnten.

Signe stand mitten in dem Gewölbe, das durch die kitschige Atmosphäre noch mehr wie eine Hölle wirkte, und rief mit lauter Stimme, um das nervtötende mechanische Vogelgezwitscher zu übertönen: »Ihr werdet gerettet!«

Keines der Mädchen antwortete. Sie glaubten Signe

wahrscheinlich kein Wort. Natürlich, was konnte eine einzelne Frau schon gegen diese Männerübermacht ausrichten? Aber wenn die Einsatztruppe hier eintraf, dann würde sich die Situation ändern. Erneut versuchte sie, Nelly zu erreichen, aber noch immer war die Verbindung in dem Gewölbe unterbrochen und noch immer hallten die Worte des Mädchens in ihrem Kopf nach: »Niemand kommt hier lebend raus.«

KAPITEL VIERUNDVIERZIG

Signe wollte schon umkehren, als sie hinter dem letzten Käfig plötzlich eine männliche Stimme hörte. Sie blieb stehen, zog hastig wieder ihre Waffe und schlich näher heran. Es war ein Seitengang, der von dem Gewölbe abging und zu einer weiteren Zelle führte. Hier gab es aber keine dicken Teppiche, sondern kalten Stein und gemauerte Wände, die feucht glänzten. Eine einzelne Glühbirne baumelte von der Decke und erhellte den Kerker nur notdürftig.

»Die kleinen Kolibrimädchen machen heute wieder mächtig Lärm«, hörte sie die Stimme von den Mauern des steinernen Gewölbes widerhallen.

Mit der Waffe im Anschlag schob sich Signe an der feuchten Steinwand näher.

»Bist du alleine hier?«, hörte sie den Mann fragen. »Wo ist diese Cold-Case-Ermittlerin?«

»Ich weiß es nicht. Bist du Fred?«

›Das ist Toms Stimme‹, dachte Signe und atmete erleichtert auf. Tom war also noch am Leben.

»Was für eine dumme Frage. Wir sind alle Fred. Jeder von uns ist Fred.« Der Mann lachte schrill auf. »Also? Wie bist du hierhergekommen?«

»Das tut doch nichts zur Sache, Sorensen. Du weißt, dass deine Tage in Freiheit gezählt sind. Du hast keine Chance mehr. In wenigen Minuten erscheint hier ein Sonderkommando der Polizei.« Toms Stimme wurde immer lauter und wütender. »Dann sind eure Abscheulichkeiten vorbei.«

»Dir ist doch klar, dass ich dich jetzt töten muss, Tom Persson. Ich habe zwar deine Artikel immer mit Vergnügen gelesen, aber es bleibt mir leider keine andere Möglichkeit. Zum letzten Mal, wo ist deine Freundin, diese Polizistin?« Sorensen spannte den Hahn seiner Pistole.

In diesem Moment sprang Signe aus ihrer Deckung und stieß Sorensen den Lauf ihrer Waffe in den Nacken.

»Hier bin ich!«, zischte sie. »Und jetzt legen Sie die Waffe ganz ruhig auf den Boden, sonst drücke ich ab. Und glauben Sie ja nicht, dass ich Skrupel habe, nach all dem, was mir gerade in diesem Gewölbe zu Gesicht gekommen ist.«

»Okay«, sagte Sorensen und ließ seine Waffe zu Boden fallen. »Wir können über alles reden. Es ist nicht so, wie es den Anschein hat.« Der Anwalt streckte die Arme in die Höhe und drehte sich zu Signe. »Ich hätte Sie gerne unter anderen Umständen kennengelernt. Eine Frau mit einem dritten Auge.« Sorensen deutete auf das Muttermal zwischen Signes Brauen.

»Halten Sie bloß Ihren Mund«, fauchte Signe verächtlich. Sie warf einen Blick auf Tom. Der Journalist war mit Handschellen an einen in der Wand verankerten Eisenring gefesselt.

»Den Schlüssel, los!«, herrschte sie Sorensen an. »Ich sage das kein zweites Mal. Sonst schieße ich Ihnen auch ein drittes Auge.« Um ihre Worte zu unterstreichen, zielte sie jetzt direkt auf Sorensens Kopf.

Umständlich fingerte der Anwalt einen Schlüsselbund aus seiner Sakkotasche, ließ ihn zu Boden fallen.

»Aufheben«, verlangte Signe, hörte in diesem Moment Schritte, die sich rasch näherten. Nur einen Atemzug später tauchte ein Mann in Lederkluft mit einem dunklen Pferdeschwanz auf. »Wir müssen sofort verschwinden. Die Polizei ist gleich hier.« Es war Viggo, der überrascht zusammenzuckte, als er Signe sah. Im Bruchteil einer Sekunde zog er seine Waffe. Signe stieß Sorensen zu Boden, drehte sich auf dem Absatz um und feuerte. Auch Viggo schoss zurück, verfehlte sie aber. Aus den Augenwinkeln sah Signe jedoch, wie Tom an der Wand zusammensackte. Sie schoss noch einmal, aber Viggo war bereits verschwunden.

»Tom, bist du verletzt?«, rief Signe, doch Tom winkte mit schmerzverzerrtem Gesicht ab.

»Gib mir die Schlüssel«, keuchte er.

Signe schob ihm mit dem Fuß die Schlüssel über den Boden zu und Tom öffnete seine Fesseln.

»Los, hinein mit Ihnen«, befahl Signe dem am Boden kauernden Sorensen. Sie versetzte dem Anwalt einen Stoß, sodass er in die Zelle taumelte, und sperrte hinter ihm zu.

»Wir müssen weg von hier!« Signe sah in Toms wachsbleiches Gesicht, bemerkte das Blut, das an seinen Arm nach unten lief und in den Bodenritzen versickerte. »Komm her, ich stütze dich.« Tom hing schwer an Signes Seite, wurde immer langsamer. Signe zerrte ihn an den goldenen Käfigen entlang, wo die Mädchen hinter den Gitterstäben kauerten und sie mit großen Augen beobachteten. Endlich erreichten sie die Kellertreppe und gelangten wenig später in den Korridor. Signe stieß die Tür des Dienstboteneingangs auf und stand plötzlich Auge in Auge mit schwer bewaffneten Männern, die Schutzwesten und Helme trugen.

»Ich bin von der Polizei!«, rief Signe und hielt ihre Waffe hoch über den Kopf. »Wir brauchen dringend einen Arzt. Dieser Mann ist verletzt.«

Die Männer der Einsatztruppe stürmten an Signe vorbei, während zwei Sanitäter Tom auf eine Trage legten und zu einem vor der Einfahrt parkenden Krankenwagen transportierten.

Noch immer aufgewühlt von dem Erlebten ging auch Signe nach vorne. Die zuckenden Lichter der Einsatzfahrzeuge blendeten sie und jetzt hörte sie endlich auch wieder die Stimme von Nelly.

»Alles okay bei dir?«, fragte ihre Kollegin.

»Ja, es ist vorbei. Und wie sieht es bei dir aus? Ich habe hier noch eine Weile zu tun.«

»Mach dir keinen Kopf. Ich sichte gerade mit einem Kollegen der Einsatztruppe die Aufnahmen der flüchtenden Fahrzeuge. Das dauert noch«, antwortete Nelly aufgekratzt.

»Ach ja, was ich dir noch sagen wollte, Nelly. Ohne dich hätten wir den Kolibri-Club nie gefunden. Das war eine tolle Leistung.«

»Komm schon, hör auf. Du machst mich ganz verlegen«, erwiderte Nelly. »Bis später.«

Aus einem Pulk an Polizisten lösten sich Signes Chefin

und Polizeidirektor Lundqvist. Beide kamen schnurstracks auf Signe zu und Estrids Miene verhieß nichts Gutes.

»Du hast meinen Befehl missachtet. Eigentlich müsste ich dich jetzt vom Dienst suspendieren«, rügte sie Signe. »Aber du hast ganze Arbeit geleistet«, meinte ihre Chefin dann versöhnlich. »Leider sind die meisten Männer, die diese abscheulichen Verbrechen begangen haben, kurz vor unserem Eintreffen mit ihren Limousinen entkommen. Aber anhand der Überwachungskameras werden wir sie bald aufspüren. Da bin ich zuversichtlich.«

»Zum Glück habe ich den Initiator des Kolibri-Clubs festsetzen können«, sagte Signe. »Es ist der Anwalt Oliver Sorensen. Ich nehme an, dass er ebenfalls jener mysteriöse Fred ist, der vor fünfzehn Jahren auch Malin Thalberg in den Kolibri-Club gebracht hat.«

»Dann ist Sorensen mit größter Wahrscheinlichkeit auch für die Thalberg-Morde verantwortlich«, sagte Polizeidirektor Lundqvist zufrieden, der jetzt zu Signe getreten war. »Sie hatten recht mit Ihrer Theorie, dass die Fälle zusammenhängen.« Lundqvist blickte zu dem Gutshof, wo gerade ein Mädchen in einem rosa Kleidchen nach draußen geführt wurde. »Was sind das nur für kranke Menschen«, murmelte der Polizeidirektor kopfschüttelnd und ging zum Einsatzleiter des Spezialkommandos.

»Ja, es sind arme Geschöpfe«, seufzte Estrid. »Wir werden in einigen Tagen ihre Aussagen aufnehmen. Jetzt gönnen wir ihnen erst einmal Ruhe.«

Ein Mädchen nach dem anderen wurde von Polizisten aus dem Gutshof geleitet. Man hatte ihnen notdürftig Decken übergeworfen, die sie fest umklammerten. Sofort kamen Sanitäterinnen angelaufen, versorgten die Mädchen mit Wasser und kümmerten sich um ihre Verletzungen. Als das letzte Mädchen das Gebäude verlassen hatte, wurde eine Bahre nach draußen geschoben. Es war ein Mädchen, das in seinem Käfig leblos aufgefunden worden war.

»Was ist mit dem Mädchen?«, fragte Signe einen Sanitäter.

»Wir konnten leider nichts mehr für das arme Opfer tun«, sagte der Mann bedauernd. »Sie ist tot.«

»So eine Ungerechtigkeit!«, fluchte Signe und stutzte. »Wo ist Jördis?«, kam es ihr plötzlich in den Sinn. Hastig kehrte sie in den Gutshof zurück, rannte die Treppe nach oben in den ersten Stock. Im ganzen Gebäude wimmelte es von Polizisten und Mitarbeitern der Spurensicherung. Signe schob sich an ihnen vorbei und lief bis zum letzten Zimmer, riss die Tür auf. Jördis lag quer auf dem Bett, ihr Kopf hing über den Rand nach unten und um ihren Hals war mehrfach der weiße Vogelumhang geschlungen.

»Jördis, mein Gott!« Signe eilte auf das Mädchen zu, zerrte den zusammengedrehten Umhang von Jördis' Hals, fühlte den Puls, spürte zum Glück den schwachen Schlag des Herzens. Das Mädchen hatte eine aufgerissene Lippe und mehrere Hämatome im Gesicht und am Körper. Aber sie atmete noch. »Du lebst«, flüsterte Signe und bettete das Mädchen vorsichtig auf die Laken. Dann rief sie nach Sanitätern: »Kümmert euch sofort um dieses Mädchen. Sie ist eine wichtige Zeugin.«

Als Signe wieder ins Erdgeschoss zurückkehrte, wurde gerade Sorensen von zwei Polizisten aus dem Gutshof geführt.

»Das ist Oliver Sorensen. Er ist wahrscheinlich für all das hier verantwortlich«, sagte Signe zu Estrid. Sie trat zu ihm und wies auf die Mädchen, die zitternd und erschöpft auf den Transport in die Klinik warteten. »Das ist Ihr niederträchtiges Werk«, konnte sie sich nicht zurückhalten. »Dafür werden Sie im Gefängnis sitzen, bis Sie verrotten.«

»Es ist gut.« Estrid klopfte Signe auf die Schulter und wandte sich dann an den Anwalt. »Oliver Sorensen. Sie sind verhaftet.«

KAPITEL FÜNFUNDVIERZIG

Signe stand mit geröteten Augen vor der digitalen Pinnwand in ihrem Büro. Sie war noch ziemlich geschafft, der Einsatz am Gutshof und die Entdeckung der eingesperrten Mädchen im Keller hatten an ihrer Substanz gezehrt. An Erholung war nicht zu denken gewesen, denn die schrecklichen Bilder aus dem bizarren Gewölbe verfolgten sie bis in den Schlaf. Mitten in der Nacht hatte sie dann geträumt, dass Tom seinen Verletzungen erlegen war. Panisch war sie hochgeschreckt und hatte sofort in der Klinik angerufen, dort hatte man Entwarnung gegeben. Der Journalist habe nur eine leichte Verletzung erlitten und würde tief und fest in seinem Bett schlafen. Im Gegensatz zu Signe, die ruhelos in ihrem Haus umhergegangen und im Morgengrauen mit der ersten Fähre wieder in ihr Büro nach Stockholm gefahren war.

Auch Nelly saß bereits wieder hinter ihrem Computer und sichtete die Files der Überwachungskameras. »Ich hoffe, die Typen, die wir jetzt anhand der Nummernschilder aufspüren, erhalten empfindliche Strafen«, meinte ihre Assistentin. »Solche kranken Existenzen gehören hinter Schloss und Riegel.« Die Datensicherung übernahm zwar eine Sondereinheit der Polizei, aber Nelly hatte die Kennzeichen der flüchtenden Fahrzeuge auch auf ihrem iPad gespeichert.

»Da bin ich mir nicht so sicher«, erwiderte Signe. Sie hatten den Anwalt Sorensen verhaftet, aber die anderen Mitglieder des Kolibri-Clubs waren rechtzeitig geflohen, bevor das Einsatzkommando zuschlagen konnte. Und das war ziemlich eigenartig, fand Signe. Irgendjemand musste die Männer gewarnt haben. Je länger sie darüber nachdachte, desto offensichtlicher war es für sie, dass es bei der Polizei eine Person gab, die Verbindungen zum Kolibri-Club hatte.

Estrid hatte noch in der Nacht eine Nachrichtensperre verhängt, und auch die Aktion der Einsatztruppe war unter strengster Geheimhaltung erfolgt. Man wollte zunächst genau wissen, wer die Mitglieder des Kolibri-Clubs waren, ehe man sich mit Informationen an die Öffentlichkeit wandte.

Nachdenklich ging Signe zu der chromblitzenden Kaffeemaschine, um sich einen extrastarken Kaffee zu brühen.

»Willst du auch einen Energieshot?«, fragte sie Nelly.

»Nein danke, ich muss kurz weg und Hans vom Tierarzt abholen. Ein Freund kommt gleich vorbei und hilft mir«, informierte ihre Kollegin sie.

»Ist klar, überbringe Hans meine besten Genesungswünsche und sage ihm, wenn er wieder zurückkommt, bekommt er einen supergroßen Knochen.«

»Darüber freut er sich am meisten«, grinste Nelly und

rollte nach draußen, wo bereits ein gut aussehender junger Mann mit schwarzem Bart auf sie wartete.

Mit der Kaffeetasse in der Hand betrachtete Signe nachdenklich die digitale Pinnwand. Plötzlich verschwammen die Bilder vor ihren Augen und ein grell ausgeleuchtetes Bild tauchte vor ihrem geistigen Auge auf. Sie stand in der abrissreifen Schlachthaushalle neben dem Cold-Case-Büro und blickte in ein niedriges Becken. Blut tropfte auf die geborstenen Kacheln und ein dunkler Schatten sprang auf sie zu.

»Verdammt, was ist das?« Signe ließ die Tasse fallen und schwarzer Kaffee formte zwischen den Scherben kleine Rinnsale. Sie presste die Fingerspitze auf ihr Muttermal, wollte diese Vision zurückholen, doch nichts passierte.

Erschöpft lehnte sie sich an die Tischtennisplatte und starrte auf die digitalen Fotos. Hatte diese Vision etwas damit zu tun? Sie wusste es nicht.

Als sie die Scherben zusammenkehrte, vibrierte ihr Handy, das sie auf lautlos gestellt hatte. Es war Tom und Signe atmete erleichtert auf, als sie jetzt seine Stimme hörte.

»Ich wollte mich nur bei dir bedanken, Signe. Ohne dich wäre ich vielleicht tot«, begann Tom das Telefonat.

»Ach was«, wiegelte Signe ab. »Was sich in diesem Kolibri-Club abgespielt hat, wird in der nächsten Zeit noch hohe Wellen schlagen.«

»Und ich werde als Journalist meinen Beitrag dazu leisten, dass diese Verbrecher an den Pranger gestellt werden«, antwortete Tom leidenschaftlich.

»Du kannst mich nach deiner Entlassung ja auf der Insel besuchen und mir vom Start deiner Artikelserie erzählen«, schlug Signe vor.

»Das mach ich glatt. Habe bereits einen passenden Titel

für diese Serie gefunden: ›Die Tränen der Kolibrimädchen‹. Mach's in der Zwischenzeit gut.«

Nach dem Telefonat ging Signe zurück an ihren Schreibtisch und warf einen Blick aus dem Fenster. Eine dunkle Limousine hielt an der Rampe hinter einem großen Müllcontainer und ein Mann mit grau meliertem Haar stieg aus. Signe runzelte die Stirn. Es war Polizeidirektor Gunvald Lundqvist. Kurz darauf schrillte es am Tor und Signe drückte auf den Türöffner.

»Ich war gerade in der Nähe, habe jemanden besucht. Und wollte mich persönlich bei Ihnen für die hervorragende Arbeit bedanken«, sagte Lundqvist und schüttelte Signe die Hand.

»Möchten Sie vielleicht einen Kaffee?«, fragte Signe, die nicht recht wusste, wie sie sich verhalten sollte. Der Polizeidirektor hatte früher so gut wie keine Notiz von ihr genommen, bis auf seinen wütenden Auftritt, nachdem sie mit der Mitarbeiterin des Innenministeriums die Auseinandersetzung gehabt hatte.

»Ja, gerne.« Lundqvist setzte sich auf einen Stuhl und klopfte mit den Fingerspitzen auf die Tischtennisplatte. »Vielleicht werde ich den anderen Abteilungen auch so einen kreativen Arbeitstisch vorschlagen. Beim Ping-Pong kommen einem sicher ganz besondere Ideen.«

»Das stimmt, beim Tischtennis kann der Geist frei kreisen«, meinte Signe und nickte zustimmend.

»Das haben Sie ja eindringlich unter Beweis gestellt. Ihnen ist als Einzige die Verbindung zu den Thalberg-Morden aufgefallen. Zugegeben, es war zunächst eine gewagte Theorie, aber im Endeffekt hatten Sie recht und wir haben den Mörder gefasst.«

»Noch hat Sorensen die Morde an der Familie Thalberg nicht gestanden«, warf Signe ein.

»Das ist nur eine Frage der Zeit, irgendwann gestehen sie alle. Sie haben den Rechtsanwalt doch in den Kellerräumen des Landguts festgenommen.« Lundqvist griff nach der Tasse, die Signe ihm hinstellte, und trank einen Schluck. »Hat Sorensen da irgendetwas von Bedeutung gesagt?«

»Nein«, antwortete Signe. »Ich hatte noch keine Zeit, ihn zu verhören, das übernehmen jetzt meine Kollegen von der Sonderabteilung.«

»Gut, gut. Was ich noch sagen wollte, falls Sie wieder Lust auf einen höheren Job bei der Kriminalpolizei haben, dann werde ich Sie vorschlagen.« Lundqvist trank seinen Kaffee aus und erhob sich. »So, jetzt will ich Sie nicht länger stören. Wo sind denn die Thalberg-Akten?«, fragte der Polizeidirektor und blickte sich um.

»Wieso?«, wunderte sich Signe. »Der Fall bleibt geöffnet, solange Sorensen noch kein Geständnis abgelegt hat.«

»Natürlich, aber da dieser Cold Case mit dem aktuellen Fall des Kolibri-Clubs zusammenhängt, wird Ihre Chefin die weiteren Ermittlungen übernehmen. Hat Estrid Sie heute Morgen deswegen nicht informiert? Es war ihr dezidierter Wunsch«, erklärte Lundqvist erstaunt.

»Nein, das hat Estrid nicht. Aber das geht natürlich in Ordnung«, erwiderte Signe enttäuscht. »Dort liegen die gesamten Protokolle.« Sie wies auf den Stoß Akten auf dem Tisch. »Meine Kollegin wird dann auch noch sämtliche digitalen Unterlagen und Fotos an Estrid schicken. Hier habe ich einen Karton für Sie.«

Der Polizeidirektor griff nach der Schachtel, legte die Akten hinein und ging zur Tür. Dabei summte er vergnügt eine kleine Melodie und drückte den Türöffner.

»Was ist das für eine Melodie?«, fragte Signe und erstarrte.

»Wie meinen Sie?« Lundqvist blieb stehen und die Tür fiel wieder ins Schloss. Er drehte sich zu Signe und kam langsam auf sie zu. »Das ist eine alte, sehr seltene Volksweise«, sagte der Polizeidirektor ruhig und stellte den Karton zurück auf den Tisch. »Deshalb werden Sie die Melodie kaum kennen.«

»Oh doch, von einer jungen Frau«, antwortete Signe heiser. »Fred hat sie gesummt, als er Malin vor dem Gutshof aus dem Auto geholt hat. Und jedes Mal, wenn er ein Kolibrimädchen aus seinem goldenen Käfig mitgenommen hat, pfiff er diese Melodie. Das hat mir Nuri erzählt, ein Mädchen, das vor Jahren aus dieser Hölle entkommen ist.«

KAPITEL SECHSUNDVIERZIG

Signes Gedanken froren ein. Die Umgebung verschwamm vor ihren Augen und der Verkehrslärm von draußen verstummte. Die bittere Erkenntnis, dass der Mörder, dem sie hinterhergejagt war, an der Spitze der Polizei saß, legte sich wie eine schwarze Wolke über das Cold-Case-Büro. Vor Signe stand das personifizierte Böse, ein stattlicher Mann in Uniform mit grau meliertem Haar, der spöttisch lächelte.

»Rotiert jetzt Ihr Köpfchen auf Hochtouren und Sie denken: Ist er Fred? Ist er vielleicht der Mörder der Familie Thalberg?«, hörte Signe Lundqvists Stimme dumpf wie durch Watte.

»Sind Sie Fred?«, fragte Signe beklommen und wollte nach ihrer Waffe greifen. Doch die Pistole lag in der Schublade ihres Schreibtischs.

»Natürlich nicht.« Der Polizeidirektor rückte langsam näher.

»Es war auch nur eine rhetorische Frage«, erwiderte

Signe gepresst. Mit einem Mal fiel es ihr wie Schuppen von den Augen. Immer war ihnen jemand bei den Ermittlungen zuvorgekommen. Immer wusste jemand darüber Bescheid, was sie vorhatten. Immer wurde ein Zeuge ermordet, bevor er über diesen Kolibri-Club aussagen konnte. Instinktiv hatte Signe bereits geahnt, dass diese Person aus dem Polizeiapparat kommen musste, aber sie hätte niemals geglaubt, dass diese Person Gunvald Lundqvist war.

»Sie sind Fred«, flüsterte Signe und wich zurück.

»Sie hätten sich nicht eimischen dürfen, Signe Nord«, sagte Lundqvist ruhig und hatte plötzlich eine Pistole in der Hand. Es war eine Makarow und der Lauf war auf sie gerichtet. »Es hätte eine Win-win-Situation für uns beide werden können, wenn Sie nicht so ehrgeizig und geradlinig gewesen wären. Was jetzt geschehen wird, haben Sie sich selbst zuzuschreiben.«

»Was haben Sie vor?«, fragte Signe und ging blitzschnell ihre Möglichkeiten durch. Lundqvist würde sie töten, daran bestand kein Zweifel. Hier im Büro konnte er es nicht tun, dann würde er in Erklärungsnot geraten. Wahrscheinlich würde der Polizeidirektor es wie einen Unfall aussehen lassen, denn ein erneuter Selbstmord wäre zu auffällig.

»Das werden Sie gleich mitbekommen.« Lundqvist öffnete die Stahltür und schob Signe hinaus auf die Rampe. Die dunkle Limousine stand im Schatten eines Müllcontainers und mit einem Klick auf seine Fernbedienung öffnete Lundqvist den Kofferraum. »Los, steigen Sie ein«, befahl der Polizeidirektor und drückte Signe den Lauf der Makarow in den Rücken.

In diesem Moment fuhr ein Auto mit aufheulendem Motor vorbei und Lundqvist war für einen Augenblick abgelenkt. Diese kurze Unachtsamkeit nutzte Signe. Blitzschnell wirbelte sie herum, schlug Lundqvist die Waffe aus der Hand. In Windeseile sprang sie von der Rampe auf den Müllcontainer, rutschte an der Seite nach unten und rannte in den abbruchreifen Teil des Schlachthofs. Hastig kletterte sie über Betontrümmer und lief in eine leere Halle. Die Wände waren mit Graffitis besprüht und aufgewirbelte Staubpartikel tanzten in den Sonnenstrahlen, die von hoch oben durch zerborstene Fenster ins Innere drangen. Mit einem Mal kam ihr wieder die Vision in den Sinn. Ja, es war diese Halle gewesen, in der sie die Blutspuren gesehen hatte. Und da entdeckte sie das gekachelte Becken mit seiner abbröckelnden Brüstung.

Doch jetzt erschien auch Lundqvist in der Halle, sah Signe, hob die Waffe und schoss sofort. Signe ließ sich auf den Bauch fallen und die Kugel schlug über ihr in die Wand. Mauerteile prasselten auf ihren Kopf und ihre Ohren dröhnten von dem Nachhall des Schusses.

›Ist mein Leben hier zu Ende? Werde ich in dieser trostlosen Halle sterben?‹ Vor ihrem geistigen Auge tauchte das Bild ihrer Tochter Maria auf, dann jenes des Mädchens Jördis. Sollte der ganze Einsatz umsonst gewesen sein? Nein, sie durfte nicht aufgeben. Sie rappelte sich auf und rannte geduckt an der Wand entlang, verschanzte sich hinter dem Beckenrand.

Zerbrochene Kacheln knirschten unter Lundqvists Schuhen, als sich der Mann langsam näherte. Bald würde der Polizeidirektor das Becken erreichen und sie töten. Auf allen vieren kroch Signe an der Brüstung entlang. Durch ein kaputtes Fenster hoch oben hörte sie Stimmen und Motorenlärm. Niemand da draußen ahnte, dass sie hier um ihr Leben kämpfte.

»Spielen wir jetzt Verstecken?«, rief Lundqvist und seine

Stimme hallte von den kahlen Wänden der Halle wider. »Sie wissen, dass Sie keine Chance haben, Signe. Wenn Sie sich jetzt ergeben, verspreche ich, dass ich Ihrer Tochter Maria kein Haar krümmen werde.«

Als Lundqvist den Namen ihrer Tochter aussprach, spürte Signe plötzlich eine ungeheure Wut in sich emporsteigen und sie richtete sich auf. Aus den Augenwinkeln bemerkte sie einen Schatten, dann packte Lundqvist sie plötzlich mit beiden Händen am Hals und drückte ihre Kehle fest zu. Die Luft zum Atmen blieb ihr weg. Signe dachte an die unendliche Stille unter Wasser beim Freitauchen, an die Luftreserven, die sie bei jedem Tauchgang sparsam einsetzen musste. Sie dachte an das ›Blue Hole‹ in Dahab, an die sogenannte Kathedrale, die sie mit ihrer Tochter durchtauchen wollte. Vor allem aber dachte Signe, dass man in der Tiefe des Meeres nie aufgeben durfte.

Der Polizeidirektor fühlte sich siegessicher und das war ihr Vorteil. Sie bündelte all ihre Kräfte, fasste zwei Finger von Lundqvist und bog sie nach hinten, hörte ein trockenes Knacken, als die Knochen brachen. Der Druck an ihrem Hals ließ nach und sie konnte Lundqvist abschütteln. Das Adrenalin schoss wie eine Sturmflut durch ihren Körper, als sie über den Rand des Beckens sprang. Die Steine der Begrenzung waren locker und als Lundqvist sie verfolgte, löste sich ein Teil der Mauer und der Polizeidirektor stürzte in das leere Becken. Signe hört noch seinen dumpfen Aufschrei, dann war Stille.

Sie griff nach der Waffe, richtete sich schwankend auf und stolperte auf das Becken zu. Mit der Makarow im Anschlag beugte sie sich über die Brüstung, sah Lundqvist bewusstlos auf den zersprungenen Kacheln liegen, und wie sie es vorhergesehen hatte, tropfte ein wenig Blut aus einer Wunde an seinem Kopf auf die weißen Fliesen.

Vorsichtig tastete Signe nach ihrem Handy. Das Display war bei dem Kampf zu Bruch gegangen, doch zum Glück funktionierte das Gerät noch. Mit zitternden Fingern wählte sie Estrids Nummer.

»Hier ist Signe. Ich habe soeben Fred überführt.« Dann ließ sie das Handy sinken und blickte nach oben, wo im Sonnenlicht der Staub tanzte.

KAPITEL SIEBENUNDVIERZIG

Im Polizeipräsidium an der Kungsholmsgatan herrschte der Ausnahmezustand, denn die Neuigkeiten hatten sich wie ein Lauffeuer verbreitet. Gruppen von Polizisten, Staatsanwälten und Beamten aus allen Abteilungen standen auf den Gängen und diskutierten die Breaking News des Tages: Polizeidirektor Gunvald Lundqvist stand unter Mordverdacht und war verhaftet worden.

Neugierige Blicke folgten Signe, als sie im Polizeipräsidium in die Abteilung der Kriminalpolizei ging. Ihre Chefin Estrid Nilsson erwartete sie bereits, um für das Protokoll nochmals den Ablauf der dramatischen Ereignisse zu rekapitulieren.

Polizeidirektor Lundqvist hatte sich bei seinem Sturz in das leere Becken einen tiefen Schnitt an der Schläfe zugezogen. Nach einem gründlichen Check im Krankenhaus gab der Amtsarzt grünes Licht und der Polizeidirektor wurde unter schwerer Bewachung in ein Vernehmungszimmer des Präsidiums gebracht.

Als Signe das Protokoll unterschrieben hatte, ging sie hinaus auf den Flur, um frische Luft zu schnappen. Noch immer spürte sie Lundqvists Finger an ihrem Hals und unbewusst strich sie mit der Hand darüber. Sie hatte einfach unverschämtes Glück gehabt, dass sie mit dem Leben davongekommen war.

»Alles in Ordnung?«, hörte sie Estrids Stimme, die ebenfalls nach draußen trat.

»Ja, mir geht es gut.« Signe nickte und blieb stehen, denn sie hatte das Gefühl, dass ihre Chefin noch etwas sagen wollte.

»Ich habe soeben mit der Innenministerin vereinbart, dass absolutes Stillschweigen bewahrt wird. Über den Fall darf noch kein Sterbenswörtchen nach draußen dringen, deshalb haben wir eine Nachrichtensperre verhängt. Das musst du unbedingt auch deinem Freund, dem Journalisten Persson, einschärfen. Es muss zu hundert Prozent sicher sein, dass der Polizeidirektor von Stockholm den Kolibri-Club geführt und minderjährige Mädchen misshandelt und vergewaltigt hat. Anhand von Überwachungskameras werden derzeit auch die Fahrer in den geflüchteten Fahrzeugen identifiziert. Die Namen, die bisher bereits bekannt sind, bilden ein Spektrum der Stockholmer Prominenz ab. Unter den Mitgliedern des Clubs befinden sich Anwälte, Richter, Ärzte und Wirtschaftsbosse. Glaub mir, Signe, das wird ein riesiger Skandal.« Estrids Gesicht war eingefallen und sie hatte tiefe Schatten unter den Augen. Wahrscheinlich hatte ihre Chefin die ganze Nacht mit den Politikern konferiert, die um Schadensbegrenzung bemüht waren. »Deshalb dürfen wir uns jetzt keinen Fehler erlauben.«

»Wir haben doch die Aussagen der Mädchen, die von

den schrecklichen Vergewaltigungen erzählen?«, warf Signe ein.

»Das stimmt, aber die Männer haben alle bei ihren Taten Masken getragen und somit können ihre Identitäten nicht eindeutig festgestellt werden. Wir müssen vorsichtig vorgehen und alle Spuren aus dem Gutshof auswerten. Deshalb habe ich die DNA, die von Ingrid Ullman analysiert wurde, zur nationalen DNA-Datenbank für einen Vergleich geschickt. Es ist ganz klar Lundqvists DNA«, sagte Estrid hoffnungsvoll. »Damit können wir ihm den Mord an dem Mädchen Emma Holm nachweisen. Jetzt haben wir ihn. Begleite mich.«

»Ich soll beim Verhör dabei sein?«, fragte Signe überrascht.

»Natürlich, du hast Lundqvist schließlich festgenommen«, antwortete Estrid und öffnete die Tür zum Vernehmungszimmer. Der fensterlose Raum wirkte deprimierend mit den grau gestrichenen Wänden, dem einsamen Tisch in der Mitte, um den sich vier Stühle gruppierten. An der rückwärtigen Wand befand sich ein breiter Einwegspiegel und darüber eine Kamera, deren rotes Licht ständig blinkte. Die Beleuchtung war grell und offenbarte mitleidlos jede Regung im Gesicht des Beschuldigten. Lundqvist saß auf einem Metallstuhl und trug einen grauen Anzug, den ihm sein Anwalt zuvor in die Klinik gebracht hatte. Lundqvists Gesicht war glatt rasiert und sein grau meliertes Haar mit Gel in Form gebracht. Die zwei gebrochenen Finger seiner rechten Hand waren geschient und er trug einen Druckverband an der Schläfe. Mit überheblicher Miene musterte er die beiden Frauen, als sie eintraten. Auf eigenen Wunsch hatte er auf die Anwesenheit eines Anwalts verzichtet, so siegessicher fühlte sich der Mann.

»Das bereitet dir wohl großes Vergnügen, deinen Chef zu vernehmen?«, sagte Lundqvist zu Estrid. Dann warf der Polizeidirektor einen abschätzigen Blick auf Signe: »Und Ihr brutales Vorgehen bei meiner Festnahme wird noch ein Nachspiel haben.«

»Das glaube ich nicht, denn Sie wollten mich töten«, erwiderte Signe. Sie bemühte sich, einen sachlichen Ton anzuschlagen, obwohl sie innerlich vor Empörung kochte. Lundqvists Körpersprache signalisierte nach wie vor Macht und Arroganz. ›Glaubt dieser Typ tatsächlich, dass er aus dieser Nummer noch einmal rauskommt?‹, dachte Signe.

»Lassen wir doch diese kindischen Spielereien, Gunvald. Das Spiel ist aus.« Estrid öffnete ihre Mappe. »Wir haben gerade dieses DNA-Ergebnis erhalten, das eindeutig beweist, dass du die zwölfjährige Emma Holm getötet hast. Anschließend hast du die Leiche des Mädchens im Kofferraum des Fahrzeugs von Magnus Engström deponiert.« Estrid legte die Analyse mit den farbigen Auswertungen auf den Tisch, doch Lundqvist schob das Papier gelangweilt zur Seite.

»Und wenn schon, das besagt nicht, dass ich sie ermordet habe.«

»Das wird sich weisen. Im Augenblick wird übrigens auch Viggo Stefansson verhört und er ist teilweise geständig. Ferner wurde bereits eine neuerliche Obduktion von Magnus Engström angeordnet und ich bin zuversichtlich, dass wir dich auch mit diesem Mord in Verbindung bringen können.«

»So ein Blödsinn!«, unterbrach der Polizeidirektor Estrids Ausführungen. »Engström und diese Rechtsmedizinerin haben Selbstmord begangen.«

»Diese Frau heißt Ingrid Ullman und sie hat eindeutig

Ihre Verbindung zu der toten Emma Holm festgestellt. Musste Ingrid deshalb sterben?«, schoss Signe zurück. »Und was ist mit Staatssekretär Johan Holmgren? Wollte er über den Kolibri-Club auspacken und haben Sie ihn deshalb getötet?«

»Dafür gibt es keine Beweise.« Lundqvist lehnte sich zurück und blickte kurz auf den Boden, dabei bewegten sich seine Augen nervös hin und her. Signe musterte den Polizeidirektor eingehend. ›Lundqvist ist auch Holmgrens Mörder‹, dachte sie und sagte: »Ich bin davon überzeugt, dass wir Spuren finden werden.«

»Gerade wird der Gutshof, in dem sich der Kolibri-Club befand, von einem Team der Spurensicherung auf den Kopf gestellt, und glaube mir, Gunvald, diese Profis finden Beweise, die dich für viele Jahre ins Gefängnis bringen.« Estrid legte Fotos auf den Tisch, die einige der goldenen Käfige zeigten, in denen die Mädchen gefangen gehalten worden waren.

»Das sind alles minderjährige Mädchen, die hier gequält und vergewaltigt wurden«, stieg Signe wieder in das Verhör ein. »Wir haben einen Zeugen, der beobachtet hat, wie Jördis bei einer Auktion versteigert wurde. Vorher wurde dem Mädchen ein Tattoo verpasst, wie einem Stück Vieh. Das ist absolut widerlich.«

»Ihr mit eurer kleinbürgerlichen Moral«, zischte Lundqvist. Er faltete seine Hände und legte sie auf die Tischplatte. »Diesen Mädchen ist es bei uns doch gut gegangen, sie bekamen hübsche Kleider und genügend zu essen.« Lundqvist beugte sich vor und fixierte Signe mit einem kalten Blick. »Du hast doch dieses Heim gesehen. Dort hausen die Mädchen ohne Perspektive, über kurz oder lang landen sie sowieso auf dem Strich oder werden Junkies.

Niemand hat sich um diese armen Kreaturen gekümmert, bis wir gekommen sind. Wir haben sie umhegt, ihnen Liebe geschenkt, sie waren unsere kleinen Kolibrimädchen.«

»Ich muss gleich kotzen«, unterbrach Signe das Gerede des Polizeidirektors. »Sie und Ihre Genossen haben die Mädchen vergewaltigt und tagelang in Käfige eingesperrt. Eines der Mädchen ist sogar in ihrer Zelle verstorben. Das ist eine eigenartige Art von Zuneigung. Wieso haben Sie sich eigentlich Fred genannt?«, fragte Signe mit aggressivem Unterton.

»Das ist eine lange Geschichte«, begann Lundqvist.

»Dann kürzen Sie die Story doch einfach ab«, erwiderte Signe barsch.

»Meine Mutter hat mich so genannt, als ich noch ein kleiner Junge war. Sie war so zärtlich, wenn sie mir ›Fred‹ ins Ohr geflüstert und mich dabei gestreichelt hat. Leider ist sie früh gestorben und mein Vater war kein Familienmensch, er hat mich in ein Heim abgeschoben. Ich nenne mich Fred, weil ich zärtlich zu den kleinen Mädchen bin«, erzählte Lundqvist mit verklärtem Gesichtsausdruck.

»Was für eine rührende Geschichte. Aber Vergewaltigung ist niemals zärtlich«, entgegnete sie zynisch.

»Beruhige dich, Signe.« Ihre Chefin legte eine Hand auf ihren Arm. »Du weißt, dass es in Schweden strenge Gesetze gegen die Vergewaltigung von Minderjährigen gibt. Der Polizeidirektor wird verurteilt werden.«

»Das ist noch nicht entschieden, ein Gericht muss meine Schuld erst feststellen, und keines dieser Mädchen kann mich identifizieren«, erwiderte Lundqvist und blickte Estrid dabei mitten ins Gesicht. »Es gibt so viele einflussreiche Personen, die es gutheißen, wenn wir die kleinen Kolibrimädchen pflücken.« Lundqvist lachte kurz hysterisch auf und Signe hatte den Eindruck, als würde der Mann kurz vor einem Nervenzusammenbruch stehen. Doch sie täuschte sich, denn Lundqvist machte nur eine kurze Pause und ließ dann den Blick siegessicher von Estrid zu Signe schweifen. »Das System hält zusammen und ihr werdet dann wieder mit leeren Händen dastehen.«

»Das wird mit Sicherheit nicht passieren«, erwiderte Signe ruhig. »Denn Sie haben sich mit der falschen Person angelegt. Ich höre nicht auf, Sie zu jagen, bis Sie hinter Gittern sind.«

Die Tür zum Verhörraum wurde geöffnet und ein Polizist trat ein, räusperte sich, dann sagte er: »Signe, eine Frau will dich sprechen.«

»Ich habe jetzt keine Zeit«, antwortete sie und wollte sich wieder zu Lundqvist drehen, doch der Beamte sprach weiter.

»Das habe ich ihr auch gesagt, aber die Frau lässt sich nicht abwimmeln.«

»Worum geht es denn?«, fragte Signe leicht genervt, denn diese Unterbrechung ermöglichte es Lundqvist, sich wieder zu sammeln.

»Es handelt sich um die Thalberg-Morde.«

KAPITEL ACHTUNDVIERZIG

Signe stand vor dem Verhörraum und begrüßte Lisbeth Kohonen, die einen Umschlag in der Hand hielt und sehr nervös wirkte. In den letzten Tagen schien Birgers Frau um Jahre gealtert zu sein, ihr Gesicht war verquollen und ihre Haare stumpf und grau. Lisbeth trug eine samische Tracht und Signe hatte das Gefühl, als wolle sich die Frau an die Tradition klammern, um nicht völlig den Boden unter den Füßen zu verlieren.

»Ich habe beim Aufräumen diesen Umschlag in einer Schublade in Birgers Werkstatt gefunden«, sagte Lisbeth mit zittriger Stimme und hielt Signe den dicken Umschlag mit spitzen Fingern hin.

»Was ist das?«, fragte Signe. Sie nahm das Kuvert und betrachtete es. Auf der Vorderseite hatte Birger mit einem Stift ›Thalberg‹ geschrieben.

»Ich weiß es nicht, aber ich will nichts mehr mit den kriminellen Aktivitäten meines Mannes zu tun haben«, meinte Lisbeth knapp und drehte sich um.

»Danke!«, rief ihr Signe hinterher.

»Wofür bedanken Sie sich?« Lisbeth hielt inne und Tränen schossen der Frau in die Augen. »Dass mein Leben zerstört ist? Dass ich jahrelang mit einem kriminellen Polizisten verheiratet gewesen bin? Im Grunde müsste ich Ihnen danken, dass Sie mir die Augen geöffnet haben.« Mit hängenden Schultern ging die Frau den Korridor entlang und verschwand hinter den Schwingtüren.

Signe blieb noch für einen kurzen Moment unschlüssig stehen und wog das Kuvert in der Hand.

Die Tür zum Vernehmungsraum wurde geöffnet und Estrid trat in den Flur. »Was ist mit dir? Du kannst doch nicht mitten in einem Verhör so lange wegbleiben?«, sagte ihre Chefin mit einem anklagenden Unterton in der Stimme.

»Birgers Frau hat mir gerade ein Kuvert vorbeigebracht.« Signe öffnete den Umschlag und eine VHS-Kassette kam zum Vorschein. »Was mag das für eine Aufnahme sein? Können wir uns das einmal ansehen? Es könnte im Hinblick auf Lundqvists Vernehmung von Bedeutung sein.«

»Okay. Ich versuche ein Abspielgerät aufzutreiben.« Ihre Chefin telefonierte mit der Technik-Abteilung und nach wenigen Minuten erschien ein Beamter mit einem passenden Rekorder und einem Monitor. Signe und Estrid setzten sich in ein leeres Büro und legten die Kassette ein. Schon nach wenigen Minuten stoppten sie die Aufnahme.

»Was machen wir jetzt?«, fragte Signe und schluckte.

»Wir konfrontieren Lundqvist damit«, entschied Estrid. »Jetzt haben wir ihn endgültig.«

»Was wird das hier? Schauen wir uns gemeinsam einen Liebesfilm an?«, fragte der Polizeidirektor und hob belustigt die Augenbrauen, als die beiden Frauen mit den beiden Geräten wieder ins Vernehmungszimmer kamen.

Signe antwortete nicht, sondern schaltete den Videorekorder ein und drehte den Bildschirm zu Lundqvist. »Lassen Sie sich überraschen«, sagte sie und startete das Band.

Morton Thalberg saß mit seiner Frau Vera und seiner Tochter Malin schweigend am Tisch. Seine Hand umklammerte das Besteckmesser und seine Lippen waren nur noch ein dünner Strich. Vera strich sich mit einer fahrigen Bewegung ständig durch die dunklen langen Haare. »Du hast noch deine Sportsachen an, Malin«, sagte die Mutter leise.

»Und wenn schon«, erwiderte Malin und band sich die blonden Haare straff nach hinten. »Wo bleibt Lukas?«, wollte das Mädchen wissen.

»Lukas ist bereits zu Bett gegangen«, antwortete Vera.

»Warum hast du eigentlich für fünf Personen gedeckt?«, fragte Morton seine Frau. »Dieser Abschaum braucht nicht mit uns zu essen.«

»Entschuldige, du hast natürlich recht«, erwiderte Vera. Die Frau stand auf und stellte die Teller zurück auf den Küchentresen.

»Wann kommt er? Ist es nötig, vor Malin darüber zu reden?«, murmelte Vera beinahe unhörbar.

»Ja, das muss sein!« Morton schlug mit der Faust auf den Tisch und Vera zuckte furchtsam zusammen.

Plötzlich hörten sie ein Wagengeräusch, das dann verstummte. Eine Autotür wurde zugeschlagen und es klingelte an der Haustür.

»Mein lieber Morton, was gibt es denn so dringend zu besprechen?« Gunvald Lundqvist betrat den Raum. »Oh, es

gibt wieder eine deiner wunderbaren Kreationen, Vera«, sagte er nach einem Blick auf den Esstisch. Dann beugte sich Lundqvist zu Malin. »Gib mir einen Kuss.« Er wollte sich gerade neben das Mädchen setzen, doch Malin sprang so rasch auf, dass sie den Stuhl umstieß und schrie: »Nein! Ich will das nicht mehr!« Dann rannte die Kleine durch den Korridor in ihr Zimmer und knallte die Tür zu.

»Was hat sie bloß?«, fragte Lundqvist mit unschuldiger Miene.

»Das fragst du noch? Was hast du Malin angetan? Sie hat uns alles erzählt!«, rief Morton, der sich mit einem Mal nicht mehr beherrschen konnte. »Ich werde dich fertigmachen, du Schwein. Du hast uns angelogen und behauptet, dass du Malin immer nur zu Ausflügen mitnimmst. Ich werde diese perversen Gräueltaten auffliegen lassen.« Er beugte sich über den Tisch und zeigte mit der Gabel auf Lundqvist. »Dafür bekommst du lebenslang. Malins Aussage reicht.« Morton holte tief Luft, ehe er weiterredete. »Malin weiß auch, wo dieser widerliche Kolibri-Club ist.«

»Morton, beruhige dich«, versuchte Lundqvist die Situation zu entschärfen. »Das sind doch alles nur Hirngespinste eines überspannten Mädchens.« Hilfesuchend wandte er sich an Vera. »Du hast doch auch schon mal erwähnt, dass Malin verhaltensgestört ist.«

»Hirngespinste sagst du?«, kreischte Vera, die wie aus einer tiefen Trance erwacht schien. »Welche grässlichen Dinge hast du meiner Tochter angetan? Du Monster, ich wünschte, du wärst tot.«

»Ich rufe jetzt die Polizei.« Morton nahm sein Handy vom Tisch.

»Morton, lass das besser sein!« Lundqvist zog eine Pistole

und schoss sofort. Der Architekt wurde nach hinten in den Stuhl geworfen und sein weißes Hemd färbte sich dunkelrot.

Mit einem lauten Schrei sprang Vera auf und lief zum Küchentresen, Lundqvist folgte ihr und feuerte erneut. Vera stürzte auf den Boden und eine Blutlache breitete sich wie eine Rosette langsam um ihren Kopf aus.

Lundqvist blickte auf die beiden Leichen, überlegte kurz und verschwand dann im Korridor.

Mit der Waffe in der Hand stieß er suchend die Zimmertüren auf, kam schließlich in einen Raum mit einem Sternenhimmel. Ein Fernrohr stand vor dem Fensterbrett, und ein kleiner Junge lag zitternd in seinem Bett. Wortlos griff Lundqvist nach einem Kissen und legte es dem Kind auf das Gesicht. Er hob die Waffe. Drückte ab.

Plötzlich hörte Lundqvist ein Geräusch und trat wieder hinaus auf den Flur. Er kam zurück in die Küche, sah Malin vor ihrer toten Mutter stehen.

Lundqvist summte eine Melodie und hob die Pistole.

Doch in diesem Moment riss Malin die Terrassentür auf und rannte ins Freie.

Dann war das Video zu Ende und der Bildschirm wurde dunkel. So dunkel, wie es im Inneren von Lundqvist aussehen musste. So dunkel wie das Leben, das er dann noch weiterführte. So dunkel wie seine Fantasien, die direkt aus der Hölle emporgestiegen waren.

Niemand sprach ein Wort. Signe und Estrid starrten wie benommen auf Lundqvist und den Monitor, wo grobkörniger Schnee das Grauen ablöste, wo nur noch weißes Rauschen zu hören war.

Lundqvist durchbrach die Stille und begann völlig emotionslos zu erzählen: »Ich habe Malin öfter abgeholt und bin mit ihr zum Gutshof gefahren. Während ich mir eines der Mädchen vornahm, musste ich immer an Malin denken. Normalerweise hat sie im Wagen gewartet. Aber eines Tages hat sie sich extra hübsch gemacht, trug ein weißes Kleid und Schleifchen in den blonden Haaren. Da konnte ich mich nicht mehr beherrschen und musste sie einfach in den Gutshof mitnehmen. Viggo hat sie mit unserem Kolibri-Zeichen tätowiert, ihr die Buchstaben T.A.M. ›Tu amica mea - Du meine Geliebte‹ in die Haut gestochen. Ab diesem Zeitpunkt wurde sie zu meinem Kolibrimädchen. Es war ein besonderer Kick, ein Mädchen aus gutem Haus zu besitzen und nicht bloß ein armes Geschöpf aus einem Sozialheim. Natürlich war das auch riskant, denn Malin kannte mich ja ohne Maske. Aber die Gefahr erregte mich noch mehr.«

Signe schwieg und fixierte Lundqvist, der sich jetzt mit verklärtem Gesichtsausdruck ganz der Erinnerung hingab. Unter dem Tisch ballte sie die Fäuste, wusste aber, dass sie sich nicht von ihren Emotionen hinreißen lassen durfte. Deshalb erwiderte sie nichts, sondern ließ Lundqvist weiterreden.

»Mein einziger Fehler an jenem Abend war, dass ich die Videokassette in dem Kamerasystem vergessen hatte. Ich hätte die Aufnahme selber mitnehmen sollen. Aber an die Überwachungskameras habe ich erst dann gedacht, als mich zufällig dieser einfältige Dorfpolizist wegen zu hoher Geschwindigkeit auf der Straße aufgehalten hat.«

Nach Lundqvists Geständnis warf Signe einen Blick zu Estrid, die schweigend nickte. Schließlich löste sich Signe aus der Erstarrung: »Gunvald Lundqvist, Sie werden hiermit beschuldigt, vor fünfzehn Jahren drei Mitglieder der Familie Thalberg ermordet zu haben.«

Sie riss sich zusammen, um sich ihre Wut und Bestürzung nicht vor Lundqvist anmerken zu lassen, um ihm keine Genugtuung zu bieten. Konzentriert nahm sie das VHS-Band aus dem Rekorder. Estrid schob ihre Unterlagen zusammen. Ohne ein weiteres Wort mit dem Mörder der Familie Thalberg zu wechseln, verließen die beiden Frauen den Verhörraum.

Draußen atmete Signe tief durch und versuchte, die grauenhaften Bilder der Morde zumindest für kurze Zeit zu vergessen. Sie warf einen kurzen Blick auf ihre Chefin, der es ähnlich zu gehen schien.

Dann ging Signe zum Wasserspender und trank einen Becher mit Wasser. Seine perversen Gelüste hatten Lundqvist zum Mörder werden lassen. Er war häufig bei den Thalbergs gewesen, hatte sich als Freund der Familie das Vertrauen erschlichen und Malin dann in den Club mitgenommen, wo er sie missbrauchte. Deshalb hatte sich die Persönlichkeit des Mädchens so verändert. Sie hatte eine Zeit lang diesen Horror erduldet, bis sie nicht mehr konnte und ihren Eltern die Wahrheit über ihre Ausflüge mit Lundqvist erzählte. Signe hatte richtig kombiniert, dass es sich bei dem Mörder um einen Bekannten der Thalbergs gehandelt haben musste. Warum wäre sonst der Tisch für fünf Person gedeckt gewesen?

Malin war in Todesangst vor Lundqvist in den Wald geflohen und hatte sich in ihrem Nest versteckt. Die eigentliche Todesursache wurde gerade in der Rechtsmedizin untersucht. Birger hatte sich bei ihrem ersten Gespräch verplappert, als er von dem verwischten Fußabdruck im Haus gesprochen hatte. Es war Lundqvists Schuhabdruck gewesen und Birger hatte ihn beseitigt. Ebenso hatte der Dorfpolizist die Kassette aus dem Rekorder genommen und durch ein leeres VHS-Band ersetzt. Von dem Video hatte er eine Kopie gezogen und in seiner Werkstatt aufbewahrt, als eine Art Lebensversicherung. Und jetzt hatte Birgers Frau diese Aufnahme zufällig gefunden und der Polizei übergeben. Estrid hatte den Stein ins Rollen gebracht, als sie den Fall Signe übergab.

»Kann es sein, dass du mir die Cold-Case-Akte der Thalberg-Morde absichtlich zugespielt hast?«, fragte Signe dann auch ihre Chefin.

»Das bleibt unser Geheimnis«, antwortete Estrid lächelnd. »Ich wusste nur, wenn es jemand schafft, dieses Verbrechen aufzuklären, dann bist du es.«

KAPITEL NEUNUNDVIERZIG

Zwei Wochen später

Die Strahlen der goldenen Abendsonne ließen das rote Holzhaus flammengleich auflodern, als Signe mit langen Holzstücken in den Armen zum steinigen Ufer ging. Sie war gerade dabei, aus alten Brettern und Ästen eine Pyramide für das Mittsommerfeuer zu errichten und hatte dafür die Werkstatt ihres Vaters Carl entrümpelt. Während sie die Scheite aufschichtete, musste sie an Nuri denken, die vor fünfzehn Jahren gemeinsam mit Malin vor dem Grauen hatte fliehen wollen. Nach der Lösung des Falls hatte Signe die junge Frau noch einmal bei Bert aufgesucht und sie überredet, sich in therapeutische Behandlung zu begeben. Bert hatte sich bereit erklärt, Nuri bei sich aufzunehmen, da er selbst nie eine Tochter gehabt hatte.

Malin war leider an einem Asthmaanfall in ihrem Nest erstickt, das hatte die Rechtsmedizin eindeutig festgestellt. Der hohe Stress aufgrund der Ermordung ihrer Familie und die anschließende Flucht in den Wald hatten dem Mädchen zugesetzt und den schweren Anfall ausgelöst. Zudem hatte Malin in der Hektik ihren Asthmaspray verloren, den sie unter dem Baum gefunden hatten. Malin war aber wenigstens wieder mit ihrer Familie vereint und musste sich nicht mehr fürchten.

Die schwedische Premierministerin hatte sich persönlich dafür eingesetzt, dass die traumatisierten Mädchen, die man im Kolibri-Club gefunden hatte, in einer exklusiven Spezialklinik von renommierten Experten psychologisch betreut wurden. In einer Pressekonferenz gab sie bekannt, dass die alten Fälle der verschwundenen Mädchen aus dem Sozialheim wieder aufgerollt würden. Außerdem sei eine grundlegende Reform bei den Jugendheimen geplant und eine Budgeterhöhung für mehr Sozialarbeiter und Streetworker in Aussicht gestellt.

Der Skandal um Polizeidirektor Gunvald Lundqvist war natürlich die ganzen Wochen über Thema Nummer eins in der Presse gewesen. Man lobte die Stockholmer Polizei und im speziellen Estrid Nilsson für ihre Umsicht und Entschlusskraft. Einflussreiche Fernsehkommentatoren machten sich bereits stark für sie als potenzielle Nachfolgerin für den gefallenen Polizeidirektor.

Signe war sich ziemlich sicher, dass Estrid von Anfang an schon einen vagen Verdacht gegen Lundqvist gehabt hatte, deshalb hatte sie der Cold-Case-Abteilung auch den Fall übertragen. Und natürlich wusste ihre Chefin auch, dass es für sie ein Karriereturbo sein würde, wenn die Thalberg-Morde aufgeklärt wurden.

Ingrid Ullmann und Magnus Engström waren von Lundqvists Gehilfen Viggo Stefansson ermordet worden und er tarnte seine Taten als Selbstmorde. Der Staatssekretär Johan Holmgren hatte damals nach Signes Anruf Lundqvist um Hilfe gebeten, woraufhin der ihn als Sicherheitsrisiko einstufte und ihn erschoss. Das hatte Lundqvist endlich zugegeben, als ihm eine Einzelzelle genehmigt worden war.

Signe kramte das Handy aus ihrer Jeans, als ihr einfiel, dass sie Nelly anrufen musste. Ihre Kollegin war ein paar Tage zu Hause geblieben, um sich um ihren rekonvaleszenten Hund Hans zu kümmern.

»Hej, Nelly«, meldete sie sich. »Wie geht es Hans?«

»Er ist fast schon wieder der Alte«, klang Nelly zu Signes Beruhigung vergnügt. »Hans liegt auf der Couch und futtert mit mir genüsslich Popcorn. Nächste Woche kommen wir in neuer Frische wieder ins Office.«

»Danke dir nochmals, deine Arbeit war super.«

»Ach was, das waren doch wir gemeinsam, und deine Intuition hat den Fall gelöst«, wischte Nelly das Lob weg, aber Signe konnte durch das Telefon spüren, dass sie sich freute.

»Ich habe übrigens unsere Tischtennisrunden schon vermisst«, meinte Signe.

»Ha, ich auch. Aber glaub bloß nicht, dass du in Zukunft gegen mich gewinnen wirst«, lachte Nelly. »Was hast du zu Mittsommer vor? Steigt eine große Party?«

»Oh Gott, nein. Ich bleibe daheim, und Maria schaut später bei mir vorbei. Und wie sehen deine Pläne aus?«

»Ein paar Leute werden mich besuchen. Wir sehen uns von meinem Balkon aus das Feuerwerk beim Königsschloss an. Dazu gibt's veganes Essen und ein paar Drinks. Es soll ein chilliger Abend werden.«

Sie redeten noch eine Weile über den Fall, dann verabschiedeten sie sich. Signe blickte in den Himmel, der noch immer hell leuchtete, und plötzlich fiel ihr die merkwürdige Stille auf, die herrschte. Der Wind war eingeschlafen und das Rauschen der Wellen verebbt. Die Vögel hatten aufgehört zu zwitschern und die Welt schien stillzustehen. Mit einem eigenartigen Gefühl im Bauch ging Signe zurück zum Haus. Ehe sie eintrat, blickte sie zum Waldrand und sah plötzlich eine Gestalt, die aus dem Schatten der Bäume trat und zielstrebig auf sie zuging.

»Wer kann das sein?«, fragte sich Signe und überlegte kurz, ob sie ihre Waffe aus dem Tresor holen sollte. Doch dafür war es bereits zu spät, denn die Person hatte sie fast erreicht. Die Strahlen der Mittsommersonne blendeten Signe und sie hielt sich die Hand über die Augen, um das Gesicht des Mannes zu erkennen. Für einen kurzen Moment blieb ihr das Herz stehen, doch dann musste sie laut loslachen.

»Hej, Tom, hast du mich jetzt aber erschreckt.« Sie umarmte den Journalisten und drückte ihm einen Kuss auf die Wange.

»Schön, dich zu sehen, Signe«, sagte Tom. »Ich habe mir einen Leihwagen genommen, um dich zu besuchen, habe mich aber total verfahren und bin dann zu Fuß durch den Wald.«

»Du hättest mit dem Rennrad kommen können. Ist nicht so weit von Stockholm mit der Fähre bis hierher.« Signe löste das Gummi von ihrem Pferdeschwanz und schüttelte ihre dunkelbraune Mähne.

»So fit bin ich leider noch nicht«, meinte Tom bedauernd.

»Ich weiß, aber du siehst schon ziemlich erholt aus, nach

allem, was du durchgemacht hast.« Der Journalist hatte Glück gehabt, denn Holmgrens Kugel war glatt durch seinen Arm gegangen, ohne Sehnen oder Nerven zu verletzen.

»Ich bin eben einfach nicht umzubringen«, erwiderte Tom ironisch. »Im Krankenhaus hatte ich wenigstens Zeit, mit meiner Artikelserie zu beginnen.«

»Ich habe den ersten Teil gestern in der Online-Ausgabe eurer Zeitung gelesen. Jetzt bist du wieder der Star unter den investigativen Journalisten.«

»Beschrei es bloß nicht«, wiegelte Tom ab. »Wir müssen sehr vorsichtig sein, damit ich nicht dasselbe Schickale erleide wie schon vor fünfzehn Jahren. Bisher habe ich nur über Personen geschrieben, denen man bereits eine Verbindung zum Kolibri-Club nachweisen konnte. Die Anwälte der Zeitung prüfen jeden Satz, damit wir auf Nummer sicher gehen. Aber wie Lundqvist angedeutet hat, sitzen ja nach wie vor viele unbekannte Mitglieder des Clubs an den Schalthebeln der Macht.«

»Ich bin sicher, dass du diesen Sumpf aus Korruption und Verbrechen trockenlegen wirst«, wandte Signe optimistisch ein. Dann wurde sie für einen Moment ruhiger und fragte: »Wie war übrigens das Begräbnis von Ingrid?«

»Ach, es war eine berührende Zeremonie.« Tom presste die Lippen zusammen und schluckte. »Astrid, Ingrids Schwester, ist danach auf mich zugekommen und hat mir gedankt. ›Wofür?‹, habe ich völlig verwirrt gefragt. ›Dass Ingrid durch dich die wahre Liebe kennengelernt hat.‹« Tom schwieg eine Weile und sein Blick schweifte zum orangeroten Himmel.

»Das hat sie schön gesagt«, sagte Signe leise.

»Tja, ich mache mich dann wieder auf den Weg. Habe Bert versprochen, Mittsommer bei ihm und Nuri zu verbringen. Die beiden verstehen sich prächtig. Was unternimmst du heute noch?«

»Meine Tochter kommt zu mir und wir machen uns ein schönes Feuer«, erwiderte Signe.

»Das klingt gut.« Tom kramte plötzlich in seiner Umhängetasche. »Ehe ich es vergesse. Ich habe noch ein Geschenk für dich.« Er holte ein längliches Paket hervor.

»Was ist das?«, fragte Signe neugierig.

»Mach's doch einfach auf«, schlug Tom vor.

Hastig öffnete Signe die Verpackung. Es waren ein Paar extralange schwarze Schwimmflossen mit einem silbernen Streifen.

»Die sind für Profi-Apnoetaucher und ich dachte, diese Flossen mit dem Silberstreif motivieren dich, wieder öfter zu tauchen und die Freiheit unter Wasser zu spüren. Ich hoffe, sie gefallen dir.«

»Sie sind wunderschön.« Signes Herz schlug heftig und sie riss sich zusammen, um Tom nicht wie ein Teenager um den Hals zu fallen. Schon seit ewigen Zeiten hatte sie kein Geschenk mehr von einem Mann erhalten.

»Okay, aber jetzt muss ich wirklich los.« Tom küsste Signe flüchtig auf die Wange und ging in Richtung Wald.

»Warte! Sehen wir uns wieder?«, rief ihm Signe hinterher.

»Ich glaube nicht«, schallte es zurück.

Signe spürte den Stich in ihrem Inneren und wollte sich gerade enttäuscht umdrehen, als sie Toms Stimme hörte.

»Ich glaube nicht, dass du aus meinem Leben verschwinden wirst, Signe Nord.«

Als Tom zwischen den Bäumen nicht mehr zu sehen

war, ging Signe zum Steg. Sie zog Jeans und T-Shirt aus, schlüpfte in einen Badeanzug und probierte die Flossen an. Sie passten wie angegossen. Mit einem Lächeln auf den Lippen griff sie nach dem Sicherungsseil und glitt ins Wasser der Ostsee. Noch einmal holte sie tief Luft, dann tauchte sie hinab in die Unendlichkeit.

DANKSAGUNG

Liebe Leserin, lieber Leser,

wir möchten einmal recht herzlich DANKE sagen, dass Sie den ersten Band »Nordtod – Die Kolibrimädchen« unserer neuen Küstenthriller-Reihe gelesen haben. Hoffentlich haben Sie die spannende Lektüre mit Signe Nord in Stockholm und Umgebung genossen!

Aber Achtung, es schlummern noch einige ungelöste Cold-Case-Fälle mit dunklen Geheimnissen in den Archiven und natürlich gibt es auch aus Signes Leben einiges Spannendes zu erzählen!

Wenn Ihnen dieser Küstenthriller gefallen hat, dann freuen wir uns sehr über eine kurze Rezension/Buchbewertung. Schreiben Sie uns gern auch eine Nachricht an unsere B.C. Schiller E-Mail-Adresse: bc.schiller@blue-velvet.com

Das war's auch schon. Alles Liebe an Sie und bleiben Sie ganz **GESUND** und glücklich :)

Barbara & Christian Schiller

P.S. Natürlich freuen wir uns auch riesig, wenn Sie unser Fan auf Facebook und/oder Follower auf Instagram werden.

facebook.com/BC.Schiller

instagram.com/bc.schiller